夜想譚グリモアリスⅢ
魔女よ蜜なき天火に眠れ
「いらっしゃい。きてくれて嬉しいよ」
誓護がとびきりの笑顔で迎えたのに、
アコニットは「ふん」とつれない返事をする。
これこそ、『アコニットらしい』態度だ！
JN286360

登場人物
教誨師《グリモアリス》
眩《クララ》
桃原グループの御曹司
桃原誓護《ももはらせいご》
アネモネの姫
アコニット
誓護の妹
祈祝《いのり》

??
謎めいた少女
リヤナ
マヤリスの姫
鈴蘭《すずらん》
教誨師《グリモアリス》
軋軋《ギシギシ》

「……アコニット？」
誓護は一瞬、自信が持てなかった。
少女は次々とこぼれ落ちる涙を
両手でぬぐいながら座っている……。
その姿はあまりに幼く、
痛々しいほどだった——。

魔女よ蜜なき天火に眠れ

夜想譚グリモアリスⅢ

海冬レイジ

富士見ミステリー文庫

FM66-10
304

口絵・本文イラスト　松竜
口絵デザイン　朝付浩司

目次

Prologue【序幕《じょまく》、騎士《きし》と賊《ぞく》のソネット】

Episode 13a

荒《あ》れ果てた砂《すな》の大地のただなかに、城塞《じょうさい》のような大樹《たいじゅ》がそびえ立っている。

ゴツゴツとした巨岩《きょがん》のような根元から枝《えだ》の先まで、ゆうに五〇〇メートルはある。大小の枝が石造《いしづく》りの家々を支《ささ》え、空中に市街が築《きず》かれていた。市街の周りを、あたかも波間をぬうように、小船がゆったりと宙《ちゅう》を泳いでいる——

グリモアリスの都、星樹《ポータル》だ。

市街の中ほどには、ひときわ大きく、ひときわ目立つ船着場があった。ずらりと並《なら》んだ小船のかたわらで、黒いコートの漕《こ》ぎ手たちが思い思いの格好《かっこう》で客を待っている。仲間と無駄話《むだばなし》に花を咲《さ》かせる者もいれば、軽い食事を口にする者もいる。

ふと、その中の一人が顔を上げた。近付いてくる者に目を留《と》め、気さくに声をかける。

「おう、軋軋《ギシギシ》。久《ひさ》しぶりだな」

声をかけられた少年は、うるさそうにそちらを向いた。

うっすら翠《みどり》がかった銀色の髪《かみ》が、彼の気性《きしょう》を示《しめ》すかのようにツンツンと逆立《さかだ》っている。相変わらず不機嫌《ふきげん》そうな顔つきだが、かつてのように『やり場のない鬱屈《うっくつ》』が原因《げんいん》ではない。どうやら本当に差し迫《せま》った問題があるらしく、鋭《するど》い双眸《そうぼう》には緊張《きんちょう》の色があった。

彼は人界行きの装備《そうび》をしていた。

両手の薬指には指輪がきらめいている。からみ合った二匹《ひき》の蛇《へび》が互《たが》いの尾《お》を嚙《か》む独特《どくとく》の意匠《いしょう》は教誨師《グリモアリス》の証《あかし》〝プルフリッヒの振《ふ》り子〟。腰《こし》の長剣《ちょうけん》は同じく教誨師の必携《ひっけい》装備〝エンメルトの利剣〟。どちらも、人界での行動をサポートするアイテムだ。

少年はつかつかと歩いてくると、挨拶《あいさつ》もなしに小船に乗った。

「列柱庭園《ターミナル》だ」

ぶすっとして行き先を告げる。

「何だお前、また人界にご出勤《しゅっきん》か？」

漕ぎ手は特に気を悪くするでもなく、櫂《かい》を手に取りながら、意外そうに言った。

「姫《ひめ》さま付きの衛士《えいし》になったんじゃなかったのか。人界派遣《はけん》はお役御免《やくごめん》だろ？」

「面倒《めんどう》からは解放《かいほう》されたつもりだったんだがな。今度は別の面倒に巻き込《こ》まれちまった」

「へえ。まあ、ともかくこっちも仕事だ。さっさと送り届《とど》けちまうとするか」

ふわりと小船が宙に浮《う》く。漕ぎ手が櫂を手の中で回すと、小船はすべるようになめらかに、船着場を飛び出した。

「それにしても、お前が衛士さまとはねえ」

感慨《かんがい》深げにつぶやく。それから、からかうように笑った。

「下級官吏《かんり》の青二才が、えらく出世したもんだ。これで老後も安泰《あんたい》だな？」

「チッ。そんなお気楽でもねーんだよ。あのわがまま姫さんのご機嫌取りまでさせられるんだぜ。その上、今度の職場《しょくば》は、下手すりゃこっちの命まで危《あぶ》ねーんだ」

「そりゃあまあ、命を張《は》るのが衛士だろ」

「違《ちが》う。アネモネにケンカを売るようなバカはいねーだろ。そうじゃなくて、ご機嫌を損《そこ》ねると即座《そくざ》に雷霆《いかずち》が飛んでくるのさ。このあいだなんか、人界の氷菓子《こおりがし》が欲《ほ》しいってダダこねてよ……オレは渡航許可《アクセスライツ》もなしに人界へ行かされたんだぜ」

「ははは、菓子欲しさに密航《みっこう》か。そりゃあいい！」

「笑い事じゃねーよ。オレはドラセナさまにさんざんお叱《しか》りを受けたんだ」

「まあ、姫さまにもいろいろとおありなのさ。気晴らしくらい付き合ってやれ」

「……いろいろ？」

漕ぎ手は声を潜《ひそ》め、ささやくように言った。

「議長閣下《かっか》がアネモネの領地召《りょうちめ》し上げを画策《かくさく》してるって話だ。それでなくても、姫さまはおつらい立場なんだぜ。麗王六花《れいおうりっか》という高貴《こうき》なお生まれでありながら、人界に行かれることもある。

貧乏貴族《びんぼうきぞく》の子女ですら、ほとんど書類で済《す》ましちまうってご時世に」

「……ふん、言われるまでもねーよ」

何せ、その人界で遭遇《そうぐう》したのだから。

初めて顔を合わせたときのことを思い出して、軋軋は渋面《じゅうめん》になった。相手が王族（それも自分が所属《しょぞく》する星樹《ポータル》の支配者《しはいしゃ》）とも知らず、無礼な言動を繰《く》り返した自分——。気位の高いあの姫を相手に、よくもそんな命知らずなことができたものだ。

「……あれで麗王六花の姫君とはな。ちっとも王族らしくねー。どこぞの下級刑吏《けいり》かと思ったぜ。おまけに仕えてみりゃ、気は強いし、わがままだし、世間知らずだし」

「ま、確《たし》かにはねっ返りだが、あれでお優《やさ》しいところもあるんだぜ」

「たかが氷菓子欲しさに、衛士を密航させるようなお方がか？」

「親しみやすくていいじゃないか。俺《おれ》は好きだよ。低層《した》育ちのお前は知らないだろうが、若君《わかぎみ》がいらした頃《ころ》は今ほど外出嫌《ぎら》いじゃなくてな……。よくこの船着場で若君のご帰還《きかん》を待ってたもんさ。従者《じゅうしゃ》も連れず、町娘《まちむすめ》みたいな普段着《ふだんぎ》でな」

思い出しているのか、しみじみとした口調になる。

「あの頃は、もっと明るいお顔をされてたもんだが……」

漕ぎ手は不意に真顔になり、じっと軋軋を見た。

「護《まも》ってやれよ。俺らの姫さまだ」

軋軋は舌打《したう》ちした。そして、ぼそりとつぶやいた。

「……言われるまでもねーんだよ」

長刀を握《にぎ》る手に力をこめる。

そう――自分は姫君を護るために、人界へと赴《おもむ》くのだから。

Episode 13b

冷たく、暗い、石壁《いしかべ》の牢獄《ろうごく》。

肌寒《はださむ》く、しかし凍《こご》えるほどでもない。湿気《しっけ》を含《ふく》んだ空気は重く、水臭《みずくさ》さを漂《ただよ》わせている。

かなり高いところに、明かり取りのための小さな窓《まど》がある。そこから差し込む弱い光が、その下の囚人《しゅうじん》の姿《すがた》を浮かび上がらせていた。

囚人は、素足《すあし》のままだった。

薄絹《うすぎぬ》一枚《まい》の下に、ほっそりとした輪郭《りんかく》が透《す》けている。漆黒《しっこく》の髪はそれ自体が絹のようで、やわらかく肩《かた》から流れ落ちる。雪のように白い手足に、鋼鉄《こうてつ》のかせが食い込み、見るからに痛々《いたいた》しい。かせには複雑《ふくざつ》な紋様《もんよう》が施《ほどこ》され、その紋様が脈打《みゃくう》つように赤い光を放っていた。それは物理的な破壊《はかい》を許《ゆる》さない、霊《れい》的な力をもった拘束具《こうそくぐ》だった。

ふと、牢獄の中央に揺《ゆ》らぎが生じた。

揺らぎは次第《しだい》に大きくなり、影《かげ》を生じ、人形《ひとがた》を取り始める。しばらくののち、そこには小柄《こがら》なグリモアリスがひざまずいていた。

「鈴蘭《すずらん》さま」

囚人は驚《おどろ》いたふうもなく、けだるそうに顔を上げた。

「……どなたかしら？」

「眩《クララ》とお呼《よ》びくださいまし、鈴蘭さま」

そう言って笑ったのは、幼《おさな》い少女の姿をしたグリモアリスだった。

自《みずか》らが埋《うず》もれそうなほど長い巻き毛にくるまっている。蜂蜜色《はちみついろ》の髪はキラキラと光を弾《はじ》き、そこだけ日が射したように明るい。まばゆいくらいに華《はな》やかな少女だった。

鈴蘭は少女の格《かく》を値踏《ねぶ》みした。まだ若い……。誰《だれ》かの従者だろうか。この牢獄は外界から物理的に隔絶《かくぜつ》されている。ここに出入りできるということは、本人にかなりの魔力《まりょく》があるだけでなく、よほどの有力者が背後《はいご》に控《ひか》えているに違いない。

少女は床《ゆか》に手をつき、鈴蘭の前にひれ伏《ふ》した。

「我《わ》が主《あるじ》がどちらの君か、それは敢《あ》えて申しますまい。貴女《あなた》なら、言わずともお見通しでございましょう？」

「ふふふ……そうね、明白なこと。そんなことを相談しにいらしたのに、うっかり誰かに聞かれては大変だもの」

「我が君は、貴女を自由にとお考えですの」

鈴蘭は皮肉げに笑った。自嘲《じちょう》を浮《う》かべたのだ。

「今さら——この鈴蘭にどれほどの利用価値《かち》があると言うのかしら？」

じゃらり、と重たげな音を立て、腕《うで》の鎖《くさり》が揺《ゆ》れる。

「明白なこと。何の価値もないのだわ。マヤリスは卑《いや》しいのぞき魔の一族。それも、とりわけ不完全な。麗王にはとても歯が立たない……。政争《せいそう》の道具にはなれないわ」

「あら。完全な眼力《がんりき》を得る方法もおありでしょう？」

眩はにこにこと、無邪気《むじゃき》な笑顔《えがお》を向けていた。

「麗王の護りを貫《つらぬ》くほどの、魔力を授《さず》かりさえすれば」

「……高貴《こうき》一六花たるこの私に、ご主人の衛士《えいし》になれと言うのかしら？」

「御身《おんみ》の自由と引き換《か》えなれば、そのくらい安い取り引きですわ」

「それは自由とは言わないわ。つながれた鎖の根元が変わるだけ」

「でも、我が君は、貴女を冷たい牢獄に閉《と》じ込めたりはしませんわ」

鈴蘭はじっと目の前の少女を見つめた。漆黒の瞳《ひとみ》が、あたかもすべてを見通す水晶玉《すいしょうだま》のように、眩の全身を見据《みす》える。

豊かな金髪《きんぱつ》にくるまったまま、眩はにこにこと笑っているだけだった。

「……信用してもいいのかしら？」

「もちろんです。我が君はクソがつくほどの意地悪で、どうしようもないひねくれ者ではございますが、約束は守られる方ですの」

「……そのようね。明白なこと。こうして危険《きけん》を冒《おか》して、使者を寄越《よこ》すくらいだもの」

鈴蘭は自嘲気味に微笑《ほほえ》み、それからうなずいて言った。

「わかったわ。そちらのご厚意《こうい》に甘《あま》えましょう」

「ありがとうございます」

眩が深々と頭を下げる。

「それで、私はいつ頃ここを出られるのかしら？」

「今宵《こよい》、花鳥頭《はなうず》の君が亡《な》くなりますの」

「――――」

突然《とつぜん》、思いもしないことを言われ、さすがの鈴蘭も言葉を失う。

「うふふ、アネモネの王家は断絶《だんぜつ》ですわ。麗王位に空白が生じ――園丁会議《えんていかいぎ》はさぞや混乱《こんらん》することでしょう。その混乱に乗じて、我が君がお救いいたしますわ」

「……そう簡単《かんたん》にいくかしら？　花鳥頭の君は手ごわいわよ」

「それはもう、十分に存《ぞん》じておりますわ。でも、つい今しがた、〈アウベルト・フライシルの骨髄《こつずい》〉が姫君《ひめぎみ》をとらえたとの知らせがありましたの」

「儀式《ぎしき》定理……あんな時間のかかるものを？」

「鈴蘭さま、獲物《えもの》を罠《わな》に追い込むのは狩《か》りの基本《きほん》ではございませんか？」

眩は楽しげに続ける。

「我が君は策略《さくりゃく》マニアの変態《へんたい》――失礼――知略に長《た》けておりますれば、花鳥頭の君をおびき寄《よ》せるくらい、造作《ぞうさ》もないことですの。どれほど設置《せっち》に時を要する装置《そうち》であろうと、行使するのに何の問題もありませんわ」

「まあ、それは頼《たの》もしい」

「既《すで》に花鳥頭の君は我《われ》らが手のうち……。あとは直接《ちょくせつ》、屠《ほふ》るのみですわ」

「それで、どなたが手を下すのかしら？」

「それは……」

初めて、眩が言いよどんだ。だが、言葉を濁《にご》したところで、鈴蘭には関係がない。

「そう、〈お人形〉のお姫さまがやるのね。あの方をどうやって味方に引き入れたのかは知らないけれど……ふふふ、楽しみなカードだわ」

「……よろしいんですの？」

「あら、それはどういう意味かしら？」

それまで絶《た》やされることのなかった微笑《ほほえ》みが、眩の顔から消えた。眩はまるで探《さぐ》るように、金の瞳に鈴蘭を映《うつ》す。

「……鈴蘭さまと花鳥頭の君は、親しき友人であったとうかがいましたゆえ」

「うふふ。その親しい友人を、こうして牢獄《ろうごく》につないだのもまた、あの子」

「それは、確かに……」

「それにね、いいことを教えて差し上げるわ」

鈴蘭はどこかうっとりとして、歌うように言った。

「私のアコニットはね、まがいものの麗王などにむざむざと摘《つ》み取られはしないの。特に、命令に従《したが》うだけのお人形なんかには、絶対にね」

くすりと思い出し笑いをする。

「そうそう。姫君には、頼《たの》もしいナイトがついているのよ」

「騎士《きし》――ですの？　それは？」

「薄汚《うすぎたな》い人間よ。でも、そこそこ頭が切れる」

鈴蘭は眩から視線《しせん》を外し、どこか遠くに目をやった。

「ひょっとすると、私が牢を出られるのは、ずいぶん先になるかも知れないわ」

「まさか。ご冗談《じょうだん》を」

眩はくすくすと笑っていたが、先ほどまでのような朗《ほが》らかさはなく、気のせいか髪《かみ》の色までくすんだように見えた。

「鈴蘭さま。それでは、わたくしはそろそろ」

「そうね。見張《みは》りに見つかるといけないわ」

「きたるべき日には……」

「ええ。この鈴蘭はご主人の衛士に——マヤリスはそちらについて兵を挙げましょう」

その返答に満足したらしい。眩はもう一度ひれ伏《ふ》すと、うっすらと半透明《はんとうめい》になった。

「では、その日を楽しみに。ご機嫌《きげん》よう、鈴蘭さま」

姿《すがた》がぼやけ、音もなく消える。

「ふふふ……」

一人になると、こらえきれなくなったように、鈴蘭は笑いを漏《も》らした。

「さあ、どうするの、アコニット。貴女《あなた》はどうするのかしら？　罠《わな》に落ちた貴女を、最悪の刺客《しかく》が殺しにくるそうよ。窮地《きゅうち》よ。絶体絶命よ。でも、わかっているわね？　こんなところで枯《か》れてはだめよ。絶対にだめ。貴女は私《わたし》の……この鈴蘭のものなのだから」

小さな笑い声が、冷たい牢獄に響《ひび》き渡る。


お菓子《かし》の家には、悪食《あくじき》なる魔女《まじょ》が棲《す》むという。

蜜《みつ》の香《かお》りに誘《さそ》われて、四人の乙女《おとめ》が姿を消した。

今宵、魔女の館《やかた》を二人の姫が訪《おとず》れて——

罪《つみ》なるを罰《ばっ》し、罪なきを討《う》たんとす。

これは煉獄《れんごく》の守りびと、教誨師《きょうかいし》グリモアリスの物語。

Chapter 1 【まだ日常《にちじょう》の中】

Episode 01

実父《ちち》は、リヤナを『できそこない』と呼《よ》んでいた。

Episode 04

二月一四日、言わずと知れたバレンタインデー。

その日の午後、桃原誓護《ももはらせいご》は妹のいのりと一緒《いっしょ》に、お菓子《かし》作りに挑戦《ちょうせん》していた。

既《すで》にあらかたの作業は終わり、冷蔵庫《れいぞうこ》で冷やしている最中だ。できる片付《かたづ》けは今のうちに済《す》ませておこうと、湯せんに使ったボウルを洗《あら》い、チョコレートの破片《はへん》を始末する。

そのとき、ぴんぽーん、と来客を告げるチャイムが鳴った。

「はいは〜い……ってアコニット⁉」

インターフォンのモニターには、ムスッとふてくされたような美少女が映《うつ》っていた。

流れるような銀髪《ぎんぱつ》に、ところどころ鮮《あざ》やかな紅《あか》が混《ま》じっている。同じく紅の瞳《ひとみ》はつぶらで大きく、長いまつ毛の下でキラキラと蛍光灯《けいこうとう》の光を弾《はじ》く。桜色《さくらいろ》の唇《くちびる》は軽くすぼめられ、不機嫌《ふきげん》そうに横を向いていた。モニターに映る肌《はだ》にはしっとり透明《とうめい》なつやがある。見間違《みまちが》うはずもない。煉獄《れんごく》の守りびと、教誨師《グリモアリス》アコニットだ。

「え、あ……本当に、君……なの？」

『何よ。これを押すんでしょう』

スピーカー越《ご》しに、自信なさそうな声が聞こえてくる。

『……違った？』

「いや、実に常識《じょうしき》的な訪問《ほうもん》だけど。それゆえに君らしくなかった」

もちろん、壁《かべ》を突《つ》き抜《ぬ》けて侵入《しんにゅう》してくるとか、窓《まど》を破《やぶ》って飛び込んでくる方が彼女らしいという意味だ。

『どういう意味よ……』

誓護の失礼な思考が伝わったのか、バチバチと火花のはじける音がした。インターフォンがショートしてしまう前に、誓護はあわてて玄関《げんかん》へと飛んで行った。

アコニットはいつもの通り、白黒の衣装《いしょう》を身に着けていた。フリルやレースがふんだんに使われたドレスは、部分的にはひどくきわどく、部分的にはひどく少女趣味《しゅみ》だ。おそらく、アコニットの趣味なのだろう。実際《じっさい》、よく似合《にあ》っている。有毒植物の毒と花のような二面性《にめんせい》が、見事にアコニットの本質《ほんしつ》を体現《たいげん》していた。

「いらっしゃい。久《ひさ》しぶり……ってほどでもないけど、きてくれて嬉《うれ》しいよ」

とびきりの笑顔《えがお》で迎《むか》えたのに、アコニットは「ふん……」とつれない返事をした。しかし、誓護は腹《はら》を立てたりしない。これこそ、『アコニットらしい』態度《たいど》なのだ。愛想《あいそ》よく「お邪魔《じゃま》しま〜す」なんて言われた方が気持ち悪い。

アコニットを招《まね》き入れる。玄関から上がるとき、アコニットのブーツが黒い炎《ほのお》を上げて燃え、赤ん坊《ぼう》のようにまっさらな、白い素足《すあし》が現《あらわ》れた。

リビングは酔《よ》いそうなほどに濃厚《のうこう》な、チョコレートの香《かお》りに満ちていた。アコニットはくんくんと匂《にお》いをかいで、それから兄妹《きょうだい》のエプロンを怪訝《けげん》そうに見た。

「二人で何をしていたの？」

「ちょっとチョコレートをね。今日、バレンタインだろ？」

「バレンタイン……？」

「この国じゃあね、親しい人や、お世話になった人、好意を寄《よ》せている人に、チョコレートを贈《おく》るっていう風習があるんだよ」

「知ってるわよ、そのくらい……。でも、それは女の子の風習でしょう？」

誓護はギクッとした。

「い、いいだろ、別に。いのりと一緒に作るのが、毎年恒例《こうれい》の行事なんだよ」

アコニットはわけ知り顔でうなずいた。

「……なるほどね。少なくとも一個《こ》は妹からもらえるし、妹に悪い虫がつきそうになったらすぐにわかるって寸法《すんぽう》なのね。何てあさましい」

「ただの心温まる兄妹の交流じゃないか！　変なこと言うなよ！」

なかなかどうして、アコニットの洞察力《どうさつりょく》は侮《あなど》れない。アコニットの言葉通り、今年もいのりとのチョコ交換《こうかん》だけで終わる予定の誓護である。

「そんなことより、ほら見ろよアコニット～。いのりのエプロン姿《すがた》、可愛《かわい》いだろ～？」

最愛の妹を目の前に立たせ、くるくると回す。いのりはひらひらとフリルのついた、可愛らしいエプロンを着けていた。

しかし、アコニットの反応《はんのう》は冷ややかだった。

「……悪くはないけど。エプロンくらいで何をはしゃいでるのよ。ばかみたい」

「バッサリ切った!?　男は女の子のエプロン姿に弱いんだよっ」

「それって――ハダカ何とかってやつ？」

「……君、どこでそんなこと覚えたの？」

誓護はげんなりとした。アコニットの知識《ちしき》には怪《あや》しいところがある。

「まあ、とにかくかけてよ。先にこれやっちゃうから」

やかんを火にかけ、紅茶《こうちゃ》を淹《い》れる準備《じゅんび》をする。それから、冷やしていたチョコレートを冷蔵《れいぞう》庫《こ》から取り出して、いのりと一緒に仕上げの作業に取りかかった。

「……ねえ。トリュフ、って知ってる？」

ソファの背《せ》もたれにちょこんと腰《こし》かけ、アコニットがそんなことを言った。

「お菓子のトリュフなら、今作ってるけど」

誓護の目の前には、きれいに丸められたチョコレートの玉が並《なら》んでいた。ココアパウダーを茶こしで振《ふ》りかければできあがりだ。

アコニットはぴょんとソファを下りて、対面式のキッチンカウンターまでやってきた。その視線《しせん》は誓護でもいのりでもなく、未完成のトリュフに注がれている。

「味見してみる？」

チョコレートをひと粒《つぶ》、ココアパウダーを振って差し出す。

アコニットの紅い瞳がキラキラっと輝《かがや》いた。もしもしっぽがあったなら、嬉しそうにぴょこぴょこ振っていたに違いない反応だったが、アコニットはあくまでも興味《きょうみ》のないふうを装《よそお》って、億劫《おっくう》そうにつまみ上げた。

そっと、小さな唇に運ぶ。

舌《した》の上でコロコロと転がし、チョコレートの味をみてから、不満げに口を開いた。

「ふん、ダメよ、こんな安物——あ♡」

びくんっ、とアコニットの背中が跳《は》ねた。

ぶるるっ、と震《ふる》え、ほんの一瞬《いっしゅん》だけ、うっとりとした表情《ひょうじょう》を浮《う》かべる。

「……何よ、ちょっと……美味《おい》しいじゃない」

アコニットは悔《くや》しそうにチョコレートの粒をにらんだ。

「そう？　気に入ったのなら、後でわけてあげるよ」

誓護は機嫌よく作業に戻った。再《ふたた》び茶こしを手にとり、さらさらと振りかける。

しかし、アコニットの話はまだ続いていたらしい。アコニットはずいっとキッチンに身を乗り出して、

「とにかく、トリュフなのよ」

「はいはい。トリュフがどうしたの」

「とろけるような舌触《したざわ》りよね」

「そうだね」

「なかなかに魅惑《みわく》的だわ」

「好きって子は多いね」

アコニットはむっとして口をつぐんだ。が、すぐに気を取り直したらしく、

「この近くにお菓子《かし》の工場があるんでしょう？　お城《しろ》みたいな……」

「姫乃杜製菓《ひめのもりせいか》の？　うん、あるよ。よく知ってるね」

「そこで〈お菓子の家〉とかいう、いかにも人間が考えつきそうな、おばかで愚《おろ》かしい遊びをやっているそうね？」

「ああ、そんな話を聞いたっけ。バレンタインのイベントがどうとか」

「その〈お菓子の家〉とやらで、その日その場所でしか手に入らない、特別なトリュフが売りに出されてるんですってね？」

「へー、そうなんだ」

「一体、どのくらい愚かしい趣向《しゅこう》なのかしら？　少しなら、私も興味が――」

「よーし完成！　ほーら、いのりも味見してみる～？」

「………………」

「ぎゃあああああああ⁉」

いきなり雷電《らいでん》の花が咲《さ》き、誓護の手首を激《はげ》しく打った。ぼわわんっと使い残しのココアパウダーが盛大《せいだい》に宙《ちゅう》を舞《ま》う。いのりはココアの粉末《ふんまつ》を吸《す》い込んでしまったらしく、くちゅん、と小さくくしゃみをした。

アコニットは天を仰《あお》ぎ、大仰《おおぎょう》に嘆《なげ》いて見せた。

「まったく、何て察しが悪いのかしら。愚鈍《ぐどん》よ。愚昧《ぐまい》よ。おまぬけよ。ああもう、うんざりだわ。アコニットは失望したわ。貴方《あなた》を買いかぶっていたわ」

「何⁉　何キレてんの⁉　反抗期《はんこうき》⁉」

「本当におばかね。だから、つまりね、このアコニットを……」

ごにょごにょと口ごもる。誓護が耳を向けると、アコニットは上目遣《うわめづか》いになって、ささやき程度《ていど》の小さな声でこう言った。

「連れて行って……くれない？」

誓護は唖然《あぜん》とした。何を言われたのか、理解《りかい》するまで数秒かかった。

いとかしこき麗王六花《れいおうりっか》の姫《ひめ》、煉獄《れんごく》のアコニットともあろう者が、〈お菓子の家〉に連れて行けと、おねだりしているのだ。

それはやはり、アコニットのコケンに関《かか》わることらしい。ひどく居心地《いごこち》が悪そうに、お尻《しり》をもぞもぞさせている。

そんなアコニットはおかしくて、そして可愛《かわい》かった。

くすりと笑いを漏《も》らしてしまいながら、誓護は芝居《しばい》がかった仕草で一礼した。

「おおせのままに、姫」

アコニットは小鼻を赤くして、そっぽを向いた。

「……ふん。最初から、素直《すなお》にそう言えばいいのよ」

「君がね」

誓護はまだくすくす笑っていた。アコニットはビリビリと帯電したが、連れて行ってもらう手前、誓護を黒コゲにするのは我慢《がまん》した。

アコニットに紅茶《こうちゃ》を淹《い》れてやってから、誓護はとある人物に電話を入れた。

呼《よ》び出しコール数回で、『……私だ』と返事があった。

「あ、姫沙《きさ》さん？　忙《いそが》しいのに、ごめん」

『ああ……。どうかしたのか』

「姫乃杜製菓のバレンタイン企画《きかく》のことなんだけど。あのイベント、ウチも出資《しゅし》してたよね。入場チケット、今からでも手に入らないかな？」

『まあ、御曹司《おんぞうし》じきじきの頼《たの》みとなれば、どうとでもなるだろうが──私に頼み事とは珍《めずら》しいじゃないか。一体、どういう風《ふ》の吹き回しだ？』

「実は、女の子を連れて行くことになっちゃってさ」

『な、なんだと──っ⁉』

「……そんな驚《おどろ》くとこ？」

非常《ひじょう》に複雑《ふくざつ》な気分だが、実際《じっさい》、今まで浮《う》いた話のひとつもなかったのだから仕方がない。

姫沙が任《まか》せろと言ってくれたので、誓護はその言葉に甘《あま》えることにした。チケットが届《とど》くまでのあいだに、いのりにお出かけの支度《したく》をさせ、自分自身も準備《じゅんび》を整える。

まさか、部屋着で出かけるわけにはいかない。アコニットはあの通り、人間離《ばな》れした美少女だ。それを連れ回すのだから、こちらも恥《は》ずかしい格好《かっこう》はできないだろう。

よそ行きの服に着替《きが》え、チョーカーをつけたりして、それなりにおしゃれしてみる。眉《まゆ》を整え、軽くヘアワックスをつけて、コロンを振って完成だ。

鏡の前で顔の角度を変えて、おかしなところがないか確《たし》かめた。

「うーむ。けっこうイイ男じゃないか」

満足して、うなずく。それから、急にしんみりとした。

「……何でモテないんだろう」

鏡の前で暗くなっていると、携帯電話《けいたい》にメールが届いた。

差出人は姫沙だった。もうすぐチケットが届くらしい。そわそわしているアコニットと妹を部屋に残し、誓護は一階のエントランスへと下りて行った。

さほど待たず、真っ赤なクーペがマンション前の道路に停《と》まった。

運転席から姿《すがた》を見せたのは、車種に不釣合《ふつりあ》いな女子中学生だった。

……いや、もちろん本当に中学生のはずがない。小柄《こがら》で、かつ童顔なのでそう見えるのだ。

ブランドもののパンツスーツをパリッと着る『デキる女』風の着こなしも、姫沙の場合はリクルートスーツに見えてしまうから気の毒だ。

「姫沙さんがきてくれたんだ。ありがとう、わざわざ」

「ボンボンがどんな娘《むすめ》を引《ひ》っ掛けたのか、興味《きょうみ》があってね」

メタルフレームの眼鏡《めがね》の向こうで、切れ長の眼《め》が意地悪っぽく笑った。あたりを見回し、誓護一人だとわかると、姫沙は残念そうに肩《かた》をすくめた。

「それよりも。まさかとは思うが、妹同伴《どうはん》じゃないだろうな？」

　実際は上に待たせているのだが、誓護が何か言うより早く、姫沙はかぶせるように言った。

「何だ、現地で待ち合わせか？」

「そのつもりだけど」

　姫沙は盛大《せいだい》にため息をついた。

「だから貴様《きさま》はシスコンのバカボンボンだと言うんだ」

「視線《しせん》に憐《あわ》れみが混《ま》じってる……!?」

「少しは妹離《ばな》れしろ。女と出かけるのに妹を連れて行くバカがどこの世界にいる」

「そんなこと言ったって、いのりだけお留守番《るすばん》なんて可哀相《かわいそう》じゃないか！」

　姫沙はやれやれという顔でチケットの束を取り出し、ばしっと誓護の胸《むね》に押《お》しつけた。

「ほら、四枚《まい》ある」

「四枚——」

「頼んだのは三枚だ。

「誰《だれ》か保護者《ほごしゃ》役を見繕《みつくろ》え。そいつに妹を任せれば、二人きりになれるだろ」

「気を遣《つか》ってくれてありがとう。でも別に」

「グダグダ言うな！　いつまでも妹べったりでは、永遠《えいえん》に非《ひ》モテだぞ！」

「嘘《うそ》!?　永遠に!?」

「まったく……バレンタインだというのにコブつきで出かける阿呆《あほう》がいようとは……」

姫沙はまだぶつぶつと言っていた。これで一緒《いっしょ》に出かける相手がアコニットだと知ったら、またいろいろと言われそうだったので、誓護は黙《だま》っていることにした。

それから、姫沙は急に真剣《しんけん》な調子になって、こんなことを言い出した。

「まさかと思うが、気をつけろよ。よくないウワサもある施設《しせつ》だ」

「よくないウワサ？」

「ここだけの話だがな」

事情《じじょう》通のあいだでは有名な話だ、と前置きして姫沙は語った。

ここ数年、〈お菓子《かし》の家〉で不可思議な事件《じけん》が続いているという。

訪《おとず》れた客——それも決まって少女らしい——が、突然《とつぜん》、神隠《かみかく》しにあったかのように消えてしまうのだ。

何かの事件に巻《ま》き込《こ》まれたのか、異次元《いじげん》に迷《まよ》い込んでしまったのかは定かではない。わかっているのはただひとつ。毎年のように、少女が一人、いなくなるということだけ。

因果《いんが》関係ははっきりせず、事件はどれも未解決《みかいけつ》だ。少女たちが本当にお菓子の家で消えたという確証《かくしょう》もない。しかし、いつの頃《ころ》からか、人々はこんな噂《うわさ》をささやくようになった。

お菓子の家には、悪い魔女《まじょ》が棲《す》んでいる。

少女を丸ごと喰《く》らい尽《つ》くす、悪食《あくじき》なる魔女が。

「姫沙さん、それって……」

誓護は軽い頭痛《ずつう》を覚えながら言った。

「ただの都市伝説じゃない？」

「な――っ⁉」姫沙は真っ赤になって怒《おこ》った。「バカを言うな！　私の友人の友人も、実際《じっさい》に帰ってこなかったんだぞ！」

「……あー」もはや疑《うたが》う余地《よち》もない。

「魔女のローブの下はそれはもうドロッドロに腐敗《ふはい》していてな、内臓《ないぞう》を引きずりながら追いかけてくるのだ！　捕《つか》まった少女はパン焼きのかまどに放《ほう》り込まれ、こんがりときれいな焼き目をつけられて――」

むきになって話を続ける。相変わらず、怖《こわ》い話にはめっぽう弱い姫沙だった。

「わかった、わかったよ。気をつけることにするよ」

姫沙はまだ言い足りない様子だったが、重ねて言うのも大人げないと思ったのか、魔女の話はそのくらいで終わりにした。

「ふん。それで、だ。その……何だ」

ちょっと言いにくそうにする。それから、思い切ったようにクーペの中に上半身を突《つ》っ込み、ダッシュボードから小さな包みを取り出した。

「とりあえず、日が日だしな」

ぽい、と無造作《むぞうさ》に誓護に放る。誓護は空中でキャッチして、そして目をむいた。

「こ、これは――っ⁉」

「バカ！　そんなに驚《おどろ》くことか！」

それはリボンのかかった箱だった。ちょっとゴージャスな包装紙《ほうそうし》には、誓護も知っているような、名の通った洋菓子店の刻印《こくいん》がある。

チョコレートだ。

鼻の頭を赤くしながら、姫沙はそっぽを向き、腕組《うでぐ》みして言った。

「何だかんだで世話になっているからな。それに報《むく》いない方はないだろう」

義理《ぎり》チョコ第一号、ゲット。

じーん、と誓護は感動した。義理チョコ一個《こ》で感動というのも情《なさ》けない話だが。

「ありがとう、姫沙さん。お返し、楽しみにしててよ」

「……ふん。ま、期待しないで待ってるよ」

姫沙は大人っぽく微笑《ほほえ》んだ。そうやって笑うと、トゲトゲしい視線のカドが取れて、思いのほか優《やさ》しげな素顔《すがお》がのぞいたりする。

「おっと、忘《わす》れちゃいかんな。もう一つ、預《あず》かり物がある」

そう言うと、姫沙は座席《ざせき》の下から白い紙袋《かみぶくろ》を取り出した。

こちらも洋菓子店のものだった。中身はきれいに包装された箱――察するに、チョコレートなのだろう。どうやら、義理チョコ第二号ゲットの模様《もよう》だ。

小箱には、メッセージが添《そ》えられていた。

『坊《ぼっ》ちゃまへ。毒入りではありませんので、安心してお召《め》し上がりください』

「いやいやいや真白《ましろ》さん！　それ毒だから！　ものすっごい毒だから！」

思わず全力で突っ込んでしまってから、誓護はしみじみとつぶやいた。

「……元気でやってるみたいだね」

「ああ、憎《にく》らしくなるほどにな」

そう言った姫沙の横顔は、誓護の予想に反して、ひどく穏《おだ》やかだった。

「姫沙さん——真白さんと会ってるの？」

「週に一度は頭を下げにくる。鬱陶《うっとう》しい話さ」

「……真白さんのことは」

「許《ゆる》すことなどありえない。だが……」

姫沙はふっと力を抜《ぬ》いた。うっすらと頬《ほお》をゆるめて、

「人を憎み続けるにも、エネルギーがいるんだよ」

それから、皮肉っぽい笑《え》みになる。

「どだい、私はこうして野放しだ。こんな私に、人を責《せ》める権利《けんり》はないさ」

「……そうかな？」

「そうなのさ。さて、それじゃ私は仕事に戻《もど》るとするよ」

姫沙は車のドアを開けた。乗り込む前に空を見上げ、天気を見る。既《すで》に夕暮《ゆうぐ》れどきだが、厚《あつ》い雲が垂《た》れ込めていて、夕陽《ゆうひ》は見えない。一雨きそうな空模様だ。

「上手《うま》くやれよ、青少年」

からかうようにそう言って、姫沙はクーペに乗り込んだ。

走り去る車を見送り、誓護は苦笑《くしよう》した。

「お菓子の家には悪食なる魔女が棲んでいる、ね……」

安い話だ。童話の内容《ないよう》、そのまんまじゃないか。

——と、笑っている余裕《よゆう》があったのだ。

このときは、まだ。

Episode 06

午後六時を過《す》ぎる頃、タクシーは姫乃杜製菓《せいか》の工場に到着《とうちゃく》した。

厚く垂れ込めた雲に街の灯《ひ》が反射《はんしや》して、くすんだオレンジ色に染《そ》まっている。その幻想《げんそう》的な空の下、ライトアップされて浮《う》かび上がる、『お城のような』建物があった。

ハーフ・ティンバー（半木造《はんもくぞう》）という様式らしい。骨組《ほねぐ》みが木造で、その中に石やレンガを充填《じゆうてん》して建てる、過去《かこ》のイギリスで流行《はや》った工法だそうだ。

四隅《よすみ》に建てられた石造りの尖塔《せんとう》が城塞《じようさい》のような外観を形作っている。正面側は広報《こうほう》を兼《か》ねた娯楽施設《ごらくしせつ》、奥《おく》は工場という構成《こうせい》だ。この建物と、隣接《りんせつ》する植物園を合わせて、〈プリンセス・ガーデン〉と言うらしい。

そんな解説《かいせつ》が印刷されたチケットを見ながら、誓護はタクシーを降《お》りた。微妙《びみょう》に車酔《くるまよ》いしているアコニットに手を貸《か》し、歩道の上に立たせてやる。その後に続いて、いのりもちょこちょこと車を降りた。

車寄《くるまよ》せの前には、『バレンタインフェア　お菓子の家と魅惑《みわく》のスイーツたち』という案内板が出ていた。それによると——

まず、一階奥のホールに実車を模《も》した実物大の車チョコレートが展示《てんじ》されているらしい。カフェテリアとレストランでは特別メニューを、販売所《はんばいじょ》では限定《げんてい》商品を取り扱《あつか》っている。植物園は特別にライトアップされていて、散策《さんさく》できるようになっているそうだ。

そして、目玉はもちろん〈お菓子の家〉。これは小屋の骨組みを大量のお菓子で飾《かざ》ったもので、実際《じっさい》に壁《かべ》や屋根をもぎ取って食べることができるという。バカバカしいと言えばそれまでの企画《きかく》だが、どのくらいの規模《きぼ》のものなのか、誓護もちょっと興味《きょうみ》がある。

ちょうど開場時刻《じこく》を迎《むか》えたらしい。並《なら》んでいた人々がぞろぞろと建物に入って行く。やはり、圧倒《あっとう》的に女性《じょせい》客が多い。ときどき見かける男性客は例外なく女性連れだ。アコニットが一緒《いっしょ》でよかった……と胸《むね》をなで下ろしながら、チケットを三枚《まい》、係員に渡《わた》す。

クロークにコートを預《あず》ける頃《ころ》には、アコニットはもうすっかり元気を取り戻していた。もの珍《めずら》しそうに、きょろきょろとあたりを見回している。

「くどいようだけどさ、アコニット。くれぐれも、人前でビリビリ放電したりとか、おどろおどろしい空気を漂《ただよ》わせたりとか、空を飛んだりしないでくれよ？」

「わかってるったら……うるさいわね」

アコニットは唇《くちびる》をとがらせた。ふてくされたのかと思ったが、

「あれは何？」「そっちのあれは？」「あの黒服は何者？」「この看板《かんばん》はどういう意味？」「どうしてこんな古めかしい造《つく》りなの？」

と、さっそく誓護を質問攻《しつもんぜ》めにする。誓護は妹が一人増《ふ》えたような錯覚《さっかく》に陥《おちい》った。もちろん、いのりよりも数倍手のかかる妹だ。

「あのさ、アコニット」

「何よ」きょろきょろ。

「会いにきてくれたのは嬉《うれ》しいんだけどさ」

「別に貴方《あなた》に会いにきたわけじゃないわ」

限定販売のトリュフに会いにきたのだ。

「――それはともかく。仕事の方はいいの？」

「いいも何も、関係がないわ」

「……え？」

ひょっとして——と、誓護の脳裏《のうり》に怖《おそ》ろしい考えが浮かぶ。

アコニットは任務《にんむ》の『ついで』ではなく、純粋《じゅんすい》に限定販売のトリュフが欲《ほ》しくて、人間の世界にやってきたんじゃないか？

「……君、あの世じゃ、やんごとなき身分のお方なんだろ？　仕事でもないのに、ホイホイ出歩いていいの？」

「……ふん、相変わらずイヤな男。痛《いた》いところをついてくるじゃない」

「ってことは、やっぱり規《き》則《そく》違《い》反《はん》なんだね……」

あの世のことはよくわからないが、仮《かり》に冥府《めいふ》と現世《げんせ》が国と国のような間柄《あいだがら》なら、これは不法入国ということになる。

「何よ、その顔」アコニットは頬《ほお》を膨《ふく》らませた。「私に、会いたくないの？」

「おてんばもいいけどさ、ほどほどにしないと、君のご両親だって心配するだろ」

「……そんなの、いないわ」

うつむき、ぼそぼそと言う。

「父も母もとうに枯《か》れ——死んだもの」

誓護はぽかんとした。今、意外なことを言われた。

「君たちって……死ぬの？」

「死ぬわよ。私を何だと思ってるの」

「へえ……。グリモアリスにも寿命《じゅみょう》ってあるのか」

しかし、アコニットはかぶりを振《ふ》った。

「それは違うわ、誓護。私たちには寿命があるのよ」

「それって、どういう――」

「あ！　誓護、あれは？　あれは何を売っているの？」

アコニットが指差す先には、ソフトクリームスタンドがあった。

より正確《せいかく》に言えば、ソフトクリームを手にしたカップルの姿《すがた》があった。

「白いのね」

「見ての通りね」

「アイスクリームの一種なの？」

「そうだよ」

「ふわふわね」

「まあね」

「どんな感じなのかしら」

「白くて、冷たくて、ふわふわなんだよ」

アコニットの眉間《みけん》でパリッと静電気がスパークした。かなりイラ立っている。

誓護はため息をついた。そして、電撃《でんげき》で焼かれる前に自ら折れた。

「……味見、なさいます？」

アコニット姫《ひめ》は鼻息も荒《あら》く、「悪くないわね」とのたまった。

ついでにホールを迂回《うかい》し、実寸大《じっすんだい》の車チョコレートを眺《なが》めながら、ソフトクリームを食べることにした。アンティーク調のベンチに三人並《なら》んで腰《こし》かける。

アコニットはかなりご満悦《まんえつ》の様子だ。買ってもらった『姫乃杜牧場の牛乳《ぎゅうにゅう》ソフト』を小さな舌《した》でちろちろ舐《な》めている姿は、とても地獄《じごく》の使いには見えない。そうしていると、罪人《ざいにん》を地獄に送るという怖《おそ》ろしげな役目も、猛毒《もうどく》の稲妻《いなずま》を操《あやつ》ることができるという事実も、すべてが空想の産物のように思えてくる。

微笑《ほほえ》みながら見つめていると、アコニットは怪訝《けげん》そうに、

「何よ。……私の顔に、何かついてる？」

「いや。可愛《かわい》いなー、と思って見てるんだよ」

「ふん……。人間もお世辞を言うのね」

「本心なんだけどね。ソフトクリームのお味はいかがですか、姫？」

「ふん……。まあ、こんなものじゃない？」

誓護は苦笑《くしょう》した。口の周りをクリームまみれにして、よく言うよ。

そのとき——

「チーフ、監視《かんし》カメラの電源《でんげん》は大丈夫《だいじょうぶ》なんだろうな？」

と、不穏《ふおん》な言葉が背後《はいご》で聞こえた。

とっさに振《ふ》り返ってしまう。

誓護の背後にはカカオの鉢植《はちう》えが置かれていたが、声はその向こう側から聞こえた。

最初に目についたのは、眼鏡《めがね》をかけた青年だった。ここの従業員だろう。黒いベストに蝶《ちょう》ネクタイ、腰にエプロンを巻《ま》いたギャルソン風の衣装《いしょう》で話を聞いている。

一方、不穏な言葉を発したのは、青年実業家風の男だった。光沢《こうたく》のある白いスーツに、つやのある紫色《むらさきいろ》のシャツを着て、なかなかの洒落者《しゃれもの》っぷりを見せている。

(あれは……姫宮《ひめみや》社長?)

女性《じょせい》を連れて一般《いっぱん》客に成りすましているが、この姫乃杜製菓《せいか》の三代目若社長《わかしゃちょう》、姫宮氏だ。何度かパーティ会場で見たことがある。ファッション誌《し》から抜《ぬ》け出してきたような、華《はな》やかな容《よう》姿《し》と着こなしは一度見れば忘《わす》れない。

「監視を怠《おこた》るな。今年も何も起こらない——そうでなくては困《こま》るんだ。いいな?」

妙《みょう》に含《ふく》みのある言い方だった。

何かが引っかかる。何だ……。何があるんだ?

社長は眼鏡の青年(チーフと呼《よ》ばれていた)と別れ、去って行った。眼鏡の青年も足早にその場を離《はな》れる。恐《おそ》らく、持ち場に戻《もど》ったのだろう。

誓護がそちらに気を取られていると、アコニットは不思議そうに頭を寄《よ》せてきた。

「……何よ。知り合い？」

「まあね。挨拶《あいさつ》するほどでもないけど——って君、鼻の頭にクリームついてるよ」

思わず噴《ふ》き出してしまった。その顔は反則《はんそく》的だ。

笑われてプライドを傷《きず》つけられたらしい。かああ、とアコニットの鼻先に血がのぼり、ついでに電流も鼻先に集まってくる。

笑われたアコニットが腹《はら》いせの電撃《でんげき》を放つ前に、館内放送でアナウンスがあった。

『皆《みな》さま、本日は当館にご来場いただきまして、まことにありがとうございます。間もなく、四階催事場《さいじじょう》にて、スイーツバイキング〈お菓子の家〉をオープンいたします。そちらでは特製《とくせい》トリュフ〈月夜の小石〉を限定販売《げんていはんばい》いたしますので、是非《ぜひ》お土産《みやげ》にどうぞ。なお、館内は混雑《こんざつ》が予想《よそう》されますので、特に階段《かいだん》付近ではお足元にご注意ください——』

どうやら、〈お菓子の家〉の準備《じゅんび》が整ったらしい。

特製トリュフ、という言葉を聞いて、アコニットの目の色が変わった。

「何してるのよ、誓護。早く行かないと」

ぱりぽりとワッフルコーンを口に押《お》し込《こ》んで、アコニットが立ち上がる。

あわてなくても、目玉商品なんだから十分な数を用意してあるよ——なんて道理を諭《さと》したところで、聞く耳を持ってもらえそうにない。

「モタモタしないで。特製なのよ。限定なのよ。なくなっちゃうわ」

アコニットはハラハラした様子で周囲を見回す。実際《じっさい》、半数ぐらいの人々がこぞって階段の方へと殺到《さっとう》していた。イベントは午後一〇時まで。時間はたっぷりあるものの、早めに駆《か》けつけたい集団《しゅうだん》心理《りかい》も理解できる。

仕方ない。誓護は覚悟《かくご》を決め、やれやれという気分で立ち上がった。

アコニットといのりを背中《せなか》に隠《かく》し、かばうような体勢《たいせい》で人の波に突入《とつにゅう》する。

「さすがに混《こ》んでるね。はぐれないように――」

その言葉が途中《とちゅう》で止まる。首だけ振り向いた格好《かっこう》のまま、誓護は硬直《こうちょく》した。

「――いのり？　アコニット？」

既《すで》に、二人の姿《すがた》は見えなくなっていた。

Episode 07

いつからだろう。これほどの興奮《こうふん》をおぼえるようになったのは。

その味に、酔《よ》いしれるようになったのは。

それが許《ゆる》されない絶対《ぜったい》悪だとわかっていても、止まらない。

頭で理解した程度《ていど》のルールは、震《ふる》えるほどの快楽《かいらく》の前には砂《すな》の防波《ぼうは》堤《てい》に過《す》ぎない。

呪《のろ》うべきは神、憎《にく》むべきは創造主《そうぞうしゅ》。我《われ》をかくもおぞましく造《つく》りたもうた何者か。

それが我が身の本質《ほんしつ》ならば、ただその存在《そんざい》をまっとうするのみ。

Episode 10

今宵《こよい》もまた、獲物《えもの》が魔獣《まじゅう》の棲《す》み家《か》にやってきた。

誓護はその場に立ち尽《つ》くした。

いのりはもちろん、アコニットも小柄《こがら》な方だ。ぎゅうぎゅうの人ごみにさらわれてしまったのだろう。いくら人ごみに不慣《ふな》れとは言え、これはさすがに早すぎる。

やむなく、人波を逆行《ぎゃっこう》し、二人の姿を探《さが》す。

アコニットはただでさえ人目を惹《ひ》く美少女だ。その上、髪《かみ》の色まで特殊《とくしゅ》だ。あの奇抜《きばつ》な色彩《しきさい》はさぞや目立つだろうと思ったのだが、意外や意外、簡単《かんたん》には見つからなかった。今どき銀色の髪など珍《めずら》しくもないし、アコニットと同じような服装《ふくそう》もよく見かける。姫乃杜製菓《せいか》のイメージキャラクターが銀髪の妖精《ようせい》だったり、その関係で売り子が銀のウィッグをかぶっていたりするのも紛《まぎ》らわしい。この混雑では、迷子《まいご》探しはひと苦労だ。

「うわーっ、どうしよ、どうしよ!? いのりが迷子に!?」

妹の心配で灼熱《しゃくねつ》しそうになる頭に、ふと、先ほどの姫沙の言葉が甦《よみがえ》った。

『少しは妹離《ばな》れしろ』

『いつまでも妹べったりでは、永遠《えいえん》に非《ひ》モテだぞ!』

永遠に、という響《ひび》きが脳内《のうない》でリフレインする。

誓護は、すーはーと深呼吸《しんこきゅう》して気を静めた。

「……まあ、そんなに心配することもないか」

ちょっと前の誓護なら、こんな冷静には受け止められなかった。だが、最近では少し様子が違《ちが》う。もう、いのりだって一人歩きができるのだ。——いのりが慣れたというより、誓護の方が慣れたのだが。

ぶらぶらしているうちに見つかるだろう。いのりには携帯《けいたい》電話も持たせてあるし、いざとなれば、呼《よ》び出しをかけてもらう手もある。

落ち着いて考えてみると、いのりよりもアコニットの方が心配だった。……が、そちらもさほど心配はいらないだろう。いのりが一緒《いっしょ》みたいだし。

誓護は深刻《しんこく》に考えるのをやめ、人の流れに乗って、階段《かいだん》のあるロビーへと向かった。

ぐるりとロビーを見回して、アコニットがいないことを確認《かくにん》。さらに上を振《ふ》り仰《あお》ぎ、階段の上も確認する。

ふと、一人の青年の姿が目に留《と》まった。

すらりとした二枚目《にまいめ》。パティシエなのか、白一色の調理師《ちょうりし》スタイル。そんな格好《かっこう》なのに、身にまとった空気が華《はな》やかで、キラキラとした存在感《そんざいかん》がある。しかし、その瞳《ひとみ》は暗く翳《かげ》り、背筋《せすじ》がうすら寒くなるような怪《あや》しい光を放っていた。

彼はその暗い瞳でホール全体を見下ろしていた。何かを……誰《だれ》かを探しているのだろうか、視線《しせん》をゆっくりと泳がせている。

誓護が探しているのはアコニットだ。彼に用はない。だが——なぜだろう。青年から目が離せない。彼の存在が気にかかる。理由もなく不安になる。これは一体？

「——うわっ！」

不意に、背後《はいご》から突《つ》き飛ばされた。

突然のことに踏《ふ》ん張《ば》りきれず、前方に倒《たお》れ、床《ゆか》に手をついてしまう。伏《ふ》せの姿勢《しせい》でこらえた次の瞬間《しゅんかん》、どすんっと何かが背中《せなか》に覆《おお》いかぶさった。

軽い。やわらかい。温かい。くすぐったい。

そんな感覚が次々と襲《おそ》う。誓護はわけがわからず、首だけで背後を振り向いた。

最初に目に飛び込んできたのは、まぶしいくらいの金色だった。

次いで、透明《とうめい》な碧色《あおいろ》が目に入る。サファイヤかと思うほどの輝《かがや》き。

最初の金色は見事な金髪《きんぱつ》で、次の碧色は大きな瞳だった。

金髪碧眼《へきがん》の少女が、誓護の背中の上で、起き上がれずにもがいているのだった。

「ちょっと！　ダメですってば！」

そんな声が聞こえ、入口の係員がバタバタと走ってくる。

一応《いちおう》、周囲に配慮《はいりょ》したのか、係員は声をひそめてこう言った。

「チケットを見せていただかないと、中には入れないんです！」

誓護は既にロビー中の注目を浴びていたが、それでもこの配慮は嬉《うれ》しかった。おかげで事態《じたい》が一瞬で理解《りかい》できた。なるほど、僕《ぼく》の背中でじたばたとハシャいでいる少女は、チケットなしで入口を突破《とっぱ》しようとしたお茶目《ちゃめ》さんというわけだ。

誓護はやれやれという気分で身をひねった。少女がころんっと転がり落ちる。

「いっ……たぁ～い」

耳元をくすぐるような可愛《かわい》らしい声で、少女がうめいた。鼻先を押さえながら、

「も～、何なのぉ……？」

「大丈夫《だいじょうぶ》？」

誓護は少女の腕《うで》をつかんで、引き起こそうとした。

「ほら、立てる――？」

少女がゆっくりと顔を上げる。その刹那《せつな》、誓護の全身に電流が走った。

電流と言っても、アコニットが放つそれとは違《ちが》う。衝撃《しょうげき》が走ったのだ。

少女の容姿《ようし》は際立《きわだ》って美しかった。

全身がぼんやり光って見える。髪《かみ》も瞳もまばゆいほどで、陶磁器《とうじき》のような肌《はだ》がその輝きをさらに強調。ヘッドドレスから手袋《てぶくろ》、靴《くつ》の先まで、パールのような輝きを放つ白一色。ドレスは随所《ずいしょ》にレースが施《ほどこ》され、すそのスカラップには鳥の羽根が刺繍《ししゅう》されている。無造作《むぞうさ》に垂《た》らした金髪を左右の二房《ふさ》だけ両肩《りょうかた》のあたりで束ねていた。

天使のようだ、と誓護は思った。目をこらせば、天使の輪が見えそうな気がする。

少女の容姿があまりに美しかったので、誓護はほとんど反射的《はんしゃ》に、少女の薬指に注目していた。すっかり疑《うたが》う癖《くせ》がついているのだ。この世の存在ではないのでは、と。

果たして、その指には指輪が——

なかった。

その代わり、変わったペンダントを下げている。小指の先ほどの大きさながら、黒光りする石を猛禽《もうきん》がしっかりとわしづかみするという凝《こ》った造形《ぞうけい》で、その繊細《せんさい》さは〝プルフリッヒの振《ふ》り子〟に似《に》ていなくもない。だが、アコニットはそんな首飾《くびかざ》りはしていなかった。

アコニットがこちらにきているので、必要以上に神経質《しんけいしつ》になっているのかも知れない。そもそも、もし彼女がグリモアリスなら、係員の目を盗《ぬす》むくらい朝飯前のはず。

などと考え込んでいると、

「あのぅ」と横から遠慮《えんりょ》がちの声が聞こえた。

そこに、入口の係員が困惑《こんわく》した様子で立っていた。

「ですから、今日は前売りの入場券《けん》がないと入れないんですよ」

少女に向かって言う。無理やりつまみ出すのは気がひけるのか、しきりに出口を示《しめ》して『出てけ』とアピールする。だが、少女は困《こま》ったような（見ようによっては悲しげな）顔をしただけで、うんともすんとも言わないのだった。

ムス、とふてくされたような態度《たいど》で、そっぽを向いてしまう。

「弱ったなあ……。言葉が通じないのかなあ……」

困り果てた係員の視線《しせん》が、手がかりを求めるように宙《ちゅう》を泳ぎ——

まずい、と思ったが間に合わない。目をそらす間もなく、視線が合ってしまった。

誓護はやれやれと頭をかいた。仕方がない。

「あの、ちょっといい？　君さ……」

少女は怪訝《けげん》そうにこちらを向いた。

薄桃色《うすももいろ》の唇がゆっくりと開く。少女は億劫《おっくう》そうな、ツンとつれない感じの声で、

「なあに？」

「え——」

「ぶつかったことは謝《あやま》るわ。ご用はなあに？」

逆《ぎゃく》に訊《き》かれてしまった。立場があべこべだ。

それにしても、こうして日本語ができるのなら、係員の言葉は理解していたということだ。

理解していて、それでも強行突破を試みたのなら、その理由はひとつしかない。

（やれやれ……）

誓護は自分を冷淡《れいたん》な人格《じんかく》だと思っている。見知らぬ他人を誰彼構《だれかれかま》わず助けるような、親切な人間ではないと。

一方で、すぐ目の前に困っている人がいて、しかも助ける手段《しゅだん》があるとき——あっさり見捨《みす》てられるほど、強靭《きょうじん》な精神力《せいしんりょく》も持ち合わせてはいないのだった。

ましして、この少女は狙《ねら》ったように誓護の背中《せなか》にぶつかった。これも何かの縁《えん》だろう。

(結局……僕って奴《やつ》は、自分で思っている以上にお人好《ひとよ》しなのかな?)

誓護は内心でため息をつきつつ、財布《さいふ》の中から不要なチケットを取り出した。

「チケット、なくて困ってるなら」

少女は目を丸くした。サファイヤ色の瞳《ひとみ》がきらりと輝《かがや》く。

「……くれるの?」

「うん」

「ありがとう!」

一転、少女はなつっこく誓護に顔を寄《よ》せ、にっこりと笑った。

(うわあ……)

クラッときた。至近距離《しきんきょり》で見るには刺激《しげき》が強すぎる笑顔《えがお》だった。何てまぶしい……。

誓護は直視できずに顔を背《そむ》けた。ちょうど、そこに係員の顔があった。

「……ってことで、いいですか?」

「あ、ああ、はい、どうぞ!」

係員はぎこちない笑顔で少女のチケットを切ってくれた。誓護を物珍《ものめずら》しげにじろじろ見たが、金持ちの道楽とでも思ったか、チケットの出所を追及《ついきゅう》したりはしない。面倒《めんどう》から解放《かいほう》されてよかった、という安堵《あんど》の表情《ひょうじょう》を浮《う》かべ、早々に持ち場に戻《もど》って行った。

どうやらトラブルではないらしいと判断《はんだん》して、人々の視線も少しずつ離れていく。

「よかった、入れたわ！」

少女は感動したような声を出した。それから、くるりと誓護に向き直り、

「ありがとう。貴方《あなた》のおかげね」

「そう？　お役に立てて、よかったよ」

少女がまた、子犬のように顔を寄せてきた。その分、誓護はのけぞってしまう。香水《こうすい》なのか、少女の胸《むね》からふわっと花のような香《かお》りが立ちのぼってくる。

「Amici《アミーキ》 in《イン》 rebus《レーブス》 adversis《アドウエルシス》 cognoscuntur《コグノスクントウル》」

「え、何？」

「古代の人間たちの格言。友は逆境《ぎゃっきょう》で知らる——って」

可愛《かわい》らしく微笑《ほほえ》む。それから、そっと胸元《むなもと》に手を置いて、名乗った。

「初めまして。私はリヤナ」

「リヤナさんね。僕《ぼく》は桃原誓護。誓《ちか》い、護《まも》るで誓護だよ」

「誓護」にこりと笑う。「よろしく、誓護」

少女——リヤナは白い手袋《てぶくろ》の手を差し出して握手《あくしゅ》を求めた。

跳《は》ねっ返りのように見えて、そんな所作のひとつひとつに気品がある。まるでプリンセスのようだな、と誓護は思った。ただの観光客には見えないし……。日本語ができて、屈託《くつたく》がなく、世間知らず。とすると、外交官か富豪《ふごう》の娘《むすめ》だろうとあたりをつける。

「うん、よろしく」

誓護はその手を握《にぎ》った。ほっそりと華奢《きやしゃ》な指は、意外と力強く誓護の手を握り返した。

それから、リヤナは突然《とつぜん》、「……あ!」とすっとんきょうな声をあげた。

「ど、どうしたの?」

「……ど、どうしよう」

輝かんばかりだった表情がみるみる翳《かげ》る。

「誰にも正体を知られてはならない、って言われてたんだった……」

誰に言われていたのか知らないが、それが本当なら間抜《まぬ》けな話だ。

「どうしようどうしよう。うーんうーん……」

思いつめた様子でうつむき、チラリと不穏《ふおん》な目つきで誓護を見る。

「始末……?」

「ストップ! そんな目で見なくたって、誰にも言わないよ! 忘《わす》れるよ!」

「本当に?」

「本当です」

「本当の本当に？」

「本当本当」

「……私の名前、忘れちゃうの？」

「どうして欲《ほ》しいの……？」

「誰にも言わないで」

「それならお安い御用《ごよう》」

「約束ね！」

リヤナはきゅっと誓護の手を握り、指をからめて微笑んだ。

「よかったわ。貴方が話のわかる人間で」

「僕もよかったよ、始末されなくて」

誓護は苦笑《くしよう》した。一瞬《いっしゅん》、冗談《じょうだん》に聞こえなかった。

それにしても、不思議な少女だった。万華鏡《まんげきよう》のようにころころと表情が変わる。その表情のひとつひとつに魅《み》せられてしまう。誓護がどぎまぎしてしまうのもむべなるかな。少女は確《たし》かに、溌剌《はつらつ》とした魅力にあふれていた。

「まあいいや。それじゃ、僕はこれで――」

「あーん、待ってよ」

腕《うで》を引かれ、引き止められる。

「私、この国のことはよくわかんないの。案内して」

「ええ？　いや、でも……」

「ねえ、いいでしょう？」

ぎゅむっと誓護の腕を抱《かか》え込《こ》む。ふにゃ、という妙《みょう》な感触《かんしょく》が、誓護の脳《のう》を麻痺《まひ》させた。

Episode 11

いきなり〈お菓子《かし》の家〉に連れて行ったのでは、色気もへったくれもないだろう——と誓護なりに気を利《き》かせたのだ。気を利かせて、まずはロマンティックに、ライトアップされた植物園を案内したのだが。

「疲《つか》れた！　足が痛《いた》いおなかすいたノドかわいた！」

駄々《だだ》っ子《こ》だ。

「まだ半周もしてないよ」

「だって、疲れたんだもん！」

ぷー、とふくれる。リヤナはその場にしゃがみ込んで、『もう歩けない！』とアピールしていた。このワガママっぷり、アコニットに似《に》ていなくもない。

誓護は弱って周囲を見渡《みわた》し、シュークリームのスタンドを見つけた。〈お菓子の家〉に客を取られてしまっているらしく、店員は暇《ひま》そうにあくびをしている。

「じゃ、あそこのスタンドで何か食べよう」

「あ……あれ、食べ物なんだ」

リヤナは不思議そうにスタンドを眺《なが》めた。興味《きょうみ》を惹《ひ》かれた様子で、先に立って歩き出す。

じーっとケースの中をのぞいた後で、

「私、あのふわふわのやつ！」

エクレアのことを言っているらしい。ふわふわの生クリームがのっている。

「左様で……。ご一緒《いっしょ》にお飲み物などいかがですか、姫《ひめ》？」

「のみもの？」

「紅茶《こうちゃ》とか」

「のむ！」

「はいはい」

そんなわけで、二人並《なら》んでベンチに腰《こし》かけ、熱帯の植物を見上げながら、冷たい紅茶で喉《のど》を潤《うるお》した。

リヤナは甘《あま》いものが好きらしい。エクレアを口にするなり、しきりに「甘〜い！」「美味《おい》しい〜！」と、子供《こども》みたいな感想を連発していた。

何にせよ、機嫌《きげん》が直ってよかった。誓護はほっとして、

「ところで君、お金持ってる？」

「おかね？」

リヤナはきょとん、として小首を傾《かし》げた。

「おかね、ってなあに？」

「ええと、だから、日本円……」

「ないわ」

ダメだこりゃ。

こんな〝甘い〟誘惑《ゆうわく》だらけの場所に入り込んで、目の前でお菓子のスペクタクルワールドが繰《く》り広げられているというのに、財布《さいふ》がカラでは拷問《ごうもん》に等しい。

誓護はため息とともに覚悟《かくご》を決めた。

仕方ない。これも何かの縁《えん》だろう。おまけにかなりの美少女だし——いや、今のは間違《まちが》い。言い間違いだ。そんな下心はないぞ、決して。

「誓護？　どうしたの？」

「あっ、いや、何でも！」手を振《ふ》ってごまかす。「ええと、それじゃ、僕がごちそうするよ。君のおなかが満足するまで」

「えー、嬉《うれ》しい！　何をごちそうしてくれるの？」

にこにこと、わかっているのかいないのか、わからないようなことを言う。

「何をって……だから、スイーツを」

「スイーツ。スイーツってなあに？」

「そりゃ……甘くておいしいもの、かな」

「それも甘いの？　楽しみー♡」

どうも話がかみ合わない。

（……ま、喜んでるみたいだし、いいのかな？）

乗りかかった船だ。アコニットよりは背丈《せたけ》があるものの、ほっそりとしているし、女の子一人が食べられる量などたかが知れている。そういうわけで、とりあえず、この少女にお菓子をおごる方向で今後の方針《ほうしん》が決まった。アコニットの方はいのりに任《まか》せよう……。

何だか妙《みょう》なことになってきた。しかし、こんなハプニングもまた楽し、と思えるだけの心の余裕《よゆう》が誓護にはまだあった。

しかし——その一五分後。

シュークリームをぱくつきながら、誓護は思った。

甘かった（さっきのエクレアくらい）。

誓護は先ほど出会った美少女、リヤナと並んでベンチに腰かけていた。

誓護の手にあるのは、たっぷりのカスタードクリームに加え、ホイップさせた生クリームをのせたシュークリーム。美味しいとは思うが、誓護には少し甘すぎる。

この甘ったるいシュークリームを、リヤナは続けざまに三個《こ》もたいらげた。

いや、シュークリームだけではない。

トリュフにガトーショコラ、クレープにチュロス、ソフトクリームにミルフィーユ、スイートポテトにアップルパイ……。

あれよあれよと言う間に、スタンドの主力商品をひと通り食してしまっていた。

「何て言うか……よく食べるね？」

リヤナは四つ目のシュークリームを上品な所作で食べながら、

「そんなことないわ」

自覚がないのか。

「そんなに食べて、大丈夫《だいじょうぶ》？　おなか、苦しくならない？」

うーん、と上の方に目をやる。それから、にっこりと笑った。

「ううん。まだまだ大丈夫」

そんな馬鹿な。こっちは見ているだけでも胸焼《むねや》けしそうなのに。

「さ、参考までに訊《き》くけど、今おなか何分目くらい？」

リヤナは頬《ほお》に手を当て、小首を傾《かし》げた。

「ええと……五分」

「ご……」絶句《ぜっく》。「……君、おなかに虫でも飼《か》ってるの？」

「飼ってないわ、虫なんて」

「まあ、そうだろうけどね……」

「……あ！」

「え、何っ？」

『おなかの虫』って、ひょっとして、このこと？」

真顔だった。ボケボケだ。

心配そうに自分のお腹《なか》をなでさする。誓護はぐったりとして、

「いや、軽い冗談《じょうだん》だから。そんな深刻《しんこく》にならないで」

深刻なのはむしろ、誓護の財政《ざいせい》の方だった。

「うーむ、これは破産《はさん》しちゃうかな……？」

こっそり財布を開いてみる。――いや、まだ少し軍資金《ぐんしきん》には余裕がある。

「ねえ、誓護」

口元を紙ナプキンで軽く拭《ふ》きつつ、リヤナは言った。

「あれも、食べられる？」

示《しめ》す先には、フローズンヨーグルトのスタンドがあった。

「ま、まあね……」お金を払《はら》えば、だけど。

「あの、色とりどりのつぶつぶは何？」

「トッピングだね。あれは色をつけたチョコレートかな？」

「ふーん……」

「た、食べてみる？」

「いいの？」

そんな嬉しそうな目をされてしまっては、ダメと言えるはずもない。

誓護はスタンドのところまでリヤナを連れて行き、味とトッピングを選ばせてやった。例によって値段《ねだん》のことなど考えない豪快《ごうかい》なセレクトに半ばあきれ、半ば感心しつつ、ともかく代金を支払《しはら》って、カップを受け取る。

ベンチに戻ると、リヤナはさっそくフローズンヨーグルトを口に運んだ。

「甘《あま》～い。それにひんやりして、気持ちいいよ～♡」

ほっぺたにカップを当ててうっとりする。そんな幸せそうな顔をされると、お金のことなんかどうでもいいか、と思えてしまうのだから美少女は得だ。

とは言っても、こうして美少女を餌付《えづ》けしてばかりもいられない。

そろそろ、アコニットとはぐれてから三〇分ほども経《た》つ。いのりはともかく、アコニットはさぞやイラついていることだろう。……いや、案外、お菓子《かし》に夢中《むちゅう》で誓護のことなどどうでもよくなっているかも知れないが。

（うーむ、どうしたもんかな……？）

誓護としては、さっさと〈お菓子の家〉に行きたいところだ。さすがにいのりのことが心配になってきたし、〈お菓子の家〉はバイキング形式なので、リヤナがどれほど食欲《しょくよく》を満たそうと、これ以上の出費がなくて済《す》む。

しかし——、とそこで小さな見栄《みえ》がかまくびをもたげる。

それは何というか、その……ケチくさい発想ではなかろうか？

やはり男としては、安易《あんい》にバイキングになど流れず、食べたいものを食べさせてやるだけの度量と言うか何と言うかが必要なのではあるまいか……。でも、いのりは心配だし。アコニットの不機嫌《ふきげん》も懸念《けねん》されるし。しかし、乗りかかった船だし……。

などとぐるぐる思い悩《なや》んでいると、不意に、頬にやわらかいものが触《ふ》れた。

そちらに視線《しせん》をやって、誓護は思わず硬直《こうちょく》した。

接吻《せっぷん》しそうなほどの距離《きょり》に、リヤナの真剣な顔があった。

「な、何……っ？」

「じっとしててね。すぐきれいにするから」

こしこしと頬に触れる感覚がくすぐったい。

やがて、満面の笑《え》みを浮《う》かべて、リヤナは紙ナプキンを振《ふ》って見せた。

「ほっぺたに、クリームがついてたの」

「あ、ありがとう……」

先ほどのアコニットとは逆《ぎゃく》の構図《こうず》だ。誓護は妙《みょう》にどぎまぎとした。

「それにしても、驚《おどろ》いたわ……。豊《ゆた》かなところなのね、ここは」

誓護の動揺《どうよう》など気にも留《と》めず、リヤナは感慨《かんがい》深げにつぶやいた。

「こんなにたくさん、いろんなお菓子があるなんて」

「ああ……ま、まあね。お菓子屋さんだからね」

「そして、それを欲《ほ》しいだけ手に入れることができるなんて。誓護はきっと、身分の高い人間なのね」

「身分……？」

まあ、身分と言えば身分なのか。『いい身分だな』と姫沙によく言われるし。

「でも、それを言うなら君の方こそ」

「なーに？」

「まるでお姫《ひめ》さまみたいだよ。ほらその、カップの持ち方ひとつとってもね」

添《そ》えるような手つきは優雅《ゆうが》で品があり、一枚《まい》の絵画のように決まっている。しゃんとした座《すわ》り方やスプーンの扱《あつか》い方、その天真爛漫《てんしんらんまん》さ、背中《せなか》にしょったオーラまで、何もかもが貴族《きぞく》めいてノーブルだった。

「まさに生まれながらのお姫さま、って感じだね」

「……本当に、そう思う？」

声のトーンが変わる。何かまずいことを言ったのかと思ったが、リヤナは気分を害したふうもなく、穏《おだ》やかに微笑《ほほえ》んでいた。

ふと、リヤナはカラになったカップを横に置き、居住《いず》まいを正した。

「ねえ、私も誓護にお礼がしたいわ」

熱っぽい視線が誓護を射貫《いぬ》く。

「誓護は……何が欲しい？」

じっと見つめられ、誓護の体温が否応《いやおう》なく上昇《じょうしょう》していく。

今はまだ、日常《にちじょう》の中——

Chapter 2　【お菓子《かし》の家】

Episode 03

それから少し時間は戻《もど》り、半日ほど前のこと——

その大樹《たいじゅ》もまた、砂漠《さばく》の中心にそびえていた。

グリモアリスの都だ。緑生《お》い茂《しげ》る枝《えだ》ぶりや、石造《いしづく》りの街並《まちな》み、小船が行き交うさまは、アコニットが住まう都と変わらない。ただし、幹《みき》の威容《いよう》がずいぶん違《ちが》った。

天に伸《の》びるにつれ、三つまたにわかれている。わかれた三本のそれぞれから石の橋がかかり、中央には円盤状《えんばんじょう》に組み上げられた土台があった。土台と言っても決して小さなものではなく、直径《ちょっけい》三〇〇メートルに及《およ》ぼうかという、広大なものだ。

そこに異様《いよう》な建造物《けんぞうぶつ》と、優美《ゆうび》な庭園が築《きず》かれていた。

この庭園の中央をやや外れたところ、鎮座《ちんざ》する白亜《はくあ》の立方体は『霊廟《れいびょう》』と呼《よ》ばれていた。窓《まど》もなく、装飾《そうしょく》もほとんどない。まるで巨大《きょだい》な墓《ぼ》石《せき》のような建物だ。この建物がなぜ『霊廟』なのか、その呼び名の由来を知る者は少ない。

麗王六花《れいおうりっか》の称号《しょうごう》を持つ名家のグリモアリスと、一部の元老だけが知っている。冥府《めいふ》の最高機関〈園丁会議《えんていかいぎ》〉の議員ですら、大部分は知らない。『霊廟』は基本的《きほん》に立ち入り禁止で、ほとんどのグリモアリスにとっては謎《なぞ》に包まれた存在《そんざい》だった。

ここは園丁会議の議長が管理することになっているため、グリモアリスは一般《いっぱん》に議長のことを『霊廟』と呼びならわす。たとえば、議長の専用帆船《せんようはんせん》は『霊廟の御料帆船《ごりょう》』と呼ばれるし、議長の執政方針《しっせいほうしん》は『霊廟の御意向《ごいこう》』と呼ばれる。

その霊廟の前に広がる庭園は、人界で言うところのイギリス式庭園に近い。規模《きぼ》は大きく、雄大《ゆうだい》にして繊細《せんさい》。花壇《かだん》や植え込《こ》みが幾何学模様《きかがくもよう》に配置され、計算された美しさがある。そしてその一角に、庭木による迷路《めいろ》が造《つく》られていた。

迷路の中ほどには、小さな丸屋根の、壁《かべ》のない集会場がある。その丸屋根の下で、円卓《えんたく》を囲む者たちがいた。

冥府で〈麗王六花〉と称される、都の支配者《しはいしゃ》たち。

一年に二度開かれる、麗王六花たちの集《つど》い——王族園遊会。

名前の通りの気楽な会ではない。

ここでの会談内容《ないよう》が園丁会議の執政方針にも影響《えいきょう》を与える。現状《げんじょう》、園丁会議に一人の議員も派遣《はけん》できていないアネモネ家の場合、意向を伝える唯一《ゆいいつ》の場と言ってもいい。

給仕《きゅうじ》の女官と各家の従者《じゅうしゃ》が控《ひか》えるほかは、目につくところに兵の姿《すがた》はない。しかし実際《じっさい》は、迷路の至《いた》るところに警備兵《けいびへい》が待機している。気配が届《とど》かないギリギリの距離《きょり》で、各家選《え》りすぐりのつわものたちが、その主《あるじ》たちを守護《しゅご》していた。

普段《ふだん》、何人《なんぴと》にも傷《きず》つけられない存在として、百獣《ひゃくじゅう》の王を気取っているアコニットだが、今はぴりぴりと気を張《は》り詰《つ》めていた。自分と同じくらいに強力な力を持った存在（それも五人）と間近で向き合う場なのだから、当然と言えば当然だ。その気になれば、アコニットを一瞬《いっしゅん》で始末できるかも知れない……それほどの力を持った存在が一堂に会する場である。

チラリと視線《しせん》を走らせる。円卓には既《すで》に、麗王六花のうち五つの花がそろっていた。その顔ぶれはいずれも若《わか》い。しかし、王族らしい気品と落ち着きを備《そな》えている。

やがて、最後の一人が迷路を抜《ぬ》けてやってきた。

従者をともなって現《あらわ》れたのは、アコニットとさほど違わない年齢《ねんれい》の少年だった。

「ごめんなさい。遅《おく》れてしまいました」

微笑《ほほえ》んで、会釈《えしゃく》をする。人なつっこい笑顔《えがお》だったが、この場には相応《ふさわ》しくない、くだけた挨《あい》拶《さつ》だった。人の好さそうな——言い換《か》えれば、無能《むのう》そうな若者だ。

しかし、眉《まゆ》をひそめる者はいない。この程度《ていど》の無礼をいちいちとがめることこそ、格《かく》を疑《うたが》われるというものだ。対等でないものは黙殺《もくさつ》して無視する。心の中で侮《あなど》っていればいい。

「星の大樹の同胞《どうほう》たちに再会《さいかい》の喜びを申し上げる」

アコニットの正面、霊廟を背負《せお》って座《ざ》す者が、何事もなかったかのように口を開いた。人間で言えば、三〇そこそこといった容姿《ようし》。この場では一番の年長者だろう。冷ややかな美《び》貌《ぼう》には一分の隙《すき》もなく、冷たく凍《こお》りついた氷河《ひょうが》を思わせる。豊《ゆた》かな髪《かみ》は銀色で、まさしく金属《きんぞく》の光沢《こうたく》を放ち、一本一本がプラチナを延《の》ばしたかのごとく輝《かが》く。その色合いは優美《ゆうび》だが、一点の曇《くも》りも許《ゆる》さない厳《きび》しさがある。紅《あか》い房《ふさ》が混《ま》じるアネモネの銀髪とは雰囲気《ふんいき》からして違った。

言葉を発するだけで空気まで氷結させてしまいそうな貴公子《きこうし》。園丁会議の議長にして、三つの星樹《ポータル》――三都を支配するブッドレア家の当主ストリクノスだ。

「皆《みな》さま、ご壮健《そうけん》そうで何よりですわ」

ストリクノスのとなり、紫《むらさき》と金という派手派手《はでは で》しい髪の淑女《しゅくじょ》が挨拶した。

アコニットとさほど変わらない、少女のような外見だ。彼女はロードデンドロン家の当主アザレア。ロードデンドロンの歴史は古く、支配権《けん》は四都に及び、今や冥府《めいふ》で最大の版図《はんと》を誇《ほこ》る名門中の名門だった。

「蘭躑躅《らんつつじ》の君もお変わりなく」

そのとなりはアロカシア家のアロカシア。西の一都を支配する、太陽のごとく輝く金髪《きんぱつ》の淑女。サッパリとした人柄《ひとがら》に惹《ひ》かれる者は多く、麗王きっての庶民派《しょみんは》で通っていた。この血統《けっとう》は身体能力に優《すぐ》れる種が多く、優秀《ゆうしゅう》な戦士を数多く輩出《はいしゅつ》している。アコニットが衛士《えいし》として使い始めた軋軋《ギシギシ》もアロカシアの眷族《けんぞく》だ。

そのとなり、黙《もく》してあごを引いただけの挨拶はロビニア家の針槐《はりえんじゅ》。墨《すみ》を流したような黒髪が身の丈《たけ》ほども伸《の》びている。その美しさもさることながら、独特《どくとく》の衣装が目を惹く。集まった者の中で、ただ一人、いわゆる和装——着物姿なのだ。絢爛《けんらん》たる十二単《じゅうにひとえ》。ロビニアは千年ほど前に一族の風習を改革し、その際に正装も独自に改めたという。服装や建築《けんちく》様式に当時の日本の風俗《ふうぞく》を取り入れたそうだ。なお、アコニットの周辺では、ドラセナがロビニアの眷族だ。

「噂《うわさ》通り、すごい方ばかりで驚《おどろ》いています。皆さんと同席できて光栄です」

などと屈託《くったく》なく言ったのは、先ほど堂々と遅刻《ちこく》した少年だった。東の小国、ソムニフェルム家の第二王子オピウム。父王、王太子の兄がともに病《やまい》にふせっているため、代わりに出席しているという話だった。真偽《しんぎ》のほどはわからないが、誰《だれ》も問題にしない。この集《つど》いに参加しなくても、自国が不利になるだけだ。

「……お目にかかれて恐悦至極《きょうえつしごく》です、敬愛《けいあい》なる君たち」

そして最後がアコニット自身——かつては五都を支配した麗王六花の筆頭、言わずと知れたアネモネの正統後継者《せいとうこうけいしゃ》。

ただし、今のアコニットはあくまで『姫《ひめ》』であり、まだ正式に家督《かとく》を相続できていない。一《いち》応《おう》は種を代表する者としてこの会に臨席《りんせき》しているが、アネモネの王座《おうざ》はいまだ空位……。そのため、形式上は三都を支配しながら実質的《じっしつ》な支配力はお膝元《ひざもと》の一都にしか及《およ》ばないという、極《きわ》めて不安定な立場にあった。

誰も大っぴらには口にしないが、数年前、アネモネは前代未聞《ぜんだいみもん》の不祥事《ふしょうじ》を起こした。先王の早世《そうせい》とその後の不祥事のせいで、アネモネは没落《ぼつらく》の一歩手前にいるというわけだ。貴族たちのあいだでは、アネモネはいずれ麗王の資格《しかく》を剝奪《はくだつ》されると噂《うわさ》されている。

「では、きたる時節の施策《しさく》について、ご一同の思うところをうかがいたい」

ストリクノスが取りまとめ、茶を飲みながらの意見交換《こうかん》が始まった。

主な議題は先だっての事件《じけん》、『残滓条痕毀損《フラグメントきそん》』のことだった。

既に誰もが聞き及んでいることだったが、改めてストリクノスの口から説明があった。上級貴族《きぞく》〈高貴一六花〉のひとつ、マヤリス家の鈴蘭《すずらん》が人間を誘惑《ゆうわく》し、いくつかの殺人事件を引き起こしたばかりか、フラグメントを毀損して捜査《そうさ》を攪乱《かくらん》した……というものだ。

鈴蘭は現在、煉獄《れんごく》に捕《と》らえられ、獄吏《ごくり》による長い尋問《じんもん》を受けているという。今後は余罪《よざい》を追《つい》及《きゅう》し、彼女が告白する事件ひとつひとつを洗《あら》い直すことで、これまでに誤審《ごしん》や冤罪《えんざい》がなかったか確認《かくにん》していくことになるそうだ。

マヤリス卿《きょう》は謹慎《きんしん》、ストリクノスもいくつかの特権を手放すことを表明した。アコニットが最も聞きたかった鈴蘭の処分《しょぶん》については、調べが進むまで保留《ほりゅう》とされた。

その後はそれぞれの都の現状報告《げんじょうほうこく》と、遅々《ちち》として進まない地表緑化計画の進捗《しんちょく》状況が語られただけで、おおよそ議題が尽《つ》きてしまった。

アコニットが恐《おそ》れていた『アネモネの所領《しょりょう》を取り上げる話』とか『アネモネの支配権を制限《せいげん》する話』は出なかった。むしろ鈴蘭捕縛《ほばく》の働きに賛辞《さんじ》が送られ、アネモネの家督相続を早めるべきでは、という流れになった。具体的な時期については通例通り「時宜《じぎ》を見て」で終わったものの、ドラセナが意図した通りの展開《てんかい》だった。

議論が途切《とぎ》れ、茶を飲んだり、花壇《かだん》を眺《なが》める時間が増《ふ》え始めた頃《ころ》、

「お楽しみのところ、失礼いたします」

迷路《めいろ》を抜けてストリクノスの配下が入ってきた。ひどく浮《う》かない顔で、ストリクノスの耳元で何かをささやく。

「…………そうか」

ストリクノスはうなずいた。あくまでも氷のような無表情《むひょうじょう》。それがいい知らせなのか、悪い知らせだったのか、その横顔からはうかがい知ることができない。

「ご一同、既に議論すべき話題も尽きたように思われる。誠《まこと》に勝手ながら、先に席を外す無礼をお許《ゆる》し願いたい」

帰らせろ、と言っている。反対意見は出なかった。

「ありがとう。ご一同のますますの発展と健康をお祈《いの》りする」

ストリクノスは作法にのっとって一礼し、氷の気配を残して立ち去った。

それを潮《しお》に、会はお開きになった。麗王たちが次々と、別れの言葉を述《の》べて去って行く。会がお開きになっても、アコニットは席を立たなかった。若輩者《じゃくはいもの》なので、最後まで席を立つのを遠慮《えんりょ》したのだ（ちなみに、遅刻少年のオピウムはさっさと去って行った）。

その結果、円卓《えんたく》にはアコニットともう一人だけが残ることになった。

艶《あで》やかな着物の淑女――ロビニア家の針槐だ。

針槐は何となく残っているのではなかった。漆黒《しっこく》の瞳《ひとみ》がじっとアコニットを見つめている。王族が遠慮もなくこんな視線《しせん》を向けているのだから、当然、アコニットに何か言いたいことがあるのだろう。アコニットは背中《せなか》に氷を落とされたような気がした。

何か、彼女の気に障《さわ》ることをしただろうか。

針槐の瞳に怒《いか》りは、ない。だが、表情にあまり感情を出さないのが王族だ。アコニットは借りてきた猫《ねこ》のようにびくびくしながら、おずおずと口を開いた。

「茨《いばら》の君……」舌《した》が痺《しび》れたように回らない。「何でしょうか……？」

針槐はすぐには答えなかった。ただじっと、アコニットを見据《みす》えている。

アコニットは身を硬《かた》くした。ひんやりと涼《すず》やかな、この双眸《そうぼう》が苦手だ。底の知れない漆黒の瞳は、鈴蘭よりもよほど深い黒……。正直、怖《おそ》ろしいと思う。

実際《じっさい》、針槐は怖ろしいグリモアリスだと聞いていた。それでなくとも、ロビニアの胤性霊威《フイグメント》〈鋼《はがね》の毒〉は、攻撃能力《こうげきのうりょく》ではアネモネの雷霆《いかずち》に匹敵《ひってき》すると言われている。単純《たんじゅん》な比較《ひかく》で比肩《ひけん》し得るということは、局面によっては凌駕《りょうが》しているということだ。

この針槐は、ストリクノスをのぞけば、麗王六花の中でもっともアコニットを緊張《きんちょう》させる存在《そんざい》なのだった。

やがて、長い長い溜《た》めをつくった後で、針槐はこう言った。

「胡乱《うろん》なことだ」

一瞬《いっしゅん》、叱《しか》られたのかと思った。それほどに重く、厳《きび》しい言葉だった。

だが、アコニットを責める意図はないようだ。針槐はそれきり黙《だま》ってしまって、その先を語らない。このまま黙っていても仕方がないので、アコニットは思い切ってたずねた。

「それは、どういう意味でしょうか?」

「今は……」

迷《まよ》うような間があく。

「言うまいと思う」

拍子抜《ひょうしぬ》けだ。全然、意味がわからない。

針槐はゆったりとした所作で席を立ち、去り際《ぎわ》にこう言った。

「ゆるまぬがよい。いろいろとな」

「――――?」

言葉だけ聞くと説教のようだが、声の調子は違《ちが》った。むしろ……。

脅迫《きょうはく》？

そんな馬鹿な。

従者《じゅうしゃ》を連れて遠ざかる着物の背中を見送って、アコニットはつぶやいた。

「リコリス」と、かたわらに控《ひか》えた従者を呼《よ》ぶ。

「はい、お嬢《じょう》さま」

「今の、どういう意味かしら」

「さあ……」

まったくアテにならなかった。

とりあえず、腹《はら》いせ——もといお仕置きの電撃《でんげき》を加えていると。

「ご機嫌麗《きげんうるわ》しゅうございます、花鳥頭《はなうず》の君。我が主《あるじ》が、お茶をご一緒《いっしょ》にいかがかと」

すらりとした女が一人、こうべを垂《た》れてひざまずいていた。

衣にロードデンドロン家の紋章《もんしょう》が縫《ぬ》いつけられている。アザレアの従者だ。

「お茶？」

「はい。是非《ぜひ》にと」

こんなふうに誘《さそ》われて、無下《むげ》に断《ことわ》るのは無作法にあたる。特段《とくだん》の用事がない限《かぎ》り、断れるものではない。そして普通《ふつう》、王族には特段の用事など存在しないのだ。

「行くわ。案内して頂戴《ちょうだい》」

「かしこまりました」

従者は先に立って歩き出した。その後にアコニット、そしてリコリスが続く。

迷路を抜けたところに、先ほどの円卓よりはずいぶん優美《ゆうび》な、木製《もくせい》のテーブルが置かれていた。全体に白く塗《ぬ》られ、脚《あし》にはツツジが彫刻《ちょうこく》されている。その傍《かたわ》らには日よけの傘《かさ》が置かれていて、傘の下には一人の少女が座《すわ》っていた。

紫《むらさき》と金という目にも刺激《しげき》的な色合いの髪《かみ》。ロードデンドロン家の当主アザレアだ。

アザレアはこちらに気付き、立ち上がった。麗王六花が立ち上がって迎《むか》える相手は、同じく麗王六花しか存在しない。

うふふ、と楽しげに笑って、アザレアはアコニットを迎え入れた。

「お待ちしてましたわ、花鳥頭の君」

「お招《まね》きにあずかり光栄です、蘭躑躅の君」

「堅苦《かたくる》しい挨拶《あいさつ》はなしにしましょう。貴女《あなた》とはお友達になりたいですわ」

（友達――）

その言葉に感傷《かんしょう》のようなものを覚えた。向こうは広大な領土《りょうど》を支配《しはい》する大貴族《だいきぞく》の現《げん》当主、こちらは没落寸前《ぼつらくすんぜん》の姫《ひめ》。生まれでは決して負けていないが、現在の地位が違いすぎる。とても釣《つ》り合うとは思えない。それに、少なくとも鈴蘭とのあいだには――美辞麗句《びじれいく》に飾《かざ》られた言葉のやり取りや、従者や護衛《ごえい》を控《ひか》えさせる必要などなかったのだ。

アコニットのほろ苦い胸中《きょうちゅう》を知ってか知らずか、アザレアは鈴蘭のことを口にした。

「我が眷族《けんぞく》、マヤリスの者がご迷惑《めいわく》をかけたのですってね。許《ゆる》してくださる？」

「もちろん。それに、あの子はストリクノスの指揮下《しきか》。貴女が気にされることでは」

「いいえ。眷者は麗王にかしずくもの――であれば、その不始末は麗王の責任《せきにん》ですわ。それがたとえ、ほかの都に住まう者であっても、高貴一六花であろうとも」

立派《りっぱ》なことを言う。だが、アコニットは素直《すなお》に感心することができなかった。それが本心からの言葉なのだとしたら、きっと苦労知らずの温室育ちだから言える言葉だ。

「とにかくお茶にしましょう。さあ、おかけになって」

アコニットを座《すわ》らせ、自らもそのとなりに座る。膝《ひざ》が触《ふ》れ合うほどの近さだ。ふわっと甘《あま》い、いい香《かお》りがアコニットの鼻先をかすめた。

「うふふ。近くで見るといっそう可愛《かわい》いですわ」

「え……」

アザレアは肩《かた》を押《お》しつけるようにして、至近距離《しきんきょり》からアコニットをのぞき込《こ》んでいた。ワインレッドの瞳がうっとりとアコニットを映《うつ》す。

「きれいな肌《はだ》……。ねえ、触れてみてもよくて？」

アコニットの返事を待たず、アザレアはアコニットの頬《ほお》に触れた。ひんやり冷たい指先が、そっとアコニットの肌をすべる。

アコニットは硬直《こうちょく》した。どきどきした。一体、自分が何をされているのか、相手がどんなつもりでこんなことをするのか、全然わからない。

「うふふ……。わたくし、ずっとこうしたかったのよ」

「それは、その……、光栄……です」

アコニットが対応《たいおう》に窮《きゅう》していると、アザレアは残念そうに身を離《はな》した。

「エクレール」

「はい」

呼ばれた従者は何もかも心得ているようだ。慣《な》れた手つきで紅茶《こうちゃ》を淹《い》れる。何につけても手際の悪いリコリスとは大違いだ。

白磁《はくじ》のカップに紅《あか》い液体《えきたい》が注がれ、湯気とともに格調《かくちょう》高い香りが立ちのぼった。

さらに、テーブルの上にお菓子《かし》の皿が置かれる。

一瞬《いっしゅん》、木の実かと思った。小さな、丸い塊《かたまり》。焦《こ》げた木片《もくへん》のような色をしている。表面に粉がまぶしてあり、ころころと可愛らしい。

「これは……人界のお菓子？」

「ええ、そう。今朝、使いを遣《や》って人界から取り寄《よ》せたのですわ」

無論《むろん》、密航《みっこう》ではなく正式な使者だろう。王は都を支配する。人界への通行も含《ふく》めて。人界研究の資料《しりょう》だと言えば、大抵《たいてい》のものは手に入れることができる。

「本当は自分の足で見て回りたいのですけど、麗王が人界をうろつき回るのは何かと具合がよろしくないでしょう？　家格にきずがつくと叱《しか》られますし──」

はっとして、口を押さえる。

「あら、ごめんなさい。悪気はありませんの」

悪気がないのはわかっている。王族とは、悪気もなく他人を傷《きず》つけるものだ。

どうやら、アコニットが自ら教誨師《グリモアリス》の任務《にんむ》に就《つ》いていることは、麗王六花のあいだでも噂《うわさ》になっているようだ。たぶん、風変わりな姫の、おかしな笑い話として。

アコニットとて、好きで教誨師をやっているわけではない。

だが、今は。

みじめでも。悔《くや》しくても。怖《こわ》くても。苦しくても。

続けるしかない。家のため。眷族《けんぞく》のため。領民《りょうみん》のため。そして、自分自身のために。

「さあ、どうぞ。召《め》し上がって」

個人的《こじん》にも興味津々《きょうみしんしん》だった。勧《すす》められるまま口に運ぶ。その刹那《せつな》──

「──────!?」

ガーン、という音が確《たし》かに聞こえた。そのくらいの衝撃《しょうげき》だった。

表面の粉には苦味があった。鼻の奥《おく》に抜《ぬ》ける苦味と香気《こうき》に眉《まゆ》をひそめたその次の瞬間、融《と》けるような舌触《したざわ》りとともに、豊《ゆた》かな甘みと洋酒の香りがまろやかに広がった。ココナッツミルクが染《し》み出てくるようなな食感、まるでとろけるようだ。かすかな苦味や渋《しぶ》み、酸味《さんみ》が甘みを一層《いっそう》引《ひ》き立て、ひと舐《な》めごとに芳醇《ほうじゅん》な味わいが甦《よみがえ》る。

完全に飲み下すまで、アコニットは身じろぎもできなかった。

恍惚《こうこつ》としていた。

一瞬で、虜《とりこ》になってしまった。

「こ……これは？」

動揺《どうよう》を悟《さと》られないように、精一杯《せいいっぱい》、平静を装《よそお》って訊《き》く。声が震《ふる》えているのはご愛嬌《あいきょう》だ。

うふふ、とアザレアが微笑《ほほえ》んだ。アコニットの反応《はんのう》に満足したようだ。

すーっとワインレッドの眼《め》を細め、ささやくように告げる。

「もちろん教えて差し上げてよ、花鳥頭の君」

Episode 08

夕刻《ゆうこく》、アコニットが住まう第一三星樹《ポータル》は、一日でもっとも美しい時を迎《むか》える。

西の地平には赤々と燃《も》える夕焼け。天空には気の早い星々がまたたき、涼《すず》やかな風が大樹《たいじゅ》の梢《こずえ》を吹《ふ》き抜ける。鳥たちが群《む》れをなして飛び、街にあかりがともり始める時刻。

大樹の中央、やや高いところに、ひときわ鮮《あざ》やかに夕陽《ゆうひ》を浴びる石造《いしづく》りの館《やかた》があった。

神殿《しんでん》のように荘厳《そうごん》で、重々しいたたずまい。都の最高責任者《せきにんしゃ》〈執政官《しっせいかん》〉が住み、執務《しつむ》を行うための官邸《かんてい》だ。

その官邸の窓辺《まどべ》、ラタンの寝椅子《ねいす》にくつろいで、夕涼みをしている者がいた。

青い長衣《トーガ》は執政官の装束《しょうぞく》。その顔立ちはあどけなく、人間で言えば、まだ幼《おさな》い少女の姿をしている。ただし、これでもアコニットの三倍以上の時を生きた古株《ふるかぶ》で、表情《ひょうじょう》にも居住《いず》まいにも役職《やくしょく》に相応《ふさわ》しい風格があった。左右の目を閉《と》じているが、眉間《みけん》に黄金色《こがねいろ》の宝石《ほうせき》が埋《う》め込まれていて、それが彼女にとっては〈眼〉の役割《やくわり》を果たしている。

この都を預《あず》かる執政官ドラセナは、寝椅子の上でうっすらと微笑んでいた。

「そうか……。園遊会は首尾《しゅび》よくいったか」

すこぶる満足げに、もう何度目かの独《ひと》り言を言う。

その報告《ほうこく》を受けたのが半日前。そしてつい先ほど、アコニットを乗せた船が帰還《きかん》した。間もなく、アコニット自身が帰還を知らせにやってくるだろう。

ひと月前、園丁会議《えんていかいぎ》の議長ストリクノスが突然《とつぜん》この都を訪れた。そのときはうやむやになってしまったが、アネモネの領地没収《ぼっしゅう》を画策《かくさく》していたという噂《うわさ》もある。どうなることかと心配していたが、王族園遊会は特に問題もなく終わったそうだ。

むしろ、アコニットの働きは高く評価《ひょうか》されたという。

そのことが、ドラセナには無性《むしょう》に嬉《うれ》しい。

「ふふ……時の経《た》つのは早いものじゃ」

執政官を任じられ、アネモネに仕えてはや十余年《よねん》──ドラセナの執政官としての日々は、常《つね》にアコニットの成長とともにあった。

「あの赤子が今では立派《りっぱ》な娘《むすめ》……我《われ》も年を取るはずじゃな」

ドラセナは上体を起こし、窓から身を乗り出した。

官邸の窓からは一番大きな船着場が見下ろせた。既《すで》にアネモネの家紋《かもん》を刻《きざ》んだ中型帆船《はんせん》が到着《とうちゃく》している。麗王が使うものとしてはあまりにみすぼらしい船……。いまだアネモネの家督《かとく》を継承《けいしょう》していないアコニットには、まだまだできないことが多すぎるのだ。

しかし、この分なら──とドラセナは考える。アネモネの当主として認《みと》められ、きちんとした船を使えるようになる日も、そう遠くはないのではないか。

そんな期待を抱《いだ》かせるエピソードがある。

先日、普段《ふだん》は宮殿《きゅうでん》に引きこもっているアコニットが、珍《めずら》しく官邸に顔を出した。

そして、いきなりこう切り出したのだ。

「刑吏《けいり》の中に、軋軋《ギシギシ》ってのがいるじゃない？」

「ギシギシ──下級官吏か？」

「ええ。ルーメックスの、若《わか》いのよ。あの子、私のところに寄越《よこ》して欲《ほ》しいわ」

ドラセナはぽかんとした。

確かに、そんなような名の者がいた。鈴蘭が引き起こした騒動《そうどう》にからんで、いろいろと事情を訊《き》かれた教誨師《きょうかいし》だ。

だが、ドラセナですら顔を覚えていないような者に、一体何の用だろう？

まさか。

「……気に入ったのか？」

「まあね」

「し、しかしじゃな」

らしくもなく、あわてる。ドラセナは両手で宙《ちゅう》をかき混《ま》ぜながら、

「こうしたことは、時機を見るべきことでもあるしの……その、そなたがその気になったのはまことに喜ばしいことじゃが、両家の家格があまりに隔《へだ》たりすぎておる——」

アコニットは真っ赤になって叫《さけ》んだ。

「誰《だれ》がお見合いの話をしてるのよ！　私の衛士《えいし》に欲しいと言ったのよ！」

「な、何じゃ、衛士か……おどかすな」

知性《ちせい》と洞察力《どうさつりょく》、そして大局観を買われて大任《たいにん》を仰《おお》せつかったドラセナだが、ことアコニットにかかわることとなると、いささか冷静さを欠くきらいがあった。

こほん、とせき払《ばら》いをして、取り繕《つくろ》う。

「よかろう。ルーメックスはアロカシアの系統《けいとう》——もとより身体能力《のうりょく》は折り紙つきじゃ。衛士の称号《しょうごう》を得てそなたの力を中継すれば、優《すぐ》れた戦士となることじゃろう。……まあ、本人が諾《だく》

と言えばの話じゃが」

「ふん、断《ことわ》れっこないわ。このアコニットの指名なのよ？」

そのアコニットだからこそ、問題なのだ。姫君《ひめぎみ》のわがままや従者嫌《じゅうしゃぎら》いは市井《しせい》の噂《うわさ》になっている。側仕《そばづか》えである衛士の任務《にんむ》を、果たしてやりたいと言うだろうか。

「相応《そうおう》の待遇《たいぐう》を約すのじゃな？」

「そうね……。ゆくゆくは百人隊長くらいは任《まか》せるつもり」

「わかった。彼《か》の者の上役に話をさせよう」

「ありがとう。その上役ってのに、口説けなかったらひどいわよ、って言って」

「アコニット！　そなた、またそのような――」

「わかってるわよ。ちょっと言ってみただけじゃない」

アコニットは唇《くちびる》をとがらせた。ドラセナは嘆息《たんそく》した。

「まったく……。それにしても、ずいぶんとその者にご執心《しゅうしん》じゃな？」

「まあね。このアコニットに向かって、さんざん無礼な口をきいてくれたんだもの。ちょっと、いじめてあげたいじゃない」

「アコニット……」

「冗談《じょうだん》だってば。私だっていつまでも子供《こども》じゃないわ」

――と、そんなことがあったのだ。

軋轢はあまり乗り気ではなかったという話だが、彼の上官が口説き落として（とばっちりを恐《おそ》れたらしい）、結局はアコニット付きの衛士となった。

アコニットとのやりとりを思い出して、ドラセナは微笑《ほほえ》んだ。

「あの従者嫌いが、自ら進んで衛士を持とうとは……。どうやら、姫君にもようやく麗王六花としての自覚が芽生えたようじゃな」

言葉の上ではまだまだ不安なところもあるが、今は芽生えかけた自覚を評価《ひょうか》したい。

「ふふ……。あのおてんば姫も、いつまでも子供ではおらぬか……。よろこばしきこと。これで我《われ》の心労も少しは――」

しかし、結果的には、ドラセナの喜びは短かった。

来客を告げる鐘《かね》が鳴る。ややあって、ドラセナの部下に先導《せんどう》されて、一人のグリモアリスがドラセナの前にやってきた。

ただし、やってきたのはアコニットではなかった。

アコニットの従者リコリスが、一人きりで現《あらわ》れたのだ。

「ドラセナさま……」

「リコリスか。ご苦労であった」

リコリスはまごつき、なかなか話を切り出さなかった。

申し訳《わけ》なさそうな、身の置き所がなさそうな、そんな素振《そぶ》りだ。

猛烈《もうれつ》に嫌《いや》な予感がする。残念なことに、ドラセナの予感は絶対《ぜったい》に外れないのだが。

ドラセナはぎこちなく微笑んで、

「どうした？　姫君の遣《つか》いかな？」

「あのぅ……そのお嬢《じょう》さまのことなんですが……」

やはりか。

「うむ……、何じゃな？」

「あのぅ、実は、あのぅ、無断《むだん》で……」

もじもじと身じろぎする。やがて、ぶちまけるようにリコリスは言った。

「人界に行かれましたぁ〜」

かくん、とドラセナの小さなあごが下がった。

帰還《きかん》の挨拶《あいさつ》も、園遊会の報告《ほうこく》もなく。

渡航《とこう》の許可《きょか》も得ず、それどころか外出の許可も得ず。

よりにもよって人界に。

「じ………」

ドラセナはわなわなと肩《かた》を震《ふる》わせた。

そして、叫んだ。

「自覚が足らんっ！」

結局、彼女の心労はまだまだ続きそうだった。

「モタモタしないで。特製《とくせい》なのよ。限定《げんてい》なのよ。なくなっちゃうわ」

アコニットはもどかしい思いで誓護《せいご》を急《せ》かした。

誓護がしぶしぶといったふうに腰《こし》を浮《う》かす。その動きは決して素早《すばや》くはない。ああもう、もどかしいったらないわ。本当にコトの重要性《じゅうようせい》がわかっているのかしら……。

誓護の背中《せなか》をイライラしながら追いかける。その背中が人の波に切り込《こ》んだ瞬間《しゅんかん》、

『アコニット！　このじゃじゃ馬め！』

きぃぃぃぃん、と脳《のう》に突き抜《ぬ》けるような衝撃《しょうげき》とともに、聞き覚えのある声が聞こえた。

激痛《げきつう》。アコニットはびくぅっと跳《は》ね上がり、思わず耳を押《お》さえた。

周囲から奇異《きい》の視線《しせん》を浴びてしまう。いのりも目を丸くして、『どうしたの？』という顔で見上げていた。

今の声は物理的な〈音〉ではない。アコニットの聴覚神経《ちょうかくしんけい》を直接刺激《ちょくせつしげき》したものだ。当然、いのりに聞こえているはずもない。

まだ耳がキンキンする。アコニットはめまいを覚えながら、人々の視線をさけるように通路の端《はし》に寄《よ》った。二つの指輪——〝プルフリッヒの振《ふ》り子〟を重ね合わせ、念を送る。

(ドラセナ……？　何よ、今取り込み中――)

『うつけ者！　理由もなく、ましてや無断で人界に赴《おもむ》くなぞ言語道断じゃぞ！』

また雷《かみなり》が落ちた。下手《へた》をするとアネモネの雷霆《いかずち》より厄介《やっかい》だ。

(うるさいわね……。理由くらい、後から考えるわよ。たとえば――人界の研修《けんしゅう》とか)

『後から考えてどうする！　まったく、情《なさ》けないぞ、アコニット。栄《は》えある麗王六花の筆頭、アネモネの姫《ひめ》ともあろう者が何という自覚のない……』

ドラセナはため息をついたらしい。嘆《なげ》かわしい、嘆かわしい、と繰《く》り返す。アコニットは閉《へい》口《こう》した。母親に泣かれるのと同じで、ひどくバツが悪い。

ややあって、ドラセナはこんなことを言った。

『やむを得ん。今から教誨師《グリモアリス》の命を言い渡《わた》す』

アコニットは唇《くちびる》をとがらせた。

(……何よそれ)

『文句《もんく》を言えた立場か！　ちょうど今しがた、その地区で解禁《かいきん》された罪人《ざいにん》がおる』

不平を言うとお説教が長引きそうだったので、黙《だま》っておく。

『近いぞ。例の、人間の若者《わかもの》の家からわずかに二キロ圏内《けんない》じゃ。座標《ざひょう》は――』

ドラセナが口にした座標を脳裏《のうり》に描《えが》いてみて、アコニットははっとした。

それは――この座標？

そうだ、この場所、この建物だ！

姫乃《ひめの》杜製菓《もりせいか》のお菓子《かし》工場にして娯楽施設《ごらくしせつ》。プリンセス・ガーデンとかいう、この場所！

一瞬、不可解《ふかかい》なものを感じた。こんな偶然《ぐうぜん》があるだろうか。

偶然、アコニットがきたがった場所で。偶然、烙印《らくいん》を押されるほどの罪人が殺人を犯《おか》して。

偶然、その案件《あんけん》の捜査《そうさ》が許可《きょか》される。……そんな〈偶然〉が？

だが、その裏《うら》を深読みできるほど、今のアコニットには余裕《よゆう》がなかった。トリュフのことで頭が一杯《いっぱい》になっていたせいか、次の瞬間には、

（ふん、おあつらえむきじゃない）

と、納得《なっとく》してしまっていた。

『詳細《しょうさい》はそなたの〝振り子〟に送っておく。きちんと、そちらで確認《かくにん》するのじゃぞ』

（わかったわよ。こっちの用事が済《す》んだら、適当《てきとう》にやっておくわ）

『心せよ、アコニット。この案件――』

ドラセナの声が重々しく響《ひび》いた。

『フラグメントの劣化《れっか》が見られる』

さすがのアコニットもはっとした。

（どういうこと？　鈴蘭が関係しているの？）

『それをそなたが探《さぐ》るのじゃ。彼《か》の者はその街を中心に活動していた節がある。今回のこれが、

一連の〈フラグメント毀損《きそん》〉に関《かか》わっていてもおかしくはない。……じゃが、無論《むろん》、断定はできぬ。まったく無関係かも知れぬ』

(……わかった。探ってみるわ)

限定トリュフを手に入れてから、だが。

(用はそれだけ？　じゃあ、もう切るわよ？)

『待て。話はまだ――』

とドラセナは言ったが、アコニットは待たず、通信回線を遮断《しやだん》した。

怒《いか》り狂《くる》うドラセナの姿《すがた》が浮《う》かんだが、それどころではないのだ。限定トリュフがアコニットに食べられるのを待っているのだから。

(ああ、何て罪《つみ》なお菓子なのかしら……このアコニットをここまで狂わせるなんて)

アコニットはふるふると震えた。まったく怖《おそ》ろしいお菓子だわ。

トリュフの誘惑《ゆうわく》には勝てない。あの魔性《ましよう》の味。とろける甘《あま》みと舌《した》ざわり。アコニットはアザレアにふるまわれたトリュフの味を思い出し、恍惚《こうこつ》となった。

さあ、急いで〈お菓子の家〉とやらに向かおう。

と思って顔を上げ、ようやく異変《いへん》に気付く。

「……誓護？」

いない。

前を行くのは見知らぬ人々の後頭部ばかりだ。

となりにぽつんと、どことなく申し訳《わけ》なさそうないのりが立っている。

「まったく……どこに行ったのかしら。肝心《かんじん》なときに頼《たよ》りにならない男ね」

アコニットは愚痴《ぐち》っぽくつぶやいた。はぐれたのはどちらかと言えばこちらなのだが、もちろん、そんなことは知ったことではない。

「ふん……。別に、いないからどうってこともないけれど」

そう強がってはみたものの、おなかをきゅきゅっと締《し》め上げられるような気がした。

見知らぬ人間たちの中に、一人きり。

いや、一人ではない。いのりがいる。とは言え、心細いことに変わりはない。

碇《いかり》の鎖が切れてしまったような、そんな不安感が押し寄せる。

ふと、くいくい、とスカートのすそを引かれた。

いのりが何か言いたげに前方を示《しめ》している。見ると、人々は既《すで》に、四階へと上がる階段《かいだん》の上で長蛇《ちょうだ》の列をつくっていた。

「ああ……。並《なら》んでしまえば、どうせ向こうで会えるってわけ？」

こくり、とうなずく。兄とはぐれたというのにずいぶんと落ち着いている。その成長ぶりに感心すると同時に、不安を感じた自分が恥《は》ずかしくなる。

「まあ、後回しにされるのも癪《しゃく》だし、このまま並んだ方が利口かしら」

「…………」こくり。

「でも貴女《あなた》――その……お金、持ってるの？」

人界というところは、何をするにも代価《だいか》が必要なのだ。

返事の代わりに、いのりはポシェットを掲《かか》げて見せた。さすがは誓護の妹。こういうところはしっかりしている。きちんとお小遣《こづか》いを持ってきているらしい。

「ふん……。じゃあ、行きましょ」

いのりの手をぎゅっと握《にぎ》って、アコニットは歩き出した。

冥府《めいふ》に名立たる麗王六花の筆頭、栄《は》えあるアネモネの姫《ひめ》、アコニット――

一〇歳《さい》の少女にお菓子を買ってもらうご身分である。

それから数分。催事場《さいじじょう》にはもともと十分な収容力《しゅうようりょく》があったらしく、列の流れは案外スムーズで、わりと簡単《かんたん》に四階催事場に到着《とうちゃく》することができた。

童話のイメージで魔女《まじょ》と幼《おさな》い兄妹の人形が置いてある。うっそうとした森を思わせる、人工の樹木《じゅもく》を並べたゲートをくぐると、白いテーブルが並ぶカフェテリア風の空間に出た。中央にドリンクバーが設置《せっち》されていて、紅茶《こうちゃ》やコーヒー、ジュース類が自由に飲めるようになっている。いくつかのテーブルは既に先客たちで混《こ》み合っていて、賑《にぎ》やかだ。

そのさらに奥《おく》、突《つ》き当たりの壁際《かべぎわ》に人々が列をつくっていた。どこにも〈お菓子の家〉らしきものが見当たらないところから見て、その壁の向こうに存在《そんざい》するようだ。

そしてここに、限定トリュフ〈月夜の小石〉の販売《はんばい》スタンドがあった。

そちらも列ができている。アコニットは少し迷《まよ》った末、先にトリュフの列に並んだ。もちろん、いのりの手を引いて。

ひと粒《つぶ》いくらの高級トリュフを、アコニットは二箱（二ダース！）買った。

どうせ誓護が出すのだろうが、構図《こうず》的にはいのりに出させる格好《かっこう》になるわけで、普通は気がとがめるところだ。もちろんアコニットだって気はとがめたのだが、それでも二四個《こ》も買ってしまうあたり、さすがは名家のお嬢《じょう》さま。実に遠慮《えんりょ》がない。

おみやげはきっちり確保《かくほ》したところで、いよいよ、〈お菓子の家〉の列に並ぶ。

突き当たりの壁にはトンネルのようなゲートがあり、列はそちらへと続いていた。さらに近付いてみると、ゲートはロープで区切られていて、右側がこれから入る人のレーン、左側が出てくる人のレーンになっている。

一度に入れる人数は決まっているらしい。人が出てくるたびに、「お一人さまどうぞ」「お二人、どうぞ」と通してもらっている。混雑《こんざつ》をさけるための工夫《くふう》なのだろう。〈お菓子の家〉でお菓子をもぎ取ったら、カフェテリアで食べなさい、というわけだ。

出てくる人々は、例外なく、トレイの上にお菓子を山積みにしていた。アコニットが見たこともないお菓子をのせている。嫌《いや》でも期待が高まろうというものだ。

こちらの収容力は大したことがないと見えて、先ほどよりはずいぶん流れが遅《おそ》く、アコニットを焦《じ》らしてくれる。

どんなふうになっているのかしら。おいしいところが取られちゃったりしないかしら。ああ、もう、やきもきさせてくれるわね……。

そうしてさんざん飢《う》えさせられた後で、アコニットといのりの順番が回ってきた。

「いらっしゃいませ。〈お菓子《かし》の家〉へようこそ！」

案内の係員がさわやかな笑顔で迎《むか》えてくれる。

黒縁《くろぶち》の眼鏡《めがね》をかけた男だった。アコニットがもう少し注意深かったなら、それが見覚えのある顔だと気付いただろう。先ほど誓護の後ろで社長と話していた男だったのだが——まあ、今のアコニットにはどうでもいいことだ。

「初めてのお客さまですね？　わたくし樫野《かしの》がご案内させていただきます」

これだけの人が訪《おとず》れているのに、一度通過《つうか》した客の顔は覚えているらしい。

アコニットといのりを中に招《まね》き入れながら、樫野が簡単《かんたん》に説明してくれた。

この奥にはお菓子でデコレートされた〈お菓子の家〉がある。お客はそこから好きなものを取り、先ほどのカフェテリアで食べることができる。

おなかがギブアップするまで、好きなだけ食べていいという方式だった。当然、お金を取られるものと思っていたのだが、料金は入館チケットに含《ふく》まれていたらしい。

一時間に一度、一〇分間のインターバルが設《もう》けられている。これは無残な姿《すがた》になってしまった〈お菓子の家〉を修復《しゅうふく》するための時間で、マメにお色直しすることで、外観を保《たも》つ意味があるらしい。

そんな説明を受けた後で、ようやく〈お菓子の家〉にたどり着いた。

トンネルを抜《ぬ》け、まず目に飛び込んできたのは、家と言うより『庭』だった。作り物のツリーに吊《つ》るされているのは飾《かざ》りではなく袋入《ふくろい》りのお菓子だ。花壇《かだん》にはキャンディの花が咲《さ》き、白にピンクに黄色にオレンジと、目にも鮮《あざ》やかだ。

そして、その奥《おく》に鎮座《ちんざ》する〈お菓子の家〉は、見事にアコニットの予想を超《こ》えていた。

屋根も食べられるという話だったので、もっとこう、ミニチュア的なものを想像《そうぞう》していたのだが、本当に家くらいの高さがある。個別包装《ほうそう》されたクッキーやビスケットが壁を形作り、屋根はパン菓子、窓枠《まどわく》はチョコレートだ。

となりのいのりも目を丸くしている。アコニットはいのりの手を握《にぎ》りしめ、どきどきしながら〈お菓子の家〉に入った。

「――――」

思わず言葉を失う。内部も外側と同じように作り込まれていた。

壁や暖炉《だんろ》は色とりどりのお菓子で飾られ、丸太はロールケーキ、薪《まき》はバウムクーヘン。装《そう》飾《しょく》や家具まで徹底《てってい》してお菓子製《せい》だ。さすがに食べるのははばかられるものの、パンでつくった椅子《いす》など、そうそうお目にかかれるものではない。

部屋の中央には長いテーブル（これは本物だ）が置かれ、その上に各種のケーキが並べられていた。家を解体するもよし、生菓子を楽しむもよし、という心憎《こころにく》い配慮《はいりょ》だ。

まだひとつも口にしないうちから、膨大《ぼうだい》な量のお菓子に囲《かこ》まれただけで、アコニットはうっとりとした。既《すで》に、任務《にんむ》のことなどきれいさっぱり忘《わす》れ去っていた。

こうして、アコニットはいのりとともに、〈お菓子の家〉で遊び始めた。

そこが、魔女《まじょ》の棲《す》まう家とも知らず——

Episode 12

天井《てんじょう》の素朴《そぼく》な味わいにハマってしまったり、暖炉のレンガを崩《くず》すのに夢中《むちゅう》になったり、ケーキを全種類制覇《せいは》しようとしたり、することは尽《つ》きない。

最初はいのりにくっついていたアコニットも次第に大胆《だいたん》になり、いのりから離《はな》れて歩くこともできるようになった。人間の群《む》れにも慣《な》れ、三度目にはひとりで列に並《なら》び、〈お菓子の家〉へと続くゲートをくぐったほどだ。

そんなわけで、少しばかり、気が大きくなり過《す》ぎていたかも知れない。

大量のお菓子が与《あた》えてくれる多幸感に酔《よ》って、注意力もかなり失われていた。

そのため——

生菓子とにらめっこをしているうちに、いつの間にか、周囲から人の気配がなくなっていることに、アコニットは気付かなかった。

じっとケーキの大皿に見入る。

次はどれにしようかしら、と楽しい物色の最中だ。

とりあえず、ラズベリーのタルトは気に入った。表面の紅《あか》い光沢《こうたく》が美しく、ぷにゅ、ふわ、カリッと、食感も変化に富《と》んでいる。酸味《さんみ》のある甘《あま》みもアコニット好みだ。それを選べばハズレはないが、別の味も試《ため》してみたいのが乙女《おとめ》心というやつだ。

モンブラン、いちごのムース、レアチーズケーキと目移《めうつ》りし、全部食べればいいじゃないと気付いた、その刹那《せつな》。

ふっと周囲の空気が変わったような気がして、アコニットは顔を上げた。

ずるり、とトレイの上でタルトがすべる。

気がつくと、〈お菓子の家〉にはアコニット一人だけだった。

人々の気配が遠い。耳を澄《す》ませば、人々のざわめきが聞こえてくるものの、それはあまりに遠く、現実《げんじつ》感を伴《ともな》わない幻聴《げんちょう》のように思えた。

強烈《きょうれつ》なめまいと違和《いわ》感。どこか別の空間に迷《まよ》い込《こ》んでしまったかのような感覚。

はたして、照明はこんなに暗い色だっただろうか。〈お菓子の家〉はこんなにも広かっただろうか。出口はどこだ。何だか、知らない場所のような気がする……。

心細くなる。何か間違《まちが》いをしでかして、大勢《おおぜい》の前で恥《はじ》をかくかも知れない——というときの、あの感じに近い。いや、もっと深刻《しんこく》な不安だ。ひょっとして、私は今、何か得体の知れない危《き》険《けん》にさらされているんじゃないかしら。

（ふん……。別に、怖《こわ》くないわよ？）

アコニットはささっとトレイにケーキをのせて、そそくさとパンのドアをくぐった。庭に出て、急ぎ足になってしまいながら、ただ一つの出口へと向かう。トンネル状《じょう》のゲートをくぐり、あのカフェテリア風のスペースに——

たどり着けなかった。

そこでは、予想外の光景がアコニットを迎えた。

そこは、確《たし》かに先ほどと同じ広さの催事場《さいじじょう》だった。しかし……。

そこには、誰《だれ》もいなかった。

照明は薄暗《うすぐら》い。テーブルは片方《かたほう》に寄《よ》せられていて、セッティングすらされていない。何の意味があるのか、大量のダンボールがうずたかく積み上げられている。あれほど華《はな》やかだった室内には、何の飾りつけもされていない。明らかに様子が違う。もちろん、お客の荷物もそこにはなく、誰かがそこにいた気配すらない。

そのくせ、気配だけは感じるのだ。人間の気配。どこか遠くから聞こえてくる人々の笑い声。

だが、その賑《にぎ》やかさから、アコニットだけが取り残されている。

トレイを持つ手から血の気がひく。

何だ？　これは一体、何だ？

「……い」

名を呼《よ》ぼうとする。何と言ったろう。誓護の妹。そうだ、確か……。

「……いのり？」

呼んでみる。

返事は、ない。

「何よ……。道でも間違えたって言うの？」

自分でもナンセンスだと気付いている。〈お菓子の家〉の出入口は一つだ。入口と出口の別すらないのだ。どうやって間違えるというのか。

手近なテーブルにトレイを置く。カタン、という小さな音が頼《たよ》りない。

それから、ほとんど本能《ほんのう》的に歩き出した。階段《かいだん》まで戻《もど》れば。ホールに出れば。建物を出てしまえば。きっとこの意味がわかる。何が起きているのか、わかるはず……。

階段のところまで戻れば、ごく普通《ふつう》に人々がいるに違いない。きっとこれは休憩《きゅうけい》時間か何かに過《す》ぎず、心配せずとも誓護と合流できて、そして彼はこう言うのだ。君、どこ行ってたんだよ。探《さが》しちゃったじゃないか。

……何だろう。ひどく嫌《いや》な予感がする。

アコニットは喉《のど》の渇《かわ》きをおぼえながら、そろそろと出口に向かった。

そして、それは唐突《とうとつ》にやってきた。

背骨《せぼね》がゆがむような、痛烈《つうれつ》な一撃《いちげき》。

ずっしりと重たい一撃が、アコニットの華奢《きゃしゃ》な体を浮かせるほどの勢《いきお》いで、背後《はいご》から背骨にめり込んだ。

がふっ、と妙《みょう》な音が唇《くちびる》から漏《も》れた。

呼吸《こきゅう》が止まる。目の前が真っ暗になり、一瞬《いっしゅん》で意識《いしき》を刈《か》り取られそうになる——が、〝プルフリッヒの振《ふ》り子〟がそれを許《ゆる》さない。即座《そくざ》に視界《しかい》が確保《かくほ》され、意識を引き戻される。

足が床《ゆか》に着いた瞬間、今度は横腹《よこばら》に同じような一撃がきた。

何か液体《えきたい》の詰《つ》まった袋《ふくろ》が体内で破《やぶ》れたような気がした。熱いような冷たいような、嫌な感覚がわき腹を中心に広がる。そして、猛烈《もうれつ》な激痛《げきつう》。あやうく泣き叫《さけ》ぶところだ。

めり込んだのは、金属《きんぞく》の棒《ぼう》か何か。鈍器《どんき》のようだ。

妖気《ようき》を解放《かいほう》し、存在《そんざい》の位相をずらせば攻撃《こうげき》をすり抜《ぬ》けることができる……はずだったが、突然のことで、操作《そうさ》が間に合わない。

三度目の攻撃を再《ふたた》び背中にもらったところで、反射的《はんしゃ》に帯電した。

高まった電圧《でんあつ》が光の槍《やり》と化し、鈍器の襲《おそ》いくる方向へと飛ぶ。

ジュッ、と床が焼けた。手ごたえはない。——外した！

だが、威嚇《いかく》の効果《こうか》は十分にあった。襲撃者《しゅうげきしゃ》はひるんだらしく、攻撃の手が止まる。

相手が弱気になれば、反比例《はんぴれい》で強気になれる。心細さも動揺《どうよう》もどこへやら、アコニットは世にも怖《おそ》ろしげな形相で振り向き、襲撃者をにらみつけた。

「……やってくれるじゃない。このアコニットに不意打ちをくれるなんて」

そう、私は高貴《こうき》なる麗王六花。アネモネの姫《ひめ》、アコニット。愚《おろ》かな人間たちの世界で、この私が脅威《きょうい》を感じる必要など、微塵《みじん》も存在しない！

ズビッ、ズバッ、と空気が弾《はじ》け、どす黒い電流がアコニットの全身にまとわりつく。

ひい、と悲鳴があがった。アコニットの稲妻《いなずま》を見て、取り乱《みだ》したようだ。

襲撃者は腰《こし》を抜かし、無様に床をずり下がる。ずいぶん、大げさな取り乱し方だ。

目の前にいたのは、全身黒ずくめの男だった。頭から暗幕《あんまく》のようなものをかぶっている。照明が弱いので、服装《ふくそう》も判然《はんぜん》とはしない。

「……ふん、まあいいわ。これから殺す人間の顔なんて、興味《きょうみ》ないもの」

アコニットは口元をぬぐった。手の甲《こう》が濡《ぬ》れる。血を吐《は》いていたらしい。

「たっぷりと思い知らせてあげる……。己《おのれ》の愚かしさをね……」

このアコニットに、あんな痛い思いをさせたのだ。焼き殺してもいいだろう。怒《いか》りの感情《かんじょう》が電圧の高まりとなって眉間《みけん》に集中する。

万物《ばんぶつ》を灰燼《かいじん》に帰すアネモネの猛毒が、光の矢となって解き放たれる寸前《すんぜん》、

「――――!?」

アコニットがまったく予期しなかったことが起こった。

ぼぅー、っと周囲の空間が揺《ゆ》らぐ。いや、揺らいだのは空間ではなく、目に見える光景だ。

蒼白《あおじろ》い燐光《りんこう》があちこちにともり、ゆらゆらと不定形の闇《やみ》が蠢《うごめ》き出す。闇は次第《しだい》に形を取り始め、やがてぼんやりと像《ぞう》を結ぶ……。

「フラグメント――そんな、どうして……?」

アコニットは薬指にはめた〝プルフリッヒの振り子〟を意識した。無意識に起動してしまったのかと思ったが、違う。アコニットの〝振り子〟は沈黙《ちんもく》したままだ。

襲撃者が立ち上がり、逃《に》げ出そうとした。もちろん、逃がすつもりはない。足に狙《ねら》いを定め、稲妻を放とうとする――が、結論《けつろん》から言えば、それはかなわなかった。

アコニットの目の前に、不意に見覚えのある人影《ひとかげ》が像を結んだ。

背中を向けて立っている。アコニットに比《くら》べれば、頭ひとつ分も背が高い。細身で縦長《たてなが》のシルエット。髪《かみ》は銀色で、その銀のところどころに真紅《しんく》の毛色が混《ま》じっていた。あたかも燃《も》える炎《ほのお》のような、返り血のような、真紅。

それが誰なのか、ひと目でわかった。

言葉などなくても、アコニットにはわかる。その背中を、アコニットは誰よりも頼りにして

いたし、誰よりも愛していたから。

その背中は。

彼は。

「い――――」

アコニットはゆっくりと頭を抱《かか》えた。頰《ほお》を押《お》さえ、息を吸《す》い込み――

「いやぁああぁあああぁあああっ！」

刹那《せつな》、アコニットの全身から、どす黒い光の奔流《ほんりゅう》がほとばしった。

Episode 07

何ということをしてしまったのか。

人間を、殺《あや》めてしまった。

務《つと》めを忘れ。職分を大きく逸脱《いつだつ》し。この二つの手で。獣《けもの》のように野蛮《やばん》なやり方で。

既《すで》に、この世の存在ではない私が。

Chapter 3【崩《くず》れ落ちる世界】

Episode 15

「誓護《せいご》は……何が欲《ほ》しい？」

吐息《といき》がかかるほどの距離《きょり》でリヤナに問われ、誓護はカチコチに硬直《こうちょく》した。

欲しいもの。

——それは君さ。

などという笑えないジョークを思いついたが、とても言える雰囲気《ふんいき》ではない。

リヤナの瞳《ひとみ》が誓護を映《うつ》す。しっとりと湿《しめ》り気を帯びた、熱い瞳だ。ついつい、誓護の視線《しせん》は桜色《さくらいろ》の唇《くちびる》やら、無防備《むぼうび》な胸元《むなもと》やらに吸《す》い寄《よ》せられてしまう。

このままでは理性《りせい》が危険《きけん》だった。桃原《ももはら》誓護は誘惑《ゆうわく》を振《ふ》り切るように、急いで答えた。

「別に気にしなくていいよ。桃原誓護はロマンチストでね、人の縁《えん》ってものを信じてるんだ。君と会ったのも何かの縁——これはただの好意だから。甘《あま》えてくれて構《かま》わない」

その途端《とたん》、リヤナはひどく傷《きず》ついたような、怯《おび》えたような顔をした。

「……私に、何も望んではくれないの？」

　リヤナはうつむいた。消え入りそうな声で、「ごめんね」とつぶやく。

「そう……そうだよね……。私、この国のこと何にも知らないし。あげられるようなものも、持ってない。誓護のためにできることなんて、何にもない。私、何の役にも立たない……。これじゃ、嫌《きら》われても仕方ないよね――」

「ちょっと待った！　話が変な方に行ってるよ！」

　誓護はあわててさえぎった。放《ほう》っておくと、妙《みょう》なことになりそうだった。

「本当に気にしなくていいんだ。僕《ぼく》は別に、対価《たいか》が欲しくて君を助けたわけじゃない。それに、対価がもらえないからって嫌いになったりしないよ」

「ううん、いいの。わかってる。それは、この世の摂理《せつり》だもの。有用でなければ、愛される理由がない。使えないものに価値はなく、無能《むのう》なものは嫌悪《けんお》の対象にしかならない……。この世界は、太古の昔から、そういうふうにできてるの」

「そんなことは」

「そうなの！」

　気合負けして、誓護は続きの言葉をのみ込んでしまう。

　なぜ、リヤナがこんなにムキになるのかわからない。

　リヤナの横顔には厳《きび》しい表情《ひょうじょう》が浮《う》かんでいた。悲壮《ひそう》なものさえ漂《ただよ》わせている。

「役に立たないものは、いらないもの……。有用でなければ、必要とされない……」

虚《うつ》ろな目をして、呪詛《じゅそ》のように繰《く》り返す。過去《かこ》に何かあったのだろうか。自らの心の傷をえぐり出すような、痛々《いたいた》しい姿《すがた》だった。

他人の主義主張《しゅぎしゅちょう》には干渉《かんしょう》しない——それが無難《ぶなん》な生き方だとはわかっているが、これは誓護の信念にもかかわる問題だった。到底《とうてい》、彼女の意見には納得《なっとく》できない。

「……君がそう考えるのは君の勝手だし、その考え方を否定《ひてい》するつもりもないけど」

誓護は真正面から対立する代わりに、精一杯《せいいっぱい》、優《やさ》しく笑いかけた。

「誰《だれ》かを護《まも》ってあげたいと思うのは、その誰かが弱いからだろ？」

いのりを生涯《しょうがい》護ると誓《ちか》ったあのとき、彼女が有用だとか、有用じゃないとか、そんなことは考えもしなかった。

「誰かに手を貸《か》してあげたくなるのは、その誰かが困《こま》ってるからだし、慰《なぐさ》めてあげたくなるのは、その誰かが落ち込《こ》んでるから」

リヤナは不思議そうな顔をして、じっと誓護の言葉に耳を傾《かたむ》けている。彼女にも通じて欲しいと願いながら、誓護は真心を込めて、こう告げた。

「役に立っても、立たなくても、僕は人を好きになるよ」

その言葉は、果たしてどのように受け止められたのだろう。

リヤナは目を伏《ふ》せ、顔を背《そむ》けた。

どこか遠くに視線を投げる。何を考えているのか、無言だ。

……怒《おこ》ったのだろうか？

「僕、マズイこと言った？」

リヤナは小さくかぶりを振った。そして、ぽつりとつぶやいた。

「誓護は……できるのね」

「え？」

「自分に、自分で、命令できるのね」

「――――」

「だから、そんなに優しいのね」

リヤナは強張《こわば》っていた頰《ほお》をゆるめ、悪戯《いたずら》っぽく微笑《ほほえ》んだ。

「それとも。誓護には誰か、とても大切な人がいるのかしら？」

つい、とまつ毛が触《ふ》れそうなくらいに顔を寄せる。

ふわっと甘《あま》い香《かお》りがする。そんなに顔を近づけられると、どうしていいかわからなくなる。

おまけに、角度的に胸元がまずい。とても、まずい。誓護はらしくもなく狼狽《ろうばい》した。

リヤナは「ふふふ」と楽しそうに笑って、それからこう言った。

「私、誓護が好きよ」

ゼロ距離から放たれた、あまりに意外な一言に、誓護の時間がピシリと止まる。

ちょっと待て。どういう意味だ。好き……好きって何だっけ？

（いや、落ち着け。このくらいで取り乱《みだ》すな、桃原誓護）

そもそも、『好き』にもいろいろあるわけで、『ゴキブリよりも好き』とか、『ラーメンと同じくらい好き』とか。必ずしも恋愛《れんあい》感情を表明する言葉ではない。

大体、この少女とは出会ったばかりだ。恋愛感情が生じるような、ましてや相手に惚《ほ》れてもらえるような、そんな出来事はなかったはず。

……と、頭ではわかっているのだが。

こんな美少女に、こんな間近でそんなことを言われたら、狼狽してしまうのもむべなるかな。たとえ相手が多少――いやかなり――おかしな少女であったとしてもだ。

少女はサファイアの瞳をまっすぐに向け、まぶしい笑顔《えがお》を見せている。

そしてそれは、誓護のためだけに浮かべた笑顔なのだ。

「ええと……」

何か。何か言わなければ。

誓護はひどくあせりながら、かろうじて、もごもごと言った。

「まあ、その、何と言うか……ありがとう」

「うん。光栄に思うのよ」

リヤナは微笑んで言った。朗《ほが》らかに、ごく自然に。やはり特別な意味などなかったのだろうか。本来なら残念に思うべきところだが、誓護はなぜかほっとした。

不意に、ぴく、とリヤナの耳が動いた。

それから、悲しげな顔をする。

「残念……。時間だわ」

「何か用事でもあるの？」

「うん。どうしても外せない、大事な用事がね」

それは嫌《いや》な用事なのかも知れない。ひどく浮かない表情だ。

「誓護も早く帰った方がいいわ。ここはもうすぐ——戦場になるから」

「え——？」

どういう意味、とたずねかけた誓護の頬に、ふわりと優しく何かが触《ふ》れた。

ちゅっと、耳元で音がする。

「さよなら、誓護。私のこと忘《わす》れないでね」

まるで映画《えいが》のワンシーンのような光景だった。ゆっくりと身を離《はな》し、切なげな微笑《びしょう》を残し、
スカートのすそをひるがえして、リヤナは音もなく立ち去って行く。

その後ろ姿を、誓護は呆然《ぼうぜん》と見送った。なす術《すべ》もなく。放心したまま。

（今、『ちゅっ』て……『ちゅっ』って!?）

情《なさ》けないくらいにのぼせ上がる。頬があぶられたように熱い。

これほど気を持たされて、電話番号すら聞いてないや、というあまりにも情けない事実は、後に知ることになる。

やがて、誓護が我《われ》に返ったとき、リヤナの姿はもう見えなくなっていた。

ただカラの紙コップとお菓子《かし》の包み紙が、彼女の座《すわ》っていた場所に置き去りにされている。

誓護は感傷《かんしょう》めいたものを覚えながら、そのゴミをくずかごに投げ込んだ。

照れ隠《かく》しの意味もあり、必要以上に勢《いきお》いよく立ち上がる。

「さて！　それじゃそろそろ、〈お菓子の家〉に行きますか！」

いのりとアコニットも、おそらくそちらにいるはずだ。『ちゅっ』のことは極力考えないようにして、無駄《むだ》に元気よく歩き出そうとしたとき――

ずどぉんっ、とものすごい音がして、ホールの天井《てんじょう》が吹《ふ》き飛んだ。

それは前触れもなく、あまりにも唐突《とうとつ》だった。

猛烈《もうれつ》な圧力《あつりょく》が四階の壁《かべ》を突《つ》き破《やぶ》り、天井に激突《げきとつ》したのだ。

爆風《ばくふう》をともなって、空気を切り裂《さ》いたそれは。

塵《ちり》もほこりもかき消して、奔流《ほんりゅう》のように噴《ふ》き出したそれは。

凶悪《きょうあく》なほど荒々《あらあら》しく、刃《やいば》に似《に》て鋭《するど》く、闇《やみ》のようにどす黒い――

アコニットの雷霆《いかずち》だった。

誓護は信じられない思いで、のたうつ大蛇《だいじゃ》のような稲妻《いなずま》を見上げた。

稲妻が吹き抜《ぬ》けた直後、ぐらりと足もとに揺《ゆ》れがきた。地震《じしん》のような揺れだ。大きい。建物がきしみ、レンガの破片《はへん》が落ちてきた。気のせいか、床《ゆか》が傾《かたむ》いたようにも感じる。ひょっとしたら、どこか建物の構造《こうぞう》的な急所を崩《くず》してしまったのかも知れない。

ふっと明かりが消え、暗闇が訪《おとず》れる。

ここは危険《きけん》だ——そう思った刹那《せつな》、まず考えたのは、やはりいのりのことだった。

まさか、今の稲妻に巻《ま》き込まれたんじゃ……？

いや、とただちに否定《ひてい》する。そんなはずはない。アコニットがしでかしたことなら、いのりを傷《きず》つけたりはしないはず。そうあって欲《ほ》しい。それよりもまず、こんな人間の多いところで、これほど大っぴらに稲妻を使うような事態《じたい》——そちらが問題だ。

そうは言っても、こと妹のことに関しては、誓護は冷静ではいられない。

誓護はいのりの姿《すがた》を求めて、闇雲に駆《か》け出した。

にわかに騒然《そうぜん》とする館内。いまだ事態がのみ込めず、棒立《ぼうだ》ちになっている人々をかきわけ、誓護は螺旋階段《らせんかいだん》を一息に駆け上がる。

四階の壁には大穴があいていた。穴の周囲は黒ずみ、モロモロと崩れて空気に溶《と》けていく。通常の電撃《でんげき》やガス爆発のたぐいなら、こうはならないだろう。

間違《まちが》いない。アコニットの稲妻だ。

かろうじて焼け残った案内板には、〈←お菓子の家〉とチョークで書いてある。誓護は表示《ひょうじ》に従《したが》い、催事場《さいじじょう》の方へと走った。

「落ち着いて！　落ち着いて、ゆっくり避難《ひなん》してください！」

従業員《じゅうぎょういん》の怒声《どせい》が聞こえる。その叫《さけ》び声に押《お》されるように、催事場からは大勢《おおぜい》のお客が飛び出してきた。通路はぎゅうぎゅう詰《づ》めになってしまい、誓護の足も止まってしまう。通路は暗い。無理に進むと事故《じこ》が起きる。

誓護は人の波をやり過《す》ごしながら、内心のあせりを抑《おさ》えられずにいた。

最悪の予感が胸《むね》に迫《せま》る。いのりとアコニットに、何かよくないことが起こったのだ。

遅《おそ》すぎる警報《けいほう》が鳴り響《ひび》く。やかましいベルの音は火災《かさい》報知器のようだ。非常灯《ひじょうとう》がともり、ある程度《ていど》の明るさが戻《もど》るとともに、館内放送でアナウンスが流れた。『係員の指示に従って、落ち着いて避難してください』というお定まりの文句《もんく》。

これでは「火事だ！」と叫んでいるようなものだ。従業員《じゅうぎょういん》が「あわてないでくださーい！」と声を張《は》り上げているが、その効果《こうか》は薄《うす》い。人々はどっと階段になだれ込んだ。将棋倒《しょうぎだお》し……は、幸い、起きなかったようだ。人々は続々と建物の外へと逃《に》げて行く。

（いのりはどこだ……。いのり……）

誓護はうす暗がりの中で目をこらす。だが、逃げる人々の中にいのりの姿はない。

あせりばかりが大きくなる。じっとりと手のひらに汗《あせ》がにじむ。

やや時間が経《た》ち、目の前を横切る人がいなくなった頃《ころ》、誓護はポケットの携帯《けいたい》電話をまさぐり、リストの先頭に登録してある番号に電話をかけた。

コール四回で、あっさり応答《おうとう》があった。

「――いのり⁉ 無事⁉ 今どこ⁉」

だいじょうぶ……、と答える妹の声。か細い、ぼそぼそとしゃべる、いつもの調子だ。

ほっと安堵《あんど》する。声は普段《ふだん》通り。怪我《けが》をしている様子はない。

電話の向こうが騒《さわ》がしい。どうやら、いのりはほかのお客と一緒《いっしょ》らしい。あの人波にまぎれて外に出ていたようだ。ともかく、いのりは無事に避難した。よかった。

「アコニットは？ 一緒？」

そんなはずはないとわかっていながら、それでも望みをかけて、たずねる。

いのりは『ううん……』と答えた。やはりか。

「僕もすぐそっちに行くから。係の人の言うこと、ちゃんと聞くんだ。いいね？」

いのりは素直《すなお》に、うん……、と返事をした。

息をつきながら、電話を切る。

さて――次はアコニットだ。

(行こう。何があったのか聞き出さないと……)

ぱたむ、と電話のフラップを閉《と》じた、その刹那。

ごごごんっ、と地すべりのような音とともに、今度は真上の天井が落ちてきた。

Episode 16

悲鳴のような軋《きし》みをあげて、建物全体が震動《しんどう》した。

どれほどのダメージがあったのか、外からはうかがい知ることができない。もくもくと上がる黒い粉塵《ふんじん》。煙《けむり》は空気中に広がり、溶《と》けるように消え、見えなくなってしまう。

その有様を見下ろせる位置、一帯でもっとも高いビルの屋上に、一人の少女がいた。

フリルたっぷりのスカートが風に揺れる。既《すで》に日は落ちているのに、手には少女趣味《しゅみ》の日傘《ひがさ》を差している。座《すわ》っているのは金網《かなあみ》の上――明らかに普通の人間ではない。

長い巻《ま》き毛のグリモアリス眩《クララ》は、小さな足をぶらぶらさせながら、退屈《たいくつ》そうに、自らを包む巻き毛に指をからめていた。

「あ〜あ、派手《はで》にやってくれますの」

不満げに唇《くちびる》をとがらせる。辟易《へきえき》している様子だ。どうやら、ご機嫌《きげん》ななめらしい。

ふと、彼女の背後《はいご》の空間がゆらゆらと揺らぎ、何者かが闇の中から這《は》い出してきた。

「ふん……。棕櫚《シュロ》ったら、よく戻ってこれましたわね？」

冷ややかに言う。虚空《こくう》から現《あらわ》れたグリモアリス――棕櫚は、そのニュアンスを明らかに誤解《ごかい》して、端整《たんせい》な顔をほころばせた。

「消耗《しょうもう》しました。ですが、これで十全です」

長い黒髪《くろかみ》が美しい。知性《ちせい》的な青年、といった風貌《ふうぼう》そのままに、理知的な声で報告《ほうこく》する。

「条件《じょうけん》〈雷霆《いかずち》の発動〉をクリアしました。設定《せってい》通り、〈アウベルト・フライシルの骨髄《こつずい》〉は起動成功です。この棕櫚の胤性霊威《フイグメント》、〈畏怖《いふ》の残香《ざんこう》〉が抵抗《ていこう》を突き破《やぶ》って機能——これでもはや、人形の姫君《ひめぎみ》が敗北する可能性《かのうせい》は万に一つもありませ」

げし、と眩は棕櫚の頭を蹴《け》り飛ばした。

「このクソおたんちん。どこをどうひいき目に見たら成功ですの」

可愛《かわい》らしい容姿《ようし》から想像《そうぞう》もできないような口汚《くちぎたな》い言葉を放つ。「クソすかたん、クソおたんこなす、クソぼっこ」などなど、もはや何語かもわからない罵声《ばせい》を浴びせ、

「大大大の大失敗ですわ。何のために雷霆をカギに設定したと思いますの。〈人形の姫〉と戦い始めた瞬間《しゅんかん》を狙《ねら》ってましたのに……。許《ゆる》せませんわ、花鳥頭《はなうず》の君。何たる強運——」

きり、と唇《くちびる》を噛《か》む。そのとき、不意に眩の耳元で声がした。

『眩』

「——はい、ここにおりますわ」

実際《じっさい》に誰《だれ》かが口に出した声ではなく、聴覚《ちょうかく》に直接《ちょくせつ》響いてくる声だ。

眩は両手の〝プルフリッヒの振《ふ》り子〟を重ね合わせ、念を込《こ》めて返事を送る。

「無事ですの——なんて、おたずねするまでもございませんわね？」

『今のは何だ。何があった』

硬質《こうしつ》の声。男のようなしゃべり方だが、声の主は女だ。

『これはアネモネの雷霆《いかずち》がもたらす残存効果《ざんぞんこうか》——何かが起こっているのだろう？』

「ご心配なく。獲物《えもの》が罠《わな》にかかっただけですわ」

『罠、だと？』

「あの建物にはあらかじめ、儀式《ぎしき》定理をかけてあったんですの。それが発動して、アネモネのお姫さまに襲《おそ》いかかったんですわ」

儀式定理とは、準備《じゅんび》に時間がかかる代わり、起動者の異能《いのう》を大幅《おおはば》に増強《ぞうきょう》することができるというものだった。

『儀式定理だと……？　そんな話は聞いていない！』

「申し訳《わけ》ありませんの。でも、そちらのお仕事に差し障《さわ》りはございませんでしょ？」

『余計《よけい》な真似《まね》をするな！　一対一の勝負と聞けばこそ、私はこの任務《にんむ》を受けたのだ！　そんな賊《ぞく》のような策《さく》を弄《ろう》するくらいなら、初めから下級刑吏《けいり》を使えばいいだろう！』

「ああん、どうかお怒《いか》りをお静めくださいまし！」

眩は芝居《しばい》がかった台詞《せりふ》回しで訴《うった》える。そして、ふっと黒い笑《え》みをもらし——

「これもすべて、父王さまのご指示《しじ》なのですわ」

『――』

効果はてき面だった。声の主は口にタオルを突《つ》っ込まれたかのように一瞬で黙《だま》った。

「さあ、躊躇《ちゅうちょ》している暇《ひま》はありませんわよ。アネモネのお姫さまが立ち直る前に、速《すみ》やかに、御身《おんみ》の価値《かち》を証《あか》し立ててくださいまし」

『価値……私の……』

あれほど激《はげ》しかった言葉が弱まり、抑揚《よくよう》が消える。

感情《かんじょう》が消え、迷《まよ》いも消え、ただ目的だけを見据《みす》えた、機械《きかい》のような声になる。

『……花鳥頭の君を……消す』

声の主はひどく無感動に、呪文《じゅもん》のようにつぶやいた。

『それが、お父さまの……望みなら』

眩はにんまりとほくそ笑み、それからこらえきれず、「うふふ」と笑った。

Episode 17

「……ははは」

誓護は尻《しり》もちをついたまま、かすれ声で笑った。

可笑《おか》しくなんかない。むしろ恐怖《きょうふ》ですくみ上がり、ちびりそうになっているくらいなのに、どういうわけか笑いが漏《も》れてしまう。

目の前三〇センチのところに、巨大《きょだい》な塊《かたまり》が突き刺《さ》さっていた。天井《てんじょう》が崩落《ほうらく》して、床《ゆか》を直撃《ちょくげき》した。もうもうと舞《ま》い上がるほこりの中、レンガやら木材やら謎《なぞ》の配管やらが、うずたかく積み上がっている。あやうくおしつぶされるところだ。

「はは……僕《ぼく》ってけっこう、悪運強いんじゃない？」

そんな軽口も叩《たた》きたくなろうというものだ。

ガレキは複雑《ふくざつ》に組み合わさっていて、隙間《すきま》がほとんどない。当然、通り抜《ぬ》けるなんて無理な話。階段《かいだん》ホールへと戻る道——つまり出口に続く道は断《た》たれてしまった。

（退路《たいろ》は断たれた……か。帰りは別の道を探《さが》さなくちゃな……）

誓護はさほど深刻《しんこく》に考えず、立ち上がってほこりを払《はら》った。

あたりを見回す。

非常灯《ひじょうとう》に照らされた通路は、見るも無惨《むざん》なほどに破壊《はかい》されていた。こちら側はとくにひどい。壁《かべ》には大穴。その周囲には、巨人の腕《うで》がえぐり取ったかのような傷痕《きずあと》。床の上は崩《くず》れた建材の山——廃屋《はいおく》だってこれほどひどくはないだろう。アネモネの雷霆《いかずち》、その破壊力《はかいりょく》を見せつけられた心境《しんきょう》だ。

何人か蒸発《じょうはつ》させられたんじゃないか。そんな不安がよぎる。

いや、それはあまり想像《そうぞう》したくない。誓護はぶるぶるとかぶりを振って、歩き出した。

幸い、破壊の跡《あと》が道案内をしてくれる。雷電《らいでん》はアコニットから放たれたものなので、その痕《こん》跡《せき》をさかのぼるように進めばいい。

ほどなく、稲妻《いなずま》の発生源《はっせいげん》と思われる場所にやってきた。

開けた空間だった。もとは催事場《さいじじょう》か何かだったのか。丸いテーブル、おそろいの椅子《いす》がいくつも転がっている。爆風《ばくふう》になぎ倒《たお》されたような有様だ。

こちらと向こう、壁の両面がいびつに歪《ゆが》み、天井と床にはえぐれたような傷がある。絨毯《じゅうたん》は焼け焦《こ》げ、むき出しの床には弧《こ》を描《えが》いて亀裂《きれつ》が走っていた。

そしてその亀裂の向こうに、一人の少女が座《すわ》っていた。

「……アコニット？」

一瞬、自信が持てなかった。

姿《すがた》が変わっていたからというより、そのあまりの弱々しさに戸惑《とまど》った。

少女は幼《おさな》かった。いのりよりもまだ年下かも知れない。

ドールのように小さな体。針金《はりがね》のように頼《たよ》りない骨格《こっかく》。髪《かみ》はすすけて輝《かがや》きを失い、肌《はだ》はところどころ血で汚《よご》れている。だぶだぶのドレスはずり下がって脱《ぬ》げかけだ。

以前にも、こんなふうに小さくなってしまったことがあった。そのときと決定的に違うのは、今のアコニットは泣きじゃくっているということだ。

次々とこぼれ落ちる涙《なみだ》を両手でぬぐいながら、ぺたりと尻をつけて座っている。その姿はあまりに幼く、いたいけで、痛々《いたいた》しいほどだった。

「アコニット……だろ？」

返事はない。聞こえていないのか、少女はただ泣き続けている。

手を伸《の》ばせば触《ふ》れそうな距離《きょり》まで近付く。それでも、少女は顔も上げようとしない。

「アコニット、大丈夫《だいじょうぶ》？　痛むの？」

やはり無反応《むはんのう》。誓護は握《にぎ》りつぶせそうなほど細い肩《かた》に手をかけ、揺《ゆ》さぶった。

「アコニット！」

耳元で怒鳴《どな》ると、さすがに反応があった。

びくっと肩を跳《は》ね上げる。誓護を見上げる紅《あか》い瞳《ひとみ》には、はっきりと怯《おび》えの色が走っていた。

少女は震えながら誓護を見上げ、そして――

「……誰？」

と言った。

Episode 41

「ドラセナさま！」

息せき切って駆《か》け込んできたのは、アコニットの従者《じゅうしゃ》リコリスだった。

そこは執政官邸《しっせいかんてい》の執務室《しつむしつ》だった。執務室と言っても広さはかなりのもので、天井も高く、どちらかと言えば『謁見《えっけん》の間』といった方がしっくりくる。

この部屋の主ドラセナは、警備《けいび》のグリモアリスから何かの報告《ほうこく》を受けているところだったが、リコリスの姿を認《みと》めると、さっと手を挙げ、人払いをした。

警備兵も心得たもので、即座《そくざ》に一礼して下がる。その姿が見えなくなってから、リコリスはためらいがちに口を開いた。

「ドラセナさま。お嬢《じょう》さまの〝蔓《つる》〟が切れたって……」

「うむ……。呼《よ》び出してすまぬな」

ドラセナは声を潜《ひそ》め、重々しく言った。

「何らかの理由があって、両方の〝振《ふ》り子〟を手放したようじゃ」

難《むずか》しい表情《ひょうじょう》で付け加える。

「あるいは、奪《うば》い取られたか」

「そんな……」

リコリスは信じられない、という顔をした。

アネモネの攻撃能力《こうげきのうりょく》は最強と言っても過言《かごん》ではない。そのアコニットから力尽《ちからず》くで奪い取るなんてことが可能だろうか。

「連絡が途絶《とだ》えて、かなり経《た》つ。一時的なものではない——そう考えざるを得まい。ゆえに、そなたにも知らせた」

はっとして、リコリスが青ざめる。

「……まさか、お嬢さまは」

「そんな顔をするな。あのときとは違《ちが》う」

「だとしたら、お嬢さまの身に何が……？　何か、大変なことが起きたんじゃ……？」

リコリスは泣きそうな顔でドラセナに訴《うった》える。

「ドラセナさま！　お嬢さまを、お嬢さまを助けてください！」

「リコリス……。じゃが、アコニットに任《まか》せたのは単独赴任《ソリティア》の案件《あんけん》じゃ。応援《おうえん》を出せば姫君《ひめぎみ》の経歴《けいれき》にきずがつく。家督継承《かとくけいしょう》が遠のくぞ」

「そんなこと！　命あってのことです！」

「応援を出して、もし何事もなかったなら、アコニットはさぞや激怒《げきど》するじゃろう」

「でも！」

「たとえば、いつもの気まぐれで、戯《たわむ》れに〝振り子〟を外したのだとしたら、どうじゃ？　あるいは、人間に紛《まぎ》れる必要があったのかも知れぬ」

リコリスは黙《だま》ってしまった。

「それにの」

ふっと、ドラセナを取り巻《ま》く空気が変わる。

どこか剣呑《けんのん》な気配すら漂《ただよ》わせながら、ドラセナはひんやりと底冷えのする声で言った。

「アコニットの身に、本当に何かがあったとして――そなたに何の不都合がある？」

「アネモネはもはや堕《お》ちた麗王《れいおう》。再興《さいこう》が叶《かな》うかどうかも怪《あや》しいものじゃ。凋落《ちょうらく》した家の姫君に何かあったとして、それが冥府《めいふ》にどれほどの損失《そんしつ》じゃな？」

「え――」

リコリスは絶句《ぜっく》した。

とっさには驚《おどろ》きの声すら出ない。息の根が止まったかのような沈黙《ちんもく》。

ドラセナは意地悪な笑《え》みを浮《う》かべ、さらに言う。

「そなたとて、姫君がいなくなれば、もう虐《いじ》められずに済《す》むのじゃぞ？」

「ドラセナさま！」

リコリスは叫《さけ》んだ。顔面蒼白《そうはく》になりながら、震《ふる》える声を振りしぼる。

「お嬢さまは、あんなですけど、お優《やさ》しいところもあるんです！　このリコリスをお側仕《そばづか》えに選んでくださったこと、リコリスは忘《わす》れたことはありません！　私は愚図《ぐず》で、そそっかしくて、気《き》が利かなくて、お嬢さまには叱《しか》られてばかりですけど、でも、それでも私は……っ」

ふ、とドラセナの頰《ほお》がゆるんだ。

唖然《あぜん》とするリコリスの前で、ドラセナは「ふ、ふ、ふ」と声に出して笑った。

「あの、ドラセナさま……？」

ドラセナは満足げに、そして茶目《ちゃめ》っ気《け》たっぷりに微笑《ほほえ》んだ。

「見損《みそこ》なうな、リコリスよ。我《われ》が姫君を見殺しにすると思うか？」

「既《すで》に手は打ってある。たとえアコニットが無事であろうとも、我《われ》は傍観《ぼうかん》などせぬ。年寄《としよ》りのいらぬおせっかいとののしられようともな」

「――――」

リコリスはほっと安堵《あんど》し、そして「ふえええええ」と泣き出した。

忠誠心《ちゅうせいしん》を試《ため》されたことに腹《はら》を立てるより先に、ドラセナの豹変《ひょうへん》が本心からの心変わりではないとわかって、心の底から安心してしまったのだ。

Episode 18

「…………！」

「……誰？」

と少女に問われ、誓護は衝撃《しょうげき》を受けて立ちすくんだ。

違うのか？

これはアコニットじゃない……？

いや、そんなはずはない。

この少女は間違いなくアコニットだ。着ているものも（サイズが合わなくなり、ずり落ちてしまっているが）アコニットが先ほどまで身に着けていたものだ。

ということは。

記憶《きおく》を飛ばしてしまうくらい衝撃的な何かが、彼女に襲《おそ》いかかったのかも知れない。

もしもそうなら、精神《こころ》にダメージを負っている可能性《かのうせい》がある。誓護はできるだけゆっくりと、可能な限《かぎ》り優しく、語りかけるように言った。

「僕だよ。誓護」

「せいご……」

「そう。君の友達だよ」

「とも、だち……」

アコニットは誓護の言葉を反すうする。

「ともだち……せいご」

くしゃっと顔が歪《ゆが》んだかと思うと、アコニットは誓護の胸《むね》にしがみついてきた。シャツを引っ張《ぱ》り、こすりつけるように顔をうずめる。

「せいご……せいご……」

震《ふる》えている。むき出しの肩甲骨《けんこうこつ》は哀《あわ》れなくらいとがっている。

誓護はアコニットを抱《だ》きしめた。かつて幼《おさな》い妹を抱きしめたときのように、そっと優しく。この小さな少女を壊《こわ》してしまわないように。

「ごめん、アコニット……」

今はただ悔《く》やまれる。アコニットの側にずっとついていなかったことが。

自分がほかの女の子と楽しくおしゃべりしているあいだに、アコニットは記憶障害《しょうがい》を起こすほどの事件《じけん》に巻《ま》き込《こ》まれていたのだ。そう考えると、自分自身を殴《なぐ》りつけたくなる。

「ごめん……。僕がついていれば……」

いや、わかっている。ついていたところで、どうにもならなかった。

冥府で恐《おそ》れられる麗王六花《りっか》、その姫君がどうしようもなかった事態《じたい》なのだ。自分が側にいたところで何ができただろう？

だが、それでも。

友達が危険《きけん》にさらされていたとき、その側にいられなかったことが悔《くや》しいのだ。

ふと、視界《しかい》のすみで何かがキラリと光った。

光を追って、誓護の視線が動く。

やがてたどり着いたのは床《ゆか》の上。そこに、小さな金属《きんぞく》の環《わ》が落ちていた。

指輪だ。二匹《ひき》の蛇《へび》がからみ合った〝プルフリッヒの振《ふ》り子〟。未来を見通し、過去《かこ》を探《さぐ》り、人界のグリモアリスに魔力《まりょく》を供給《きょうきゅう》するという、神秘《しんぴ》の指輪。

それが二つ、投げ捨《す》てられたように落ちていた。

誓護はアコニットを片手《かたて》で抱いたまま、反射《はんしゃ》的に手を伸《の》ばした。

以前、アコニットの体が小さくなったとき、元に戻るのにこれを使っていたような気がする。

肉体的損傷《そんしょう》を癒《い》やすのもこの指輪らしいから、どのみちアコニットに持たせておかなければならない。失《な》くしたら一大事だ。

「アコニット。ほらこれ、君の大事なリングだろ。これをはめて——」

そっと顔に近付けた途端《とたん》、アコニットは弓なりに伸《の》び上がった。

「いやっ！」

「え、ちょっと……アコニット？」

「いやっ！　いやっ！　いやぁあっ！」

怯《おび》えた様子で払《はら》いのける。あげく、また泣き出してしまった。

コロコロと亀裂《きれつ》に落ち込もうとする指輪をあわててキャッチ。床下《ゆかした》は配管スペース。落としたらどうなるかわからない。

「どうしたんだよ……」

あれほど大事にしていたのに。一体どうしたというのだろう。

考えてみれば、この指輪は自動的にサイズを調整する。誓護もはめたことがあるのでわかるが、基本《きほん》的にジャストフィットして、勝手に指から離《はな》れるようなことはない。それが床に落ちているということは、アコニット自身が投げ捨《す》てたということだ。

何があったのか。

「ひょっとして、君……心的外傷《トラウマ》が……？」

アコニットは答えず、ひっく、ひっく、としゃくり上げていた。

　そのとき、ガコンッ、と音がして、小さな金具が落ちてきた。

　ぶしゅうと天井《てんじょう》から水が噴《ふ》き出す。水道管に不具合が起きたらしい。建材なのか、小石のような破片《はへん》まで落ちてくる。誓護の頬に水しぶきが飛んだ。

　誓護は急いで上着を脱《ぬ》いだ。

　これを脱ぐとTシャツ一枚《まい》になってしまう。暖房《だんぼう》は止まっているし、どこからか吹《ふ》き込む冷気がこたえるが、そんなことは言っていられない。目の前の、このいたいけな少女を——小さくなってしまったアコニットを護《まも》りたい。それだけだ。

　誓護は脱いだ上着をアコニットにかけ、ファスナーを上げて、小さな体を覆《おお》い隠《かく》した。

「歩ける？」

　優《やさ》しくたずねる。アコニットは答えない。貝のように黙《だま》りこくっている。

「ここにいるわけにはいかないんだ。ここは寒いし、どこが崩《くず》れるかわからない」

「…………」

「さあ、手を出して。とにかく一緒《いっしょ》に避難《ひなん》しよう」

　アコニットの手を握《にぎ》る。小さな手は指先まで冷えきっていた。

　ここで何があったのか、フラグメントで確《たし》かめることも考えた……が、今はそれどころではないだろう。一刻《いっこく》も早く、アコニットを安全な場所に避難させなければ。

　小さな手をひいて立ち上がった、まさにそのとき、誓護のポケットで携帯《けいたい》電話が鳴った。

着信を知らせるメロディが鳴り響《ひび》く。このメロディは、メールだ。

こんなときに何だよ、と思わなくもない。しかし……。

こんなときだからこそ、何か意味のあるメールじゃないかとも思った。せめて差出人だけでも確認《かくにん》しようと、フラップを開いてディスプレイを見る。

差出人は——

「いのり……」

ぎくりとした。嫌《いや》な予感。はやる気持ちを抑《おさ》えて中身を確認。メールはほとんど空メールで、テキストはブランク。ただし、画像《がぞう》が一枚、添付《てんぷ》されている。

いのりがいつものように無表情《むひょうじょう》で写っていた。

何てことのない普通《ふつう》の写真だった。——これが普通の状況《じょうきょう》ならば。

屋外だ。背景《はいけい》は暗い。いのりの後ろには知らない人々の姿《すがた》。思うにこれは、ちょうど今、この建物の外の様子を写したものだ。

何だ、これは？

再《ふた》び着信のメロディが鳴る。今度はメールではなく、電話だ。

発信元は、やはり、いのりの携帯電話だった。

誓護はアコニットの手を握る指に力をこめ、通話ボタンを押《お》した。

「……はい」

『桃原誓護くん、だね？』

知らない声だった。

深みのある男の声だ。ささやくようなしゃべり方に、大人の色気というか、独特《どくとく》の艶《つや》っぽさがある。声の感じでは、まだ若《わか》い青年のようだ。

「……誰《だれ》だ」

『今はまだ、名乗ることはできない』

ふざけたことを言う。ただし、声はふざけてはいなかった。

『だが、強《し》いて言うなら――君の妹さんを預《あず》かっている者だ』

呼吸《こきゅう》が止まる。

誓護は目を閉《と》じ、天を仰《あお》いだ。

よりにもよってこんなときに、いのりを誘拐《ゆうかい》されてしまったのだ。

Episode 19

「要求は？」

一瞬《いっしゅん》、自分の声だとわからないほど冷静な声で誓護は言った。

あせりや不安も、行き着くところまで行けば逆《ぎゃく》に静かなものらしい。

『……落ち着いているね。話が早くて助かるよ』

むしろ安堵《あんど》したように相手は言った。

『君に頼《たの》みたいことがあるんだ』

「どうしろと?」

『殺人事件《じけん》を解決《かいけつ》して欲《ほ》しい』

意外な言葉だった。聞き間違《まちが》いかと思ったほどだ。理解するのに数秒かかる。

「殺人事件……だって?」

『知っているかい? 君が今いるその建物——毎年ひとり、女の子が死んでいるんだ。〝悪食《あくじき》なる魔女《まじょ》〟の餌食《えじき》となってね』

「でもそれは、ただの都市伝説で」

『尾《お》ヒレの部分は、そうだ。しかし、毎年ひとり、行方《ゆくえ》不明者が出ているのは事実だよ。警察も動いている。ただし、まだ死体のひとつも見つけられず、殺害現場《げんば》さえ特定できていない。捜査《そうさ》はほぼ、暗礁《あんしょう》に乗り上げつつある……』

「待てよ。死体が見つかってないのに、どうして殺人事件だとわかる?」

『……鋭《するど》いね。それでこそ、アテにできるというものだ』

男は笑った。

その瞬間、誓護の心が警報《けいほう》を鳴らした。直感的に悟《さと》る。こいつは普通《ふつう》じゃない。こいつは何か秘密《ひみつ》を知っていて、本当の目的を隠《かく》している。

「……事件解決って、どうすることを言ってるんだ？　死体を見つければいいのか？　真相がわかれば満足なのか？」

それともまさか、犯人《はんにん》を捕《つか》まえろ、とでも？

『すぐにわかるよ。君は賢《かしこ》いから』

謎《なぞ》めいたものいい。相手はからかうような口ぶりで、見事に誓護を突《つ》き放した。

『ともかく、君にはその事件を解決してもらいたい。い、つ、も、の、ようにね』

誓護はグリモアリスと接点《せってん》を持ち、既《すで》にいくつかの殺人事件に関《かか》わった。そして、いずれの事件も解決に導《みちび》いている。おそらく、相手はそのことを知っている。知っていて、あえてこんな条件《じょうけん》を持ち出したのだ。そうとしか思えない。

誓護は即答《そくとう》できない。相手の意図がわからず、混乱《こんらん》していた。

一体、どういうことなのか。

桃原の資産《しさん》が目的ではないのか。あるいは、桃原の力を利用したいという輩《やから》では。

これではまるで——桃原誓護、個人《こじん》に対する要求だ。

誰だ。これは一体、誰なんだ。

まさか、犯人自身？

殺人事件の犯人が、自ら引き起こした殺人事件を解決してみせろと言っている？

少なくとも、被害者《ひがいしゃ》の友人が解決してくれと頼んでいる感じではない。

誓護が思考の淵《ふち》に落ち込んでいるあいだにも、相手の話は続いていた。

『急いだ方がいい。じきに消防隊《しょうぼうたい》がくる。何かとやりにくくなるだろうし――人前でフラグメントを再生《さいせい》するわけにもいかないだろうからね』

「――――！」フラグメント、だと？

『それじゃ――』

「待て！」

誓護は精一杯《せいいっぱい》にドスをきかせ、すごむように言った。

「いのりに指一本触《ふ》れてみろ。必ず後悔《こうかい》させてやる。どんな汚《きたな》い手を使ってでも」

相手が沈黙《ちんもく》する。

脅《おど》しの効果《こうか》があってくれと願いながら、誓護は耳を澄《す》まして相手の気配を探《さぐ》る。

『……君の気持ちはわかるつもりだ。君が協力的である限《かぎ》り、この子に危害《きがい》は加えない。約束しよう』

拍子抜《ひょうしぬ》けした。意外なほど紳士《しんし》的だ。

『だが、君が僕《ぼく》との約束を放棄《ほうき》して、その建物から逃《に》げ出すようなら――僕も手を汚《よご》すことを辞さない。この子のことはあきらめてくれ』

くそったれ。

誓護は歯噛《はが》みした。身に染《し》みるほど思い知らされる。結局、切り札は向こうにあるのだ。

誓護が何か捨《す》て台詞《ぜりふ》を吐《は》く前に、相手は無情《むじょう》に通話を切った。

電話を耳に当てたまま、誓護は呆然《ぼうぜん》と立ち尽《つ》くした。

なぜ。何のために。どうして、こんなことをするのだろう。

いつから、誰が、どうやって計画したんだ。なぜ、僕が標的《ひょうてき》なんだ。これが計画的犯行だとして、どこまでが連中の計画だ？　すべてが計算のうちか？　稲妻《いなずま》による崩壊《ほうかい》も？　アコニットが子供《こども》になったのも？　いのりと僕が離《はな》れ離《ばな》れになることも？

だめだ。頭が混乱している。思考が働かない。カンも鈍《にぶ》っている。

わからない。なぜ僕に命令する。わからない。僕のことをどこで知った。フラグメントのことをなぜ知っている。わからない。わからない。わからないことが多すぎる……。

誓護はようやく電話を耳から離し、フラップを閉《と》じた。

それからすぐに開き――しばし逡巡《しゅんじゅん》した後で、再《ふたた》び閉じた。

一瞬、警察《けいさつ》に通報しようかと思ったのだ。

誘拐されたのが誰か別の人間だったら、すぐにも通報しているところだ。警察でなくても、姫沙《きさ》か誰かに応援《おうえん》を頼《たの》むのでもいい。だが……。

いのりなのだ。捕《つか》まっているのは。

万が一のこともある。相手は誓護のことを十分に知っているようだし、フラグメントのことまで口にした。まず間違いなく、監視《かんし》されていると考えるべきだ。いのりが相手の手中にある以上、下手《へた》に動くわけにはいかない。いのりを無事に解放《かいほう》してくれるというのなら、誘拐犯《ゆうかいはん》の要求など百度でものもう。

電話の向こうでは、大勢《おおぜい》の人々の気配がした。とりあえず、いのりは今、人目のある場所にいるようだ。当然、相手も迂闊《うかつ》なことはしないはず。大丈夫《だいじょうぶ》、いのりは助かる。誓護が殺人事件《じけん》とやらを解決《かいけつ》すれば。

はらわたが煮《に》えくり返る。相手の言いなりになるだけでも癪《しゃく》なのに、いのりを人質《ひとじち》に取られているのだ。怒《いか》りで全身が燃《も》え上がりそうな気がした。

「……いたい、よ」

小さな声でそう言われ、誓護は我《われ》に返った。

そう言えば、ずっとアコニットの手を握《にぎ》りしめたままだったのだ。アコニットの小さな手は、誓護のてのひらに握りつぶされ、赤くなっていた。

「ご、ごめん」

普段《ふだん》なら電撃《でんげき》の二、三発も飛んできそうなところだが、子供のアコニットは泣きそうな顔でうつむいているだけだ。改めて、大丈夫《だいじょうぶ》なのかと心配になる。

誓護は苦笑《くしょう》した。もはや、笑うしかなかった。

こんな状態《じょうたい》のアコニットを抱《かか》えて、殺人事件の謎《なぞ》を解《と》けだって？

いつ崩《くず》れるかもわからないような建物の中で、消えずに残っているかどうかもわからないフラグメントだけを頼《たよ》りに？

「まったく、アコニット、君って子は……」

どうしていつもいつも、厄介事《やっかいごと》とともに現《あらわ》れるんだい？

誓護はアコニットの手を握りなおす。おとぎ話のヘンデルのようにしっかりと。

そして、にやっと凄絶《せいぜつ》な笑《え》みを浮《う》かべた。

ああ、いいだろう。

ＯＫ、わかった、理解した。

おい、誘拐犯。アンタが何者で、黒幕《くろまく》がどこの誰だか知らないが、僕は桃原誓護、いのりの兄だ。

狡猾《こうかつ》に、いのりを人質に取られた今、逃げも隠《かく》れも投げ出しもしない。

冷徹《れいてつ》に、小ずるく立ち回って、見事要求に応《こた》えてやるさ。

決意の炎《ほのお》が燃え上がる。誓護はアコニットの手を引いて、歩き出した。

ふと、何者かの足音がすぐ近くから聞こえてきた。

コツコツ、コツコツ、と不規則《ふきそく》に鳴る。相手は複数《ふくすう》だ。

思わず身構《みがま》える。アコニットを抱《だ》き寄《よ》せ、足音の主が現れるのを待つ。

やがて通路の薄闇《うすやみ》の向こうから、パッと強い光が飛んできた。

誓護が光に目を焼かれ、たまらず手をかかげた。

視界《しかい》を奪《うば》われた誓護の前に、複数の足音が迫《せま》る——

「それじゃ、もう脱出《だっしゅつ》できないってことですか？」

薄暗がりの中、アコニットの手を引いて歩きながら、誓護は前を行く背中《せなか》に言った。

誓護の前には二人の男がいた。

一人は姫乃杜製菓《ひめのもりせいか》の若社長《わかしゃちょう》、姫宮《ひめみや》氏。懐中電灯《かいちゅうでんとう》で足もとを照らしつつ、慎重《しんちょう》に進んでいる。

そのとなり、眼鏡《めがね》をかけた従業員《じゅうぎょういん》は樫野《かしの》と名乗った。こちらは〈お菓子の家〉の案内係をしていたらしい。

先ほど、誓護の前に現れたのが、この二人だった。

「ええ、さっきの崩落《ほうらく》が決定的でしたね。ホールに続く廊下《ろうか》がつぶれて、這《は》い出ることもできない。もちろん、階段《かいだん》も使えません」

姫宮氏はいまいましそうに言った。

二人は脱出口を求めて館内を探索《たんさく》していたらしい。だが、残念ながら、逃げ道は見つからなかったそうだ。

既《すで》に階段に向かう道は断《た》たれてしまっている。誓護の目の前で起きた崩落、あれが原因《げんいん》だ。

ここは建物の中央部、窓《まど》のない区画なので、直接《ちょくせつ》的な脱出も無理だった。

「一応《いちおう》、工房《こうぼう》の方にエレベーターがあるのですが。そちらも、ちょっと無理ですね」

樫野が困惑《こんわく》顔で言う。

階段と反対側、催事場《さいじじょう》を挟《はさ》んで向こう側は菓子工房になっている。そちらにエレベーターがあるのだが、食品を運搬《うんぱん》するためのもので、人が乗るようには設計《せっけい》されていない。その上、電力の供給《きょうきゅう》がストップしている。仮《かり》に電気が通っていたとしても、先の衝撃《しょうげき》であちこち壊《こわ》れているから、運転にはかなりの危険《きけん》がともなうだろう。

要するに、誓護を含《ふく》めたこの面々は、ほぼ生き埋《う》め状態《じょうたい》になっているというわけだ。

「なあに、すぐにレスキュー隊が駆《か》けつけてくれますよ。大丈夫、助かります！」

小さな子供（アコニットのことだ）を気遣《きづか》ったのか、姫宮氏は明るい声で言った。

「それまでに建物が崩《くず》れなければ、ですがね」

「樫野《チーフ》！」

「すみません、失言でした」

樫野が軽く頭を下げ、チラリとアコニットを見る。銀と紅《あか》のまだら髪《がみ》が珍《めずら》しいのかも知れない。確《たし》かに、子供の髪をこんなふうに染《そ》める親は少数派《しょうすうは》だろう。自分とアコニットがどういう関係に見られているか、ちょっと不安な誓護である。

姫宮氏と樫野はまっすぐ催事場に向かっていた。〈お菓子の家〉が開催されていたスペースだ。姫宮氏の話では、そちらに逃げ遅《おく》れた人々が集められているらしい。

姫宮氏の言葉通り、問題の催事場では、二人の人間が待っていた。

非常灯《ひじょうとう》の薄暗《うすぐら》いオレンジの光の下、カフェテリア風の空間に、大きいのと小さいの、二人分の影《かげ》が浮かび上がる。

「うわー、この子、不思議な髪～」

誓護たちを認《みと》めるや否《いな》や、人影の一つ、小さな方が駆《か》け寄ってきた。

小学生くらいの少年だった。この薄暗い照明の下でも、ふわふわの髪が明るい茶色に輝《かがや》いている。くりくりっとしたつぶらな瞳《ひとみ》、ちょっと上向いた小さな鼻など、なかなか可愛《かわい》らしい顔立ちをしている。線が細く、体つきも女の子のようだ。

少年は無邪気《むじゃき》に瞳をキラキラさせて、あふれる好奇心《こうきしん》を隠《かく》そうともせず、じーっとアコニットに見入っていた。近付かれて怖《こわ》かったらしく、アコニットはパチパチと小さな火花を散らしながら、二歩、三歩と後ずさった。

誓護はアコニットを背中に隠しながら、姫宮氏に顔を向けた。

「小学生の子まで取り残されちゃってるみたいですけど」

「ぼく小学生じゃないよー!」

小学生――ではないらしい――が両手を振《ふ》り上げて怒《おこ》る。

「白鳥《しらとり》さまは小学生ではありません」

見かねた様子で、樫野がひそひそと耳打ちしてくれた。

「高校三年生です」

「しかも年上⁉」

飛び級か何かかと疑《うたが》いたくなるところだ。

「当館のハードリピーター、つまり常連さんでいらっしゃいます」

「へえ……」

誓護は信じられない思いで白鳥少年の顔を眺《なが》めた。この小さな生き物が高校三年生？

白鳥少年は樫野になついているらしい。樫野に飛びついて、

「ねえ、カッシー。ぼくたち、どうなっちゃうの……？」

うるうる、と目が潤《うる》む。まさに少女のような行動だ。

「大丈夫《だいじょうぶ》、すぐにレスキュー隊が助けにきてくれますよ」

「本当？」うるうる。

「ええ。それまで建物が崩れなければ、ですが」

「うわーん！」

「樫野《チーフ》！」と姫宮氏がたしなめる。

樫野はごまかすように、

「おや、限定《げんてい》トリュフのスタンドが無事のようです。社長、こんな状況《じょうきょう》ですし……？」

「あ、ああ、そうだね。どうぞお召《め》し上がりください、白鳥さん」

「わーいわーい」

白鳥は泣くのをやめ、両手を挙げて喜んだ。

「……やっぱ、小学生じゃん」

誓護はぼそりと感想を言った。

「ふーむ、この子、少女モデルか何か？」

「うわっ」

突然《とつぜん》、背後《はいご》で言われ、誓護は驚《おどろ》いて飛びのいた。

いつの間にか、大きい方の人影が誓護の背後に回っていた。

白一色の調理師《ちょうりし》スタイル。ふんわりした髪がどことなく洋風だ。暗い照明など問題にならないくらい、キラキラと歯が光っている。すらりと背の高い二枚目《にまいめ》で、テレビの向こうでしかお目にかかれないような、一分の隙《すき》もないニコニコ笑顔《えがお》を見せていた。

ぎくりとする。その男には確《たし》かに見覚えがあった。どこかで……そう、アコニットとはぐれた直後、ホールの上から見下ろしていた、あの青年だ！

あのときの陰気《いんき》な翳《かげ》りはなりを潜《ひそ》めている。こんなに明るい男だったのか。どちらが本当の彼なのか、わからない。それとも、何かを隠しているのだろうか。

青年は誓護の疑念《ぎねん》など気付いたふうもなく、

「なりは小さいけど、すごく可愛いじゃない。左右のバランスも完璧《かんぺき》、完全なシンメトリーだ。これは将来《しょうらい》楽しみだね」

ペラペラと、やけになめらかに舌《した》が回る。一流のセールスマンのような男だった。

「えーと……貴方《あなた》は？」

それには応《こた》えず、男はなれなれしく誓護の肩《かた》を叩《たた》いた。

「おや、君も美形だね！　女の子にカッコイイって言われるだろ」

「え……ああ、まあ」

容姿《ようし》だけに限定するなら、カッコイイと言われないこともない誓護である。

「だろー。オレもよく言われるんだけどさ、ああいうのって困《こま》っちゃうよねー、どんなリアクションとればいいんだっての。ホラ、Ｙｅｓだと傲慢《ごうまん》でイヤミだし、Ｎｏだと自分が見えてないみたいでイヤミだし、どっちにしろイヤミじゃないか、みたいな」

ものすごい早口だが、発音がきれいで、決して聞き苦しくない。身振《みぶ》りも激《はげ》しく、ポーズがめまぐるしく変わる。そのポーズのひとつひとつがビシッとサマになっていて、それこそモデルか何かかと疑いたくなるような人物だ。

「おっとオレの名前だったね。オレは花柳《はなやなぎ》。職業《しょくぎょう》、花のパティシエさんだ」

「は、花の……？　僕は桃原です」

誓護はめまいを感じた。何だろう、この人は。

「桃原くんか。こんな状況だけど、ヨロシク！　助け合って生き残ろうぜ！」

びっ、と敬礼《けいれい》っぽく指を立てる。キラリと歯が光って、背景に水玉が散った。

まぶしい。何と言うか、背負《せお》っているオーラがまぶしい。キラキラ、ピカピカだ。ついていけないノリだが、重苦しくなりがちな極限状況では、こういう人物が場の空気を前向きにすることもある。ありがたいと言えばありがたい……のかも知れない。

「しかし見事に野郎《やろう》ばっかだね。女の子向けのイベントなのにさ。一人くらい、素敵《すてき》な女性《じょせい》が逃《に》げ遅《おく》れててもよさそうなもんだ」

パティシエ花柳は不満そうに言った。そんな不謹慎《ふきんしん》な不満をたれるときでも、顔はニッコリ爽《さわ》やかスマイルなのだから恐《おそ》れ入る。徹底《てってい》して『ネアカ』な男だった。

「お客さま」

どこかに電話をかけていた姫宮氏が、こちらを振り向いて言った。

どうやら、誓護とアコニット、そして白鳥を指しているらしい。

「申し訳《わけ》ありませんが、救助がくるまで、私の指示《しじ》に従《したが》ってください」

施設《しせつ》管理者としての責任《せきにん》を考えれば、それは当然の判断《はんだん》だ。

「どこが崩《くず》れるかわかりません。ここは比較《ひかく》的損傷《そんしょう》の程度《ていど》が軽いようです。このホールを動かないでください。お願いします」

それも妥当《だとう》な判断だと思う。しかし、そんな言葉に従うわけにはいかない。誓護にはやらなければならないことがあるのだから。

姫宮氏は自社のスタッフ二人を振り返った。

「樫野、花柳。とにかく、お客さまの安全だけはしっかりと守るんだ。いいな?」

「もちろんです」

「でも社長。そうは言っても、オレにできることなんて何にもないよ?」

花柳が混《ま》ぜ返す。姫宮氏は言葉に詰《つ》まったが、お客の手前、ぐっとこらえて、「とにかく、お客さま第一だ」とだけ言った。

こうして、外界から隔絶《かくぜつ》された館内で、我慢《がまん》比《くら》べのような時間が始まった。

Episode 21

すぐにでも動き出したい気分だったが、まずは考えをまとめる必要があった。

誓護はアコニットと一緒《いっしょ》に、催事場《さいじじょう》の床《ゆか》に腰《こし》を下ろした。気休めではあるが、テーブルの下に座《すわ》る。状況がわかっているのかいないのか、アコニットは足を前方に投げ出して、人形のようにぺたんと座った。

姫宮社長は携帯《けいたい》電話を耳に当て、外部と連絡《れんらく》を取っている。樫野はそのとなりに控《ひか》えて立ち、花柳は少し離《はな》れたところで椅子《いす》にもたれていた。

ふと、もきゅもきゅと何かをそしゃくしながら、抱《かか》えきれないほどのトリュフの箱を持って、白鳥少年が寄《よ》ってきた。

断《ことわ》りもなく誓護のとなりに座り、人なつっこく話しかけてくる。

「これからどうなっちゃうのか、心配だねー」

「そ、そうですね」

何となく違和感《いわかん》があるが、一応《いちおう》は年上なので敬語を使ってみる。

「………」じー、と横目で誓護を見る。

「な、何？」

「ももっちにも、ひと箱あげる！」

白鳥少年は無造作《むぞうさ》にひと箱、一ダース分のトリュフをくれた。

「あ、ありがとう……」

もともと君の物じゃないよね、とか、それ全部食べる気なの、とか、いろいろ突《つ》っ込《こ》みたい部分はあったが、誓護は素直《すなお》に箱を受け取った。

トリュフの箱を見て、アコニットがそわそわと身じろぎする。誓護は包装《ほうそう》をといて、ひとつつまみ、アコニットの小さな口の中に放《ほう》り込んでやった。

ついでに、自分もひとつ食べてみる。

限定《げんてい》トリュフ〈月夜の小石〉は白かった。表面はココアパウダーではなく、ホワイトチョコレートの粉末らしい。舌にのせた瞬間《しゅんかん》、ふわっと融《と》けるミルクの香《かお》り——確《たし》かに美味だ。アコニットが執着《しゅうちゃく》していたのもわかる気がする。

そのアコニットは、ひとつめを食べ終えて、じっと誓護の手元を見つめていた。

「もっと欲《ほ》しい？」

アコニットは上目遣《うわめづか》いで誓護を見た。うん、と素直に言わない（言えない？）ところが、小さくてもアコニットなんだなぁと思わせる。

誓護は箱ごとアコニットに渡《わた》して、思索《しさく》に耽《ふけ》った。

いつまでもここでこうしているわけには、いかない。一刻《いっこく》も早く殺人事件《じけん》とやらを解《と》き明かし、いのりを取り戻《もど》さなければ。

そもそもどんな事件なのか、誓護は知らない。事件の概要《がいよう》をつかむのが先決か。だが、この状況《じょうきょう》で誰《だれ》に聞けばいいのだろう？

それとなく一同の様子を探《さぐ》ってみる。

姫宮氏は相変わらず、携帯電話で外と連絡を取り合っている。冷静で、そつのない対応《たいおう》だ。あの若《わか》さで一国一城《いっこくいちじょう》の主《あるじ》なのもうなずける。

樫野はそのとなりに、落ち着き払《はら》って控えている。もともとそういうタイプの人物なのか、極《きわ》めて冷静沈着《ちんちゃく》だ。その冷静さが不気味に思えるほど。

パティシエ花柳は鼻歌など歌っているし、白鳥は一心不乱《いっしんふらん》にトリュフをなめ融かしている。この二人にはまるで緊張感《きんちょうかん》がない。――少なくとも、表面上は。

この中で、一番動揺《どうよう》しているのは自分かも知れないな、と誓護は思った。

彼らは信用できるだろうか、と考える。癖《くせ》のある人物ばかりで判断《はんだん》に困《こま》る。

ひょっとしたらこの中に、いのりを連れ去った者が——その仲間が——いるかも知れない。アコニットをこんなふうにした誰かが、いるかも知れない。疑《うたが》い出せばキリがないのだ。

倒壊《とうかい》しかけた建物の中という特異《とくい》な状況のせいか、それともいのりを人質《ひとじち》に取られているからなのか、誓護の〈嗅覚《きゅうかく》〉はうまく働かない。誰が敵《てき》で、誰が味方なのか、その見極めができない。いつになく鈍《にぶ》い自分の感覚にイラ立ちながら、そしてそのイラ立ちを隠《かく》しながら、誓護は頭をフル回転させた。

落ち着け、と自分に言い聞かせる。

何をあせっている、桃原誓護。〈嗅覚〉が働かないからどうだと言うんだ。知性《ちせい》を研《と》ぎ澄《す》まし、推理《すいり》の積み重ねで思考を進めろ。

だが、得体の知れない不安が消えない。

その不安が伝わるのか、アコニットも落ち着きをなくした。カラになったトリュフの箱を放《ほう》り出し、腰《こし》を浮《う》かせる。手を放したらどこかへ逃げ込んでしまいそうな雰囲気《ふんいき》だった。

樫野が目ざとく気付いて、こちらに寄ってきた。

「大丈夫《だいじょうぶ》ですか?」

「——ええ、まあ」

「そちらの方は……?」

樫野の視線《しせん》がアコニットに向く。誓護との関係を訊《き》かれたのかも知れないが、誓護は状態《じょうたい》を訊かれたものと判断して、こう答えた。

「ちょっと、ショックを受けたみたいで」

「お怪我《けが》をされているのでは？」

「ええ……。でも大丈夫です。彼女は」

実は、傷《きず》そのものは既《すで》にふさがっている。口の周りについた血も、ハンカチでチョコレートごとぬぐってやると、きれいになった。

「でも、そのままじゃよくないですよ。救急箱か何か、探してきましょう」

「あ、いえ、それには及《およ》びません」

「遠慮《えんりょ》しないで。ついでにほかにも抜《ぬ》け穴《あな》がないか、探してきます」

樫野は笑った。眼鏡《めがね》の奥《おく》の目が優《やさ》しげに細められる。

「社長。そういうわけで、外します」

姫宮氏は迷《まよ》ったようだが、うなずいた。仕方ない、という判断か。

社長の了承《りょうしょう》を取りつけて、樫野は催事場《さいじじょう》を出て行った。

その後ろ姿《すがた》を眺《なが》めているうちに、誓護の覚悟《かくご》も決まった。

そうだ。じっとしていても仕方がない。まずは足で情報《じょうほう》を集めよう。

「あの、姫宮社長。僕《ぼく》らも、ちょっと外したいんですが……」

アコニットの手を引いて、姫宮氏の前に立つ。

姫宮氏は耳から電話を外して、「それは、許可《きょか》できません」とにべもなく言った。厳《きび》しい口調だった。だが、ここですんなり引き下がれるほど、誓護にも余裕《よゆう》がない。

「でも、その……ちょっと、お手洗《てあら》いに」

チラリとアコニットを見て、嘘《うそ》をつく。アコニットをこんな形でダシに使った、なんてことがバレたら、後で焼き殺されるんじゃないだろうかと心配になる。しかし、いのりの安全がかかっているのだ。このくらいは大目に見てもらおう……。

姫宮氏はやはり迷ったようだ。

が、結局はお客のプライバシーとプライドに配慮した。

「……わかりました。でも、ちょっとでも異変を感じたら、すぐに大声で知らせてください。それから、穴や亀裂《きれつ》には絶対《ぜったい》に近付かないように」

「はい。それじゃ、行ってきます」

誓護はアコニットを連れ、催事場を後にした。

奇異《きい》の視線が背中《せなか》に刺《さ》さる。白鳥少年とパティシエ花柳、二人が不思議そうに、そして少し疑わしそうに、誓護の背中を眺めていた。

誓護の目の前には、薄暗《うすぐら》い通路が続いている。

魔女《まじょ》の吐息《といき》のような、ひんやり湿《しめ》った空気。全身にまとわりつく不吉《ふきつ》な気配をかきわけながら、誓護は薄闇《やみ》の中へと足を踏《ふ》み出した。

Episode 07

実母《はは》は、『一緒《いっしょ》に死んで』と言った。
私は思い出す。
洞窟《どうくつ》のように暗い、オーブンの中を。
新雪のように白い、実母のふわふわのセーターを。
炎《ほのお》と、石鹸《せっけん》と、焼き菓子の匂《にお》いが入り混《ま》じった、あの乾《かわ》いた空気を。
あの日、幼《おさな》い私はオーブンの中で実母に首をつぶされ——そして、息絶《いきた》えた。

Chapter 4 【かつて、あったこと】

Episode 22

非常灯《ひじょうとう》のともる通路は薄暗《うすぐら》く、足場は最悪だった。

アコニットのぶかぶかのブーツがやたらとガレキに引っかかる。一緒《いっしょ》に歩いていて可哀相《かわいそう》になるほどだ。しかし、床《ゆか》にはガラスや陶器《とうき》の破片《はへん》も散乱《さんらん》しているので、裸足《はだし》で歩かせるわけにもいかない。

背負《せお》って歩くことも考えたが、アコニットが嫌《いや》がったので無理強《むりじ》いもできず、結局、誓護《せいご》はなるべく足場のいいところを選んで、もどかしいくらいの速度で奥《おく》に進んだ。

子供《こども》に合わせるのは忍耐《にんたい》がいる。急いでいるときはなおさらだ。

だが、そのどうにもならないもどかしさが、かえって誓護を冷静にした。

あせっても仕方がない。そのことがわかって、逆《ぎゃく》に気分が落ち着いた。少しずつ、頭が働くようになってくる。

いのりを人質《ひとじち》に取った敵《てき》は、グリモアリスかも知れない。

フラグメントがどうとか言っていたのが、推測《すいそく》の根拠《こんきょ》だ。

だが、そうなると誓護に殺人事件《じけん》を解決《かいけつ》させたい理由がわからない。教誨師《きょうかいし》なら、自分で謎《なぞ》解《と》きすればいい。何らかの理由で、自分では動けないのか。あるいは——まだ完全犯罪《はんざい》が成立せず、教誨師が動ける段階《だんかい》ではないのかも。

（いや……）

ひょっとすると、グリモアリスの存在《そんざい》を知っているだけの、ただの人間かも知れない。

相手が教誨師だったとしても、安心はできない。こんな非合法な手段で目的を果たそうとする輩《やから》だ。いのりを傷《きず》つけない保証《ほしょう》はない。鈴蘭《すずらん》のような前例もある。

「どのみち、やるしかないってことだけどね……」

相手が普通《ふつう》の人間でないのなら、どんなやり方で監視《かんし》されているか、見当《けんとう》もつかない。改めて、逃《に》げ道がないことを理解《りかい》する。

誓護はため息をついて、アコニットを見下ろした。

「この大事なときに、君はこんなだし」

もしもアコニットの状態《じょうたい》が万全《ばんぜん》なら、敵の不意を打って、力尽《ちからず》くでいのりを奪還《だっかん》するという方法もあったかも知れない。

誓護の愚痴《ぐち》が理解できたのか、アコニットはしゅんとしてうつむいた。パチパチと弱々しい火花が髪《かみ》の表面を這《は》う。

「あ、いや、違《ちが》うよ。君を責《せ》めてるわけじゃないんだ」

機嫌《きげん》を損《そこ》ねてしまったらしい。アコニットはぷーとふくれて、そっぽを向いた。

「それにしても——君、一体どうしたの？　何でそんなになっちゃったのさ？」

アコニットは答えない。今の彼女は精神《こころ》まで幼《おさな》くなっている。もしかしたら、アコニット自身、原因《げんいん》を理解していないのかも知れない。

結局、これも誓護が自分で探《さぐ》るしかないということか。

（……待てよ？）

ふと、誓護の脳裏《のうり》を疑念《ぎねん》がよぎった。

果たして、これは偶然《ぐうぜん》か。

この大事なときに、アコニットがこんなになってしまった。これは偶然なのか？

誰《だれ》かが仕組んだことなんじゃないか。もしくは、その〈誰か〉はこうなることがわかっていて、いのりを人質に取ったのでは。いや、あるいは逆《ぎゃく》に——

（アコニットが、こうなってしまったから……？）

誓護は髪をくしゃくしゃとかき回した。あと一歩のところで思考がまとまらない。

結局、理屈《りくつ》はここに戻《もど》ってくる。今の状況《じょうきょう》で誓護にできることはただひとつ、殺人事件を解き明かすことだけなのだ。

「——あ、そうだ！」

誓護は足を止めた。アコニットが驚《おどろ》いて誓護を見上げる。

（もしかすると、別の手段があるかも知れないぞ？）

ポケットに手を突《つ》っ込《こ》み、例の指輪、〝プルフリッヒの振《ふ》り子〟を取り出した。

指輪がトラウマを呼《よ》び覚ますらしい。アコニットが露骨《ろこつ》に怯《おび》え、後ずさりする。だが、誓護の狙《ねら》いはこれを無理やりアコニットの指にはめることではない。

直接《ちょくせつ》はめずとも、効果《こうか》を引き出す方法があったはずだ。

誓護はおそるおそる指輪を見つめ、意を決して、片方《かたほう》を左手の指に通した。

だが、指輪の意匠《いしょう》、二匹《ひき》の蛇《へび》は嫌がるように直径《ちょっけい》を広げ、はまらなかった。

――どうやら、左右が違ったらしい。指の左右を入れ替《か》えたところ、今度はちゃんとはまった。二匹の蛇がうごめき、するすると輪を狭《せば》め、ぴったりのサイズになる。

人間が二つとも身に着けて大丈夫《だいじょうぶ》なのだろうか。何か妙《みょう》なことが起きるのではないか。変な副作用があるのではないか……という不安はあったが、一方で、グリモアリスのような超能《ちょうのう》力《りょく》が手に入るんじゃないか、という期待もあった。

しかし、残念ながら、その期待は空振りに終わった。誓護の体に目立った変化はなく、空が飛べるようになるとか、力がみなぎってくるということもなかった。

誓護は少しがっかりしながら、腰《こし》が引けているアコニットに近付いて、両手を握《にぎ》った。

「どう？」

「…………っ」

アコニットは嫌がって手を振りほどこうとした。拘束《こうそく》を嫌《きら》う子供のしぐさだ。

彼女の体に目立った変化はない。

「……ダメか」

どうやら、自動で効果を発揮《はっき》するものではないらしい。誓護の方から握るだけでは効果がなく、能動的に魔力を引き出さなければならないようだ。

さて、どうしたものか。

アコニットが頼《たよ》りにならない以上、誓護が自分で動くしかない。

幸い、誓護の手元には〝プルフリッヒの振り子〟がある。

しかし、フラグメントで殺人事件のことを探ろうにも、どこで誰がどうやって殺害されたのかわからない以上、手当《てあ》たり次第《しだい》にフラグメントを再生《さいせい》するしかない。

フラグメントは不安定なものだ。誓護にとっては未知の部分も多い。アコニットの稲妻《いなずま》であちこち破壊《はかい》されてしまった今、きちんと過去が復元される保証もない。闇雲《やみくも》に再生していては、時間ばかりがかかってしまう。

どうする？

「……よし。どのみち、手がかりはないんだし」

アコニットに何が起きたのか、まずはそこから探ってみよう。

彼女を元に戻す手がかりが得られるかも知れないし、あるいは彼女が小さくなってしまったこと自体、殺人事件と何らかのかかわりがあるかも知れない。

結論《けつろん》が出たら、後は早い。

誓護は早速、先ほどアコニットを保護《ほご》した場所へと急いだ。

Episode 23

姫宮《ひめみや》氏に案内されたルートの逆をたどる。〈スタッフオンリー〉と書かれた扉《とびら》を開けて、細い通路をさかのぼると、先ほどの催事場《さいじじょう》と同じくらいの開けた空間に出る。

姫宮氏がいる催事場――カフェテリア風にセッティングされた区画のとなりにあたる。どうやら、壁《かべ》を挟《はさ》んで左右対称《たいしょう》になるように作られているらしい。

よくよく考えてみれば、アコニットがどうやってこちら側に入り込んだのかも謎《なぞ》だ。訊《き》いてみても答えないので、やはりフラグメントを再生してみるしかない。

しかし、このスペースに入ろうとした途端《とたん》、

「……や！」

と、アコニットが強く言った。

足を踏《ふ》ん張《ば》り、それ以上進もうとしない。

「どうしたんだよ？」

「…………」

アコニットは眉間《みけん》に深いしわを刻《きざ》んでいた。嫌悪《けんお》の表情《ひょうじょう》だ。

「……こっち、行きたくないの？」

黙《だま》っているが、肯定《こうてい》だろう。全身から『テコでも動かないぞ』オーラが出ている。

とは言え、アコニットを置いていくわけにもいかない。どこへ行ってしまうかわかったものではないし……。

仕方なく、誓護は心を鬼《おに》にして、アコニットを引きずって歩いた。

「や！　や〜っ、いや！」

アコニットは抵抗《ていこう》したが、しょせんは子供《こども》の腕力《わんりょく》、抗するべくもない。

スペースに入り、ずんずん進む。広間の中央に近付くにつれ、アコニットはだんだん青ざめて、不気味なくらいに大人しくなった。

「すぐ済《す》むから、待ってて」

深呼吸《しんこきゅう》して、指輪を唇《くちびる》に近付けたとき——アコニットの小さな手を通して、ふるふると震《ふる》えが伝わってきた。

「いや……」

「え？」

「いやあっ！」

突然《とつぜん》、アコニットが暴《あば》れ出した。

必死の抵抗だ。予防《よぼう》接種を嫌《いや》がる子供よりひどい。

「ちょ……、アコニット、大丈夫だってぎゃああああっ」

ばりばりと顔を引っかかれ、たまらず誓護は悲鳴をあげた。

とっさに、誓護はアコニットを抱《だ》きしめた。

「大丈夫だから！」

ビリッバリッ、と生じた電流に胸《むね》を焼かれるが、かまわず抱きすくめる。

今のアコニットの体は、誓護の胸にすっぽりおさまってしまうほど小さい。

「大丈夫だよ、アコニット。僕がついてる」

「うぅ……ううぅぅぅ……っ」

うなり声のようにも、すすり泣きのようにも聞こえる声。

「どうしても必要なことなんだ。いのりを助けるために……。怖《こわ》いなら、目を閉《と》じていればいい。僕が君の代わりに、全部見届《みとど》けるから」

頭をなでながら何度も優《やさ》しく諭《さと》す。

説得が効《き》いたのか、そのうちにアコニットは大人しくなった。ぎゅーっと目をつむり、誓護の肩《かた》に顔を押《お》しつけてくる。獣医《じゅうい》を前にした仔猫《こねこ》のように、小刻《こきざ》みに震えていた。

そんなアコニットを抱きかかえ、誓護は左手の指輪に口付けた。

イメージするのは少し前の過去《かこ》。アコニットが建物を破壊《はかい》した、あの直前の光景だ。

誓護はアコニットの姿《すがた》を思い浮《う》かべながら、少しずつ意識《いしき》をしぼっていく。

やがて、空間に反応《はんのう》があった。

ぽぅー、と燐光《りんこう》がともる。足もとが、壁《かべ》が、倒《たお》れたテーブルが、ちらちらと光を放ちながら、星空のように輝《かがや》いて、過去を映《うつ》すスクリーンへと変貌《へんぼう》した。

Episode 24

おぼろげに浮かび上がった光景は、映りの悪いテレビのようにチラついていた。

映像《えいぞう》にノイズが混《ま》じる。その乱《みだ》れの中から、ふっと誓護の目の前に現《あらわ》れたのは、不安げに歩くアコニットの姿だった。

自分がどこを歩いているのかわからない、という不安が顔に出ている。が、いつもの強がりで歩き方は乱暴《らんぼう》だ。ずかずかと前に進む。

不意に、その背中《せなか》めがけ、鉄パイプが打ち込まれた。

見ていて目を覆《おお》いたくなるような重い一撃《いちげき》。

アコニットの細い体がぐらつく。これがアコニットではなく常人《じょうじん》だったなら、致命傷《ちめいしょう》を負っているような一撃だった。

ノイズが薄《うす》れ、映像がクリアになった。アコニットを殴打《おうだ》した者の姿があらわになる。

それは、かなり奇妙《きみよう》ないでたちだった。

頭から暗幕《あんまく》のようなものをかぶっている。顔や服装《ふくそう》を隠《かく》す意味があるらしい。布《ぬの》の下からのぞく靴《くつ》は白いスニーカー。だが、明らかに新品の、安物だ。証拠《しょうこ》を残さない工夫《くふう》だろうか。だとすれば、これはすべて、計画的な犯行《はんこう》ということになる。

襲撃者《しゅうげきしゃ》はさらに一撃、今度はアコニットのわき腹《ばら》に鉄パイプを叩《たた》き込んだ。

二撃目は嫌な角度だった。内臓《ないぞう》に損傷《そんしょう》を負ったのか、アコニットの唇《くちびる》に血がにじむ。

誓護は眉《まゆ》をひそめた。正視《せいし》に堪《た》えない。

襲撃者は、暗幕の上からでもわかるほど興奮《こうふん》していた。

動きが大きく、飛び跳《は》ねるようだ。はっ、はっ、と笑い声のような息遣《いきづか》い。その大げさに興奮した様子を見て、誓護は悟《さと》った。

殺人嗜好症《しこうしょう》——

彼は悦《よろこ》んでいる。愉《たの》しんでいる。

人間を殺すことを愉しむ人間。おぞましさの極《きわ》みだ。吐《は》き気を覚える。

そんな人間が、アコニットをなぶりものにしているのだ。カッと全身が燃《も》え上がり、血液《けつえき》が逆流《ぎゃくりゅう》する。怒《いか》りと嫌悪《けんお》で五体がバラバラになりそうだった。

そして、三撃目が背中に突《つ》き刺《さ》さった瞬間《しゅんかん》、アコニットが帯電した。

ようやく、アコニットも不意打ちの衝撃《しょうげき》から立ち直ったらしい。反撃の稲妻《いなずま》が空中に生じ、どす黒い光の矢となって放たれる。

角度が厳《きび》しい。それは惜《お》しくも（幸いにして？）それてしまったが、威嚇《いかく》の効果《こうか》はあった。

襲撃者は無様に取り乱《みだ》し、鉄パイプを放《ほう》り出して、その場に尻餅《しりもち》をついた。

アコニットの黒い妖気《ようき》が炎《ほのお》のように噴《ふ》き上がる。痛《いた》めつけられて、相当に頭にきているらしい。明らかに殺すつもりだ。

ところが、アコニットが必殺の稲妻を叩きつける寸前《すんぜん》——それが起こった。

映像が揺《ゆ》らめく。過去において、空間が揺らいだらしい。

映像の中に浮かび上がるもう一つの映像がある。

フラグメント……だろうか？

もしもフラグメントだとすれば、過去の中で過去が再生《さいせい》されるという二重構造《こうぞう》だ。テレビの中でテレビを見るような、曖昧《あいまい》でもどかしい映像が空間に投影《とうえい》される。

アコニットは動きを止めた。それこそ雷《かみなり》に打たれたかのように硬直《こうちょく》している。

誰《だれ》かが、アコニットに背中を向けて立っていた。

アコニットが凝視《ぎょうし》して目を離《はな》さない、その人物は——

金属《きんぞく》的な輝《かがや》きを放つ銀に、真紅《しんく》の房《ふさ》が混《ま》じった、特徴《とくちょう》的な色の髪《かみ》をしていた。

（アコニット……？）

いや、違《ちが》う。髪の色は同じでも、シルエットはもっと大きい。これは男だ。

ぶわっと、アコニットの周りを取り巻《ま》いていた稲妻が、ひときわ大きくふくらんだ。

アコニットが自分の頭を押さえる。美しい顔が歪《ゆが》み、やがて。

「い――――」

「いやぁあああぁぁあああああっ！」

絶叫《ぜっきょう》とともに、膨大《ぼうだい》な火力を誇《ほこ》る稲妻が解《と》き放たれた。

大蛇《だいじゃ》がのたうち回るかのように、黒い稲妻は荒《あ》れ狂《くる》った。壁に大穴《おおあな》をあけ、天井《てんじょう》を焦《こ》がし、床《ゆか》をえぐり取って暴走《ぼうそう》する。

その狂乱《きょうらん》のさなか、アコニットの姿が細り、縮《ちぢ》み、やがて幼《おさな》い少女の姿になった。

（あの青年が……幼児《ようじ》化の原因《げんいん》？）

腑《ふ》に落ちないものを感じたが、そう考えるのがもっとも自然だ。

アコニットが稲妻を暴走させているあいだに、襲撃者は命からがら、その場を逃《に》げ出した。

階段《かいだん》とは反対側、菓子《かし》工房《こうぼう》の方へと逃走《とうそう》する。

やがて稲妻の乱舞《らんぶ》がおさまったとき、後には泣きじゃくるアコニットだけが残されていた。

映像がかすむ。それを潮《しお》に、誓護は指輪から唇《くちびる》を離《はな》した。

このまま再生を続ければ、誓護自身が駆《か》けつけて、アコニットを保護《ほご》する情景《じょうけい》になるだろう。

だが、とりあえず、今はここまででいい。それより、もう一度確《たし》かめたいことがある。

誓護は立ち位置を変え、再《ふたた》び指輪に口付けた。

もう一度、過去《かこ》へとつながるチャンネルを開く。

果たして、稲妻で破壊《はかい》し尽《つ》くされた後でも、きちんと映像《えいぞう》が拾えるかどうか……。かなり不安だったが、案外すんなりと、その光景にたどり着いた。

Episode 14

青年の姿《すがた》が浮かび上がる。

アコニットにあれほどの動揺《どうよう》をもたらした、あの青年だ。

そのアコニットは、青年の目の前で立ち尽《つ》くしている。亡霊《ぼうれい》を見たかのように顔面蒼白《そうはく》だ。目を大きく見開き、口を半開きにして、棒立《ぼうだ》ちになっている。

青年の両手の薬指には指輪がきらめいていた。

(プルフリッヒの振《ふ》り子……)

間違いない。金銀二色の蛇が互《たが》いの尾《お》を嚙《か》んだ、教誨師《グリモアリス》の指輪だ。

それは美しい青年だった。

アコニットがそうであるように、人間離れした美貌《びぼう》。女性《じょせい》のようにつややかな肌《はだ》。なめらかな髪。中性的な骨格《こっかく》と相貌。化粧すれば簡単に女性に化けられるだろう。

顔の造作《ぞうさく》にはどことなくアコニットに似《に》ているところがある。それは鼻梁《びりょう》の線だったり、目《め》尻《じり》の切れ方だったりした。表情は穏《おだ》やかで、幸福そうに微笑《ほほえ》んでいる。

アコニットよりは少し年上に見える。人間で言えば、二三、三といったところ。

――兄妹《きょうだい》、なのだろうか。あるいは同じ一族の出か。

誓護は目をこらし、この光景がいつのことなのかを探《さぐ》ろうとした。だが、残念なことに、日付を特定できるようなもの――たとえばカレンダーや時計などは見当たらなかった。

そもそも、この映像が実際《じっさい》の過去を反映しているのかどうかも疑《うたが》わしい。フラグメントとは微妙《びみょう》に違う、言うなれば幻影《げんえい》のようなもので、とらえどころがなく、不確《ふたし》かだ。

青年は微笑み、恋人と語らうように優《やさ》しく、何かを言った。

「いいんだよ、そんなことは、どうでも」

そう聞こえた。

艶《つや》のある声には、聞き覚えがあるような気がした。

その刹那《せつな》、パリッ、とアコニットの眉間《みけん》に火花が散った。

限界《げんかい》を超《こ》えたらしい。アコニットは頭を抱《かか》え、絶叫《ぜっきょう》する。

爆弾《ばくだん》が破裂《はれつ》したような勢《いきお》いで、空気が吹き飛んだ。突風《とっぷう》を起こし、ごうごうと音を立ててあふれ出る妖気《ようき》。魔力《まりょく》が充実《じゅうじつ》し、アコニットの姿が燃《も》え上がる。

直後、目の前の情景が乱れた。

すべてを拒絶《きょぜつ》するかのような、アコニットの放電。それは青年の姿をもかき消して、建物の中を縦横無尽《じゅうおうむじん》に暴《あば》れ回る。

獣《けもの》の咆哮《ほうこう》のように。吹き荒れる暴風雨のように。

誓護の目には、それがアコニットの心の叫《さけ》びのように見えた。

やがて、映像はそこで途切《とぎ》れた。

多くの謎《なぞ》を残したまま。

Episode 25

何だったのだろう、今のは。

誓護の脳裏《のうり》をいくつもの疑問《ぎもん》が埋《う》め尽《つ》くす。あの青年は何者だろう。なぜ、アコニットはあの青年を恐《おそ》れるのだろう。二人のあいだに、一体何があったのだろう。

わからない。ただひとつわかっているのは、あの青年がアコニットの関係者であるということだけ。

そしておそらく――

「トラウマの、原因……」

誓護はアコニットを抱《いだ》く腕《うで》に力をこめた。

誓護の腕の中で、幼《おさな》い姫《ひめ》は小さくなって震《ふる》えている。まるでか弱い小動物のように。きつく目を閉《と》じ、耳も塞《ふさ》いでいる。それほどに怖《おそ》ろしいものなのか。

アコニットにしてみれば、襲撃者《しゅうげきしゃ》に手ひどく痛《いた》めつけられたことよりも、あの青年の存在《そんざい》の方がよほど恐怖《きょうふ》を呼《よ》び覚ますものだったようだ。こんなふうに小さな子供《こども》と化し、現実《げんじつ》から逃《とう》避《ひ》したくなるほどに。

(すごく気になるけど……今はそれどころじゃないな)

考えても仕方のないことは、後回しにすべきだ。

それよりも。

「そうか……」

既《すで》に確信《かくしん》が芽生《めば》えていた。そうだ。間違《まちが》いない。

アコニットに手傷《てきず》を負わせた犯人《はんにん》、そいつこそ──

「……悪食《あくじき》なる魔女《まじょ》」

その正体は快楽《かいらく》殺人犯といったところか。

都市伝説のような例の噂《うわさ》が真実なのだとしたら、魔女は毎年、同じことを繰《く》り返しているのだ。今年はたまたま、運悪くアコニットを襲《おそ》ってしまったのだろう。

なぜ捕《つか》まらないのか、という当然の疑問が頭に浮《う》かんだ。

鉄パイプで撲殺《ぼくさつ》するなんていう雑《ざつ》なやり方で殺人を繰り返しているのに、どうして警察《けいさつ》が突《つ》き止められないのか。

殺人事件《じけん》が発覚するためには、いくつか条件《じょうけん》がある。

第一に、死体だ。死体が発見されなければ、〝殺人〟事件にならない。

そして、第二に――

(そうだ、目撃者!)

ずっと感じていた違和《いわ》感の正体がわかった。この事件は、目撃者のいないところで起こっている。周囲に人目がないのだ。

イベント開催《かいさい》中の娯楽《ごらく》施設《しせつ》で、こうまでひと気がないのも不自然だ。こちらの区画は一般《いっぱん》客《きゃく》が出入りするエリアではないが、それでも菓子《かし》工房《こうぼう》があったりして、従業員《じゅうぎょういん》の出入りがまったくないわけではない。

それがただの幸運でないとすれば――犯人は内部の事情《じじょう》に通じている?

いずれにせよ、アコニット、そしておそらく犠牲者《ぎせいしゃ》の少女たちは、こちらのひと気のない区画で襲われたのだ。目撃者はなく、だからこそ、事件の発覚が遅《おく》れた……。

しかし、そうなると当然、別の疑問がわいてくる。

犯人はどうやってアコニットをこの場所に誘《さそ》い込《こ》んだのか?

(いや、待て。そもそも、本当に……)

犯人は人間なのか?

犯人を助けるように現《あらわ》れた、アコニットのトラウマ映像。それは人間が引き起こしたものとは考えにくい。だとすると、犯人は人間じゃない……?

では、グリモアリスなのか? もしもそうなら、異能《いのう》を使って誘い込んだのかも知れない。

警察に追《つ》い詰められないのも道理だし、死体の処理《しょり》も簡単《かんたん》だろう。しかし……。

誓護はぶんぶんとかぶりを振《ふ》った。

駄目《だめ》だ。頭で考えてどうにかなる段階《だんかい》ではない。根拠《こんきょ》のない推論《すいろん》ばかりで、わからないことが多すぎる。もっと情報《じょうほう》を集め、推理の材料をそろえなければ。

誓護はアコニットを立たせ、別の場所を捜索《そうさく》しようと歩き出した。

そのとき。

がたり、と背後《はいご》で音がして、誓護は立ちすくんだ。

状況《じょうきょう》が状況だけに、振り返るのがためらわれる。自分の鼓動《こどう》を耳元で聞きながら、誓護は全身を耳にして、背後の気配を探《さぐ》った。

アコニットが、ぎゅっと誓護の手を握《にぎ》る。

誰だ？

背後の人物は沈黙《ちんもく》している。

べっとりと粘《ねば》りつくような、嫌《いや》な静寂《せいじゃく》。

ぽた、ぽた、とどこかで落ちる水滴《すいてき》の音が不気味だ。

ややあって、誓護が思いきって振り向くのと、薄闇《うすやみ》の中から気配の主が姿《すがた》を見せたのは、ほとんど同時だった。

「――――！」

相手の顔を見た途端《とたん》、誓護は思わず凝視《ぎょうし》してしまった。

「君は……」

向こうもまた、驚《おどろ》いた様子で誓護を見つめた。

「誓護……」

誓護の背後に立っていたのは、白いドレスに身を包んだ金髪碧眼《きんぱつへきがん》の乙女《おとめ》、リヤナだった。

この暗がりの中にあっても、リヤナの金髪はまばゆく光っている。衣装《いしょう》も然《しか》り。白く輝《かがや》き、小さな汚《よご》れひとつない。あちこち崩《くず》れてほこりっぽいこの場所にあって、その姿は異様なほど清潔《せいけつ》で、きらびやかだった。

「君、どうしてここに……。まだ避難《ひなん》してなかったの？」

「私は……」

リヤナは言葉を濁《にご》した。視線《しせん》が泳ぎ、小さなアコニットに目が留《と》まる。その瞬間《しゅんかん》、リヤナははっとしたように口を押《お》さえた。

「……そのコ、まさか」

そして、彼女は言ったのだ。

「花鳥頭《はなうず》の君……？」

誓護は絶句《ぜっく》した。

心臓《しんぞう》をわしづかみにされたような気がした。

背筋《せすじ》がしんと凍《こご》える。たった今、自分が耳にしたことが信じられない。

はなうずのきみ。リヤナは確《たし》かにそう言った。

その響《ひび》きには聞き覚えがある。いつだ。どこで。誰が——そう、鈴蘭だ。鈴蘭がアコニットのことをそう呼《よ》んでいた。

察するに、冥府《めいふ》におけるアコニットの尊称なのだろう。

その呼び名を知っているということは……。

リヤナの碧《あお》の瞳《ひとみ》が改めてアコニットを見る。姿形は幼《おさな》く変わっているが、特徴《とくちょう》的な銀と紅《あか》のまだら髪《がみ》も、ルビーのような真紅《しんく》の瞳も、そのままだ。それがアコニットであることは、ほとんど疑《うたが》いようもない。

「……そう。時制調律《アライメント》が狂《くる》っているのね」

あっさりと看破《かんぱ》してしまう。

「やっぱり、君は……人間じゃない……」

誓護の疑念《ぎねん》を察した様子で、リヤナは目を伏《ふ》せて言った。

「そうよ、誓護……。私はこの世界の住人じゃない」

やはり。

「グリモアリス……」

リヤナは小さくため息をついた。

「知っているのね」

そんな馬鹿《ばか》な。

「そんな……どうして。君がグリモアリスなら、どうして人間のフリなんかしたんだ。チケットなんかなくたって、こんな建物、簡単《かんたん》に侵入《しんにゅう》できたはず。――それに、君の指にはリングがなかった。〝振り子〟とかいう、あの蛇《へび》の指輪が」

「魔力《まりょく》を禁《きん》じられていたから」

誓護の疑念のすべてに、リヤナはその一言で答えてみせた。

「禁じられていたって……なぜだ」

「魔力を封《ふう》じる必要があったのよ。そのコに気取られないように。〝振り子〟も、〝向こう側〟に隠していた。……今はもう、魔力を許《ゆる》されてるわ」

リヤナがほっそりした腕を振ってみせる。言葉通り、彼女は白い手袋《てぶくろ》の上から、金と銀のまだらの指輪をはめていた。

「質問《しつもん》に答えてないぞ。どうしてアコニットに気付かれちゃまずいんだ」

「それは……。花鳥頭の君を――」

間があく。空気が張《は》り詰《つ》める。

その先は聞かない方がいい。そんな気がする。

だが、誓護は耳を塞《ふさ》がない。耳を塞いでいては、誰《だれ》も守れない。

やがて、リヤナは吐《は》き出すように言った。

「処刑《しょけい》するためよ」

「処刑――」

刹那《せつな》、リヤナのまとう気配が変わった。

妖気《ようき》があふれる。リヤナの白い肌《はだ》から、湯気のように立ちのぼるのは、単純《たんじゅん》な白ともくすんだ灰色《はいいろ》とも違《ちが》う――言うなれば銀色の妖気だった。きらきらと小さく光を放ちながら、それはリヤナを取り巻《ま》くように広がっていく。

その粒子《りゅうし》は、ひんやりと冷たい。見た目といい、冷たさといい、ダイヤモンドダストによく似《に》ている。殺気のような妖気に触《ふ》れ、アコニットがまた震《ふる》え出す。誓護はアコニットを背中に隠《かく》し、リヤナの前に立ちはだかった。

「誓護……」

リヤナは意外そうにまばたきした。それから、あまり気乗りしない様子で、

「そこをどいて。花鳥頭の君を渡《わた》して」

一歩、前に出る。

「貴方《あなた》を傷《きず》つけたくないの。お願い」

「……お断《ことわ》りだね」

「誓護……」

「冗談《じょうだん》じゃない」

「どいて！」

「嫌《いや》だね。処刑する、なんていきなり言われて、ハイわかりました——ってわけにいくかよ。アコニットは僕《ぼく》の友達なんだ。そして桃原《ももはら》誓護は、決して友達を裏切《うらぎ》らない」

ひとたび友人と認《みと》めた以上、こちらからは裏切らない。それが誓護のルールだ。

アコニットが置かれた状況《じょうきょう》も、リヤナの事情もわからない。わからないからこそ、こんな要求には従《したが》えない。当たり前のことだ。

「友達……？」

一瞬、リヤナがひるんだような顔をする。意外そうに、疑わしそうに、そして——なぜか傷ついたように。

「なぜ、アコニットが処刑されなくちゃならないんだ」

「……説明しても仕方がないわ」

「教えてくれたっていいじゃないか！」

リヤナは苦しげに顔をゆがめた。

どこか遠くに視線《しせん》をさまよわせ、うめくようにつぶやく。

「そのコは大罪《たいざい》を犯《おか》したのよ。……それだけのことだわ」

「大罪──。無断《むだん》でこっちにきたこと、とか？」

「まさか。極刑《きよつけい》に値《あたい》する罪《つみ》よ。審判《しんぱん》を待たずに処刑されるような、ね」

「それは何？　どんな罪なの？」

「……貴方に言う必要はないわ」

おしゃべりはここまで、とばかり、リヤナは妖気を強めた。

噴出《ふんしゆつ》する妖気が突風《とつぷう》となって誓護の前髪を吹《ふ》き散らかす。冷たい風が頬《ほお》を裂《さ》く。鼻腔《びこう》が凍《い》てつき、息ができない。リヤナの白いスカートがはためき、金色の髪が激《はげ》しく揺《ゆ》れた。神々《こうごう》しいほどの輝《かがや》き。まるで伝説の雪女のようだと誓護は思った。

リヤナは心まで凍《こお》りつかせたかのような、表情《ひようじよう》の消えた顔で言った。

「さあ、そこをどきなさい」

これほどの冷気にさらされているのに、誓護の背中《せなか》に冷たい汗《あせ》が噴《ふ》き出した。

どうする。どうすればいい。

リヤナは一歩ずつ、ゆっくりと距離《きより》を詰《つ》めてくる。彼女の異能《いのう》がどんなものかは知らないが、あふれ出る妖気だけで十分に圧倒《あつとう》されていた。

この圧力。圧迫感《あつぱく》。アコニットや鈴蘭に感じるものと一緒《いつしよ》だ。この分では、異能など使わずとも、殴《なぐ》り合いだけで誓護をバラバラにできそうだ。

迫《せま》りくる怖《おそ》ろしげな気配に、誓護より先にアコニットが耐《た》えきれなくなった。

「いやぁ……やぁぁああ!」

あっと思う間もなく紫電《しでん》がほとばしり、リヤナを直撃《ちょくげき》した。

空気が裂《さ》ける。黒い火花が飛び散り、粉塵《ふんじん》が渦《うず》を巻《ま》いて広がった。

火花の乱舞《らんぶ》がおさまったとき、そこには先刻《せんこく》とまったく変わらぬ、リヤナの姿《すがた》があった。

「———!」

誓護は目をむいた。

半透明《はんとうめい》にもなっていなければ、セグメントの障壁《しょうへき》を呼び出したのでもない。

リヤナはまったく何もせず、ただ立っていただけのように見えた。身を守ろうともせず。それなのに、無傷《むきず》のまま——本当に、アネモネの猛毒《もうどく》をしのぎきったのか。

誓護にとっても衝撃《しょうげき》だったが、アコニットにとってはもっと衝撃だったらしい。

露骨《ろこつ》に怯《おび》えて、取り乱《みだ》す。

「うぅう……うう、ううぅ……ううぅああぁ!」

泣き声ともうなり声ともつかない声を上げながら、さらに出力を高め、巨大《きょだい》な稲妻《いなずま》を撃《う》ち込んだ。二発、三発、四発。威力《いりょく》がどんどん上がっていく。

一撃一撃が重い。鉄の壁《かべ》すら粉々にできそうな火力。だが、リヤナの服を焦《こ》がすどころか、髪《かみ》を揺らすことさえできない。

狙《ねら》いのそれた稲妻が、壁を焼き、床《ゆか》を黒い灰《はい》に変えた。

「アコニット、もうよせ！　天井《てんじょう》が崩《くず》れる！」

何とか押しとどめようとするが、この雷撃《らいげき》がかすりでもしたら、人間のヒフなど簡単《かんたん》に黒コゲだ。身を盾《たて》にするような真似《まね》はできない。せいぜいが腕《うで》を引っ張《ぱ》る程度《ていど》。それでもアコニットは次第《しだい》に大人しくなり、放電をやめた。

「無駄《むだ》よ。花鳥頭の君」

電撃の雨が過《す》ぎ去ると、リヤナはむしろ憐《あわ》れむように、静かに言った。

「音に聞こえしアネモネの猛毒も、私の前では意味をなさない……」

異能、だろうか。グリモアリスがそれぞれに持つという先天的な能力、フィグメント。リヤナの異能がこんな芸当を可能《かのう》にするのか。

「誓護」

リヤナは誓護の名を呼び、それから左手を胸元《むなもと》に寄《よ》せた。

何だ？

怪訝《けげん》に思う誓護の前で、リヤナは左の手刀《しゅとう》を閃《ひらめ》かせた。

鋭《するど》く二撃。壁に向かって往復《おうふく》させる。

それから、とん、と壁を軽く押す。

その途端《とたん》、あまりにあっけなく壁が崩れた。壁の一部がすべり落ち、ひし形の大穴《おおあな》があく。

切り口は刃物《はもの》で切ったように鋭利《えいり》だ。レンガを積んだ堅固《けんご》な壁が、リヤナの手刀で、ケーキのようにたやすく切断されてしまったのだ。

「これが、私の胤性霊威《ちから》」

誇《ほこ》るでもなく、リヤナは淡々《たんたん》と言う。当たり前の事実を告げるように。

「何者も私を傷《きず》つけることはできず、何者も私を阻《はば》むことはできない」

それは矛盾《むじゅん》──絶対《ぜったい》の防御《ぼうぎょ》と、絶対の攻撃《こうげき》。それがリヤナには可能だと言うのか。

「これでも、私に歯向かおうって言うの？」

試《ため》すように。誓護の瞳《ひとみ》を正面から見据《みす》えて言う。

あるいは、本当に不思議に思っているのかも知れない。理屈《りくつ》で考えれば、確《たし》かに不思議だ。異能もなく、身体的にも貧弱《ひんじゃく》な人間が、たった一人で、麗王六花《れいおうりっか》の処刑を任《まか》されるような存在《そんざい》を相手に、抵抗《ていこう》しようなどと……。考えるだに愚《おろ》かしい。ありえない。無謀《むぼう》だ。そもそも、抵抗しようなどという考えすら浮《う》かばないのが普通《ふつう》だ。

だから──

「当たり前だろ」

と、誓護は答えた。

「誓護……」

聞き分けのない子供《こども》を見るかのように、リヤナが困惑《こんわく》の表情を浮かべる。

「君がどれほど強くても。僕がどんなに弱くても。だから、何？　それがどうしたって言うんだ？　君が理解《りかい》しないのなら、僕は何度でも言うよ」

誓護はリヤナの視線《しせん》を真正面から受け止めて、はっきりと告げる。

「僕は友達を護《まも》る。僕は絶対に、アコニットを見捨《みす》てない」

こんなこと、口にするだけなら簡単だ。だが、そんな宣言《せんげん》を繰《く》り返したところで、無力な自分が強くなるわけではない。

だから、こうしているあいだにも、誓護は心のアンテナを張り巡《めぐ》らせ、少しでも多くの情報《じょうほう》をつかみ取ろうとする。

相手の本当の狙《ねら》いは何だ。なぜアコニットを狙う。リヤナの異能の正体は。どこに弱点がある。打開策《だかいさく》を探《さが》せ。取り引きの材料を見つけろ。

リヤナは半ば唖然《あぜん》として、あきれたように誓護を見ていた。

それから、残念そうにため息をついた。

その表情から読み取れることはひとつ。リヤナは決して、実力行使を望んではいないということだ。誓護を好きだと言った、あの言葉に嘘《うそ》はないらしい。ひょっとしたら、アコニットを処刑するという使命自体、乗り気ではないのかも知れない。

じっと足もとを見つめる。何を考え込《こ》んでいたのか、ややあって、リヤナはつぶやくような声で言った。

「外で人間たちが騒《さわ》いでいたわ。逃《に》げ遅《おく》れた人間の救出には、まだ時間がかかるって」

「――」どういう意味だ？

「貴方《あなた》に一時間、時間をあげる。一時間後、私はそのコを殺しにくる。それまでに、覚悟《かくご》を決めておいて」

「待ってくれ。どうして時間をくれる？　それに、たかだか一時間かそこらで、僕の気持ちが変わると思うのか？」

背《せ》を向け、立ち去ろうとする。誓護はあわてた。

リヤナは肩越《かたご》しに誓護を見た。

心まで透《す》かし見るような視線。しばらく誓護を見つめた後で、目を伏《ふ》せる。

そして、独白《どくはく》のように言った。

「貴方が本当にそのコと友達なら」

「――なら？」

「お別れくらい、ちゃんとしたいでしょう？」

ちらり、とアコニットを見る。

憐憫《れんびん》、なのか。ほんの一瞬《いっしゅん》、いたわしげな色が碧《あお》の瞳《ひとみ》に宿って見えた。

リヤナはすぐに目を背《そむ》け、歩き出した。

その姿《すがた》がおぼろにかすみ、溶《と》けるように見えなくなるまで、誓護は身動きできなかった。

Episode 27

リヤナが立ち去った後も、誓護は前方をにらんだまま、どうすることもできずに立ち尽《つ》くしていた。

頭がガンガンする。気ばかりがあせって、考えがまとまらない。

返す返すも、自分は無力だ。

おまけに馬鹿《ばか》だ。大変な愚か者だ。

なぜ、いのりとはぐれた。どうして、すぐに探さなかった。

ずっといのりと一緒《いっしょ》にいれば、少なくとも問題はアコニットの方だけだった。

いや、アコニットと一緒だったなら、アコニットは〝悪食《あくじき》なる魔女《まじょ》〟に襲《おそ》われなかったかも知れない。トラウマを刺激《しげき》されることもなく、子供になってしまうこともなく、こんな事態《じたい》にもきちんと対応《たいおう》できたかも……。

後悔《こうかい》ばかりが襲ってくる。押《お》し寄《よ》せる無力感に打ちひしがれそうになる。

どうすればいいんだ。

わかっている。いのりを助けるために、殺人事件《じけん》を追いかけなければならない。


あと一時間。そんな時間をくれたところで。

何を、どうしろって言うんだ？

だが、そちらにばかり集中していれば、あっと言う間に時間が過《す》ぎて、再《ふたた》びリヤナが戻《もど》ってくる。あの鋭利《えいり》な攻撃。鉄壁《てっぺき》の護《まも》り。今のアコニットにどうこうできるはずもない。無論《むろん》、人間の身たる誓護にも。

（くそっ……何でアコニットが処刑《しょけい》されなくちゃならないんだ……）

果たして、それは冥府《めいふ》の決定なのだろうか。アコニットは高貴《こうき》な王族の生まれではなかったのか。それが裁判《さいばん》もなしに、いきなり処刑されるなんて、そんなことがあるのだろうか。

冥府のことには少しも明るくない誓護だが、常識《じょうしき》的に考えて、それは不自然だった。しかし、リヤナは本気だったのだ。本気でアコニットを抹殺《まっさつ》するつもりだ。だったら、不自然かどうかなんて問題じゃない。そうだ、何を考えてる。余計《よけい》なことを考えるな。時間がないんだ。一秒でも早く、もっとも効率《こうりつ》的な方策をひねり出さなければ。急げ。畜生《ちくしょう》。どうした、桃原誓護。お前はこんなものなのか。……駄目《だめ》だ。考えがまとまらない。このまま、いのりも取り戻せず、アコニットを見殺しにしてしまうのか。そんなのは絶対《ぜったい》に駄目だ。そんなのは……。

そのとき、不意に手を引かれ、我《われ》に返った。

はっとして見下ろす。誓護の手を引いていたのは、誓護の腰《こし》までしか背丈《せたけ》のない、小さな小さなアコニットだった。

紅《あか》い瞳が不安げに見上げている。

「せいご……？」

この状況《じょうきょう》では唯一《ゆいいつ》の保護者《ほごしゃ》、誓護が動揺《どうよう》しているのを見て、心細くなったのだろう。

誓護は頭から冷や水を浴びせられたような気がした。

そうだ。アコニットは今、小さな女の子にすぎないのだ。

誓護が、護ってやらなければならないのだ。

(それなのに、僕がこんなでどうするんだよ……)

誓護は腰を落とし、アコニットに目の高さを合わせた。

頭をなでてやる。

妹とは違《ちが》って、アコニットは嫌《いや》がった。不機嫌《ふきげん》そうにパチパチ火花を散らしながら、誓護の手を逃《のが》れようとする。そんな仕草は気位の高い猫《ねこ》みたいで、可愛《かわい》らしかった。

友達なら、お別れくらいはちゃんとしたいでしょう——リヤナはそう言った。

「……それは違う。君は間違ってるよ、リヤナ」

しつこい、とばかり、アコニットが怒《おこ》って誓護の手を叩《たた》く。

誓護はそっと優《やさ》しく、アコニットのその手を握《にぎ》りしめた。

「本当に友達なら、お別れなんてしたくないんだ」

この、小さな。

ぞっとするほど美しくて、そして強い。

でも本当は弱くてもろい、ガラス細工のような姫《ひめ》。

この少女を、友達を、こんな形で奪《うば》われて、納得《なっとく》できるはずがない。

最初の動揺が過《す》ぎ去ると、少しずつ冷静さが戻ってきた。

やるべきことは、はっきりしている。

いのりは助ける。それは絶対だ。アコニットも見捨《みす》てない。当たり前だ。

だったら、結論は最初から出ているじゃないか。

「両方、助けるよ、僕《ぼく》は」

二つの結果を望むなら、二倍の労力を支払《しはら》う。

時間が足りないというのなら、二倍の効率《こうりつ》を求める。

こうしてじっと考え込んでいる時間が一番の無駄《むだ》だ。

追《つ》い詰められたときの一時間という時間がどれだけ短いものか、誓護は体験で知っている。

退屈《たいくつ》な授業《じゅぎょう》の一時間は長く、難《むずか》しいテストの一時間は短いのだ。

一時間——もう五五分もない。

でも大丈夫《だいじょうぶ》。きっとやれる。やってみせる。桃原誓護はただの人間に過ぎない。異能《いのう》もなければ、腕力《わんりょく》も人並《ひとな》みだ。だが、神さまというのはなかなかに気が利《き》いている。グリモアリスに匹敵《ひってき》できるものが、たった二つだけ、誓護にも与《あた》えられているのだ。

知恵《ちえ》。そして、勇気。

この頼《たよ》りない、しかし途方《とほう》もなく強力な武器《ぶき》。これを駆使《くし》して、望む結果をつかみ取るしかない。敵《てき》はいのりを人質《ひとじち》に取った卑劣《ひれつ》な男、そしてリヤナ。彼らの裏《うら》をかき、出し抜《ぬ》き、小狡《こずる》く立ち回って、いのりとアコニットを護り抜いてみせる。

しんと頭が冴《さ》え渡《わた》り、誓護の脳《のう》が高速で回転を始めた。ようやくギアが嚙《か》み合った感じだ。断片的《だんぺん》な思考が次々に浮《う》かび、相互《そうご》に連絡《れんらく》し合い、少しずつ形になっていく。

そうして誓護の脳が弾《はじ》き出した答えは、がっかりするほど地味で、地道で、至極《しごく》まっとうな考えだった。

リヤナを退《しりぞ》けられる決定打はない。——が、しばらくのあいだ、アコニットに危険《きけん》はない。それに、時間の経過《けいか》とともに状況が変わるかも知れない。つまり、今優先《ゆうせん》すべきはいのりの方ということになる。

いのりの方には手がかりがある。既《すで》にフラグメントで〝悪食なる魔女〟の姿《すがた》を確認《かくにん》しているのだ。〝悪食なる魔女〟がどこで殺人を犯《おか》したのかも、おおむね見当がついた。ならば、関連するフラグメントを探《さぐ》り当てて、まずはこちらの事件《じけん》を解決《かいけつ》するべきだ。

結局はフラグメント探しから、という凡庸《ぼうよう》な判断《はんだん》だが、これは大きな一歩になる。誓護は先走りそうになる自分自身にそう言い聞かせ、左手の指輪に唇《くちびる》を近付けた。

（いのり、もう少し辛抱《しんぼう》してくれ。僕が必ず助けるから）

誓護は心の中で何度も詫《わ》びながら、過去《かこ》を追うべく、指輪にキスをした。

Episode 02

それは、やや劣化《れっか》したフラグメントだった。ところどころ、フィルムが欠けたように映像《えいぞう》が切れている。だが、全体的にはわりと鮮明《せんめい》で、何が起こっているのか、問題なく理解することができた。今、髪《かみ》を明るめの茶色に染《そ》めた少女が、通路を心細そうに歩いている。おそらく、少女はもっと賑《にぎ》やかなところにいたのだろう。だが今、少女が歩いているのは、まったくひと気がなく、薄暗い空間なのだった。片側《かたがわ》に寄《よ》せられたテーブルや椅子《いす》が空間をより広く見せている。お客の姿《すがた》はどこにもない。この世のどこでもない場所なのでは、という恐怖《きょうふ》を駆《か》り立てるが、積み上げられたダンボールの山が、かろうじて人間の世界であることを示《しめ》している。

少女が恐《おそ》る恐る、ダンボールの方に近付く。フタの開いているものをのぞき込んで見ると、中には姫乃杜《ひめのもり》の主力商品のひとつ、〈バターサンド〉がぎっしり詰まっていた。これは〈お菓子《かし》の家〉の建材に使われている。

少女はほっとため息をついた。なーんだ。そうか。そういうことか。

要は、従業員《じゅうぎょういん》用の区画に迷《まよ》い込んでしまっただけ。

そうとわかれば、長居《ながい》は無用。さっさときた道を戻《もど》ろう――

苦笑《くしょう》混《ま》じりに背後《はいご》を振《ふ》り返る、その少女の顔が恐怖に凍《こお》った。

少女の背後には、いつの間にか誰《だれ》かが立っていた。

言葉もなく。頭から暗幕《あんまく》のようなものをかぶって。

幕の下から、二つの目が少女を見つめている。不気味な光を放つそれは、誓護にとっては残念なことに、もやがかかったようで判然としない。そこだけがフィルターを通したように、犯《はん》人《にん》の人相を隠《かく》していた。

シルエットは縦長《たてなが》。たぶん、男だ。

その手には、鉄パイプが握《にぎ》られている。

少女が悲鳴を上げようとした、その瞬間《しゅんかん》、男の腕《うで》が鉄パイプを真横に振った。

少女の体が浮き上がるほどの重い一撃《いちげき》。鉄の棒《ぼう》は真横から猛烈《もうれつ》な勢《いきお》いでめり込んだ。

少女が横に吹《ふ》っ飛ばされ、壁《かべ》に叩《たた》きつけられる。

痛《いた》みはかなりのものだったらしい。少女はたまらず〈く〉の字に体を折った。

悲鳴すらあげられず、悶《もだ》え苦しむ少女の背中《せなか》に、さらに無慈悲《むじひ》な一撃が叩き込まれた。

もちろん、少女の悪夢《あくむ》はそれだけでは終わらない。

ぼぐっ、どぐっ、ごつん――そんな鈍《にぶ》い音が絶《た》え間なく続く。ほどなく、少女はぐったりとした。ごとり、と頭が床を打つ。

ひゅう……、ひゅう……、とかすかに漏《も》れる呼吸《こきゅう》。まさに虫の息だ。

男は少女の首をつかみ上げると、その細い喉笛《のどぶえ》を力任《ちからまか》せに握りつぶした。少女の眼球《がんきゅう》が盛《も》り上がる。血管が浮き出て、少女の白い顔を赤く、次いでどす黒く染《そ》めていく。

やがて、少女は事切れた。

いや、無理やりに断《た》ち切られたのだ。野獣《やじゅう》のような男の手で、哀《あわ》れなほどあっけなく。

男の非道《ひどう》は、殺しただけにとどまらない。

満たされたような、まだ興奮《こうふん》の余韻《よいん》を味わっているような、熱い息を荒々《あらあら》しく吐《は》きながら、男は少女の足をひきずって壁際《かべぎわ》へと向かう。

そこに、台車とポリバケツがいくつか置かれていた。台車は大きく、ポリバケツを問題なく積載《せきさい》できそうだ。ポリバケツのフタには『廃棄《はいき》』と書かれた紙が貼《は》ってある。

男は少女の体を無造作《むぞうさ》に持ち上げ、ポリバケツに頭から突《つ》っ込《こ》んだ。はみ出た足は力尽《ちからず》くでねじ込み、邪魔《じゃま》な衣服は引き裂《さ》いて収《おさ》める。

尊厳《そんげん》もへったくれもなく、文字通りゴミのような扱《あつか》いだ。

そうして少女を積み終えると、男は台車を押して、薄暗《うすぐら》い通路へと入って行った。――菓子工房《こうぼう》へと続く方向だ。

そのあたりで映像が不安定になり、かすんで、ぼんやり別の情景《じょうけい》に切り替《か》わった。

今度の情景は、先ほどよりは少しだけ画像が荒い。ときおりノイズが入ってチラついているが、それでも映像そのものはおおむね鮮明だ。中央に映《うつ》し出された少女の顔も、問題なく見て取れる。

今度の少女は、男に気付くのが早かった。

ただし、感覚が鋭《するど》い分、臆病《おくびょう》だった。恐怖に怯《おび》え、声が出せなくなる。涙《なみだ》ぐみながら走って逃《に》げようとしたところを背後から襲《おそ》われた。

そして始まる、見たくもない、むごたらしい撲殺《ぼくさつ》の光景。

結局、この少女も同じようにポリバケツに放《ほう》り込まれ、通路の奥《おく》へと運ばれて行った。

また情景が切り替わる。

さらに古い光景らしい。映像のチラつきが一段《いちだん》と激《はげ》しくなった。

三人目の犠牲者《ぎせいしゃ》は、ぼんやりした少女だった。

あるいは、他人の悪意を疑《うたが》うということを知らない、純真《じゅんしん》な娘《むすめ》だったのかも知れない。

男の登場にも、反応《はんのう》するのが遅《おそ》かった。とっさに何が起こったのか、わかっていない様子だ。

ぼんやり男を見上げ、小首を傾《かし》げたところで、みぞおちを鉄パイプで突き上げられた。

当たり方が違ったのか、この少女に限《かぎ》って苦しみ方がひどかった。

ぐったりとするのではなく、手足をばたつかせ、激しくもがく。

その唇《くちびる》から血の塊《かたまり》があふれ出た。ばしゃっ、と床《ゆか》にぶちまける。

これまでの映像では見たことのないケースだった。無慈悲な殺戮者《さつりくしゃ》もそれには動転したらしい。とどめを刺《さ》すのが遅《おく》れたほどだ。

あわてふためき、思わず暗幕を取り去ろうとする。チラリと見えた素顔《すがお》は、やはり白くもやがかかり、はっきりとは見えなかった。

男は我《われ》に返った様子で暗幕をかぶり直し、暴《あば》れる少女を押さえつけ、首根っこをつかまえて、ねじ切るように絞《し》め上げた。

そうして少女を始末し、遺体《いたい》をポリバケツに突っ込んでから、男は大急ぎで戻ってきて、ひたすら床を拭《ふ》き始めた。かなりあせっているらしく、その手の動きは早い。

ごしごし。ごしごし。ごしごし。

男は必死に床の鮮血《せんけつ》を消そうとする――

やがて、その映像もぼやけて消えた。

そして、やはり別の映像が浮かび上がった。

この情景はたぶん、これまででもっとも古いものだろう。画像の質《しつ》ももっとも悪い。全体にぼやけているし、チラつきが多い。ただし、被害者《ひがいしゃ》の姿ははっきりと映っている。

四人目の（時系列的には最初の）犠牲者《ぎせいしゃ》は、それまでとは少し様子が異《こと》なっていた。

これまでは常に、犯人は犠牲者の後をつけ、後ろから襲《おそ》いかかっていた。だが、このときは、前を行く犯人を犠牲者の少女が追いかけていた。

犯人は、暗幕《あんまく》をかぶってはいなかった。

ただし、人相も、服装も、そこだけ誰かが隠したかのように不鮮明《ふせんめい》だ。水面越《みなもご》しに水底をのぞき込むようなもので、ゆらゆらと揺《ゆ》らめいて判然としない。

少女の気配に気付き、犯人は弾《はじ》かれたように振り返った。

動揺、したのか。大きくのけぞった犯人は、一瞬後、壁際に突進した。そこには——〈お菓子の家〉の骨組みと思しき、鉄パイプが放置されていた。

まるで子供が暴《あば》れるかのように、めちゃくちゃに振り回す。少女は不意《ふい》の出来事《できごと》に戸惑《とまど》い、逃げることも、悲鳴をあげることもできないまま、動かぬ死体となった。

こうして、犠牲者がポリバケツに放り込まれて、凄惨《せいさん》な殺人劇《さつじんげき》は幕を下ろした。

——いや、逆《ぎゃく》だ。

つまり、このときから始まったのだ。

乙女《おとめ》たちを人形のようになぶり、人形のように壊《こわ》す、悪食《あくじき》なる魔女《まじょ》の伝説は。

Episode 28

喉元まであがってくる塊を必死に押《お》し戻しながら、誓護は涙《なみだ》のにじんだ目元をぬぐった。

胸《むね》の悪くなるものを見せられた。それも、たっぷり四人分。

じっとりと手が汗《あせ》ばんでいる。ひどく空気が冷たい。

ふーっ、ふーっ、と耳障《みみざわ》りな音が聞こえる。その音の発生源《はっせいげん》をたどり——ようやく、自分が肩《かた》で息をしていることに気付いた。

少女たちの、思い思いの服装《ふくそう》がまぶたに焼きついていた。

ベストにネクタイ、チェックのスカートで、制服《せいふく》ふうに見せた学生スタイルの少女。たっぷりのフリルで花のように飾《かざ》られた少女。大胆《だいたん》に肩を見せたトップスで、大人っぽく決めている少女。新雪のようにふわふわな、白いセーターの少女。

みんな、それぞれに可愛《かわい》らしかった。……似合《にあ》っていた。きっと、彼女たちもその服を気に入っていたに違《ちが》いない。

少女たちがその日、〈お菓子《かし》の家〉を訪《おとず》れる前に、どんな気持ちでその服を選んだのか。それを考えると、体の芯《しん》がいぶされるようにじりじりする。

楽しい一日になるはずだった。

その一日を。未来を。あんなやり方でぶち壊し、踏《ふ》みにじった者がいる。

どれほどの憎《にく》しみがあれば、あんなことができるのだろう。

……いや、あの犯人には憎しみなどなかった。

あるのは快楽《かいらく》。狂《くる》おしいほどの欲望《よくぼう》と、それを満たす興奮《こうふん》だけだ。さんざん惨劇を見せつけられて、それがよくわかった。あの犯人がどれほど狂喜《きょうき》に震《ふる》えていたか、どれほど殺人という行為《こうい》に執着《しゅうちゃく》しているのかを。

犯人は必ず胴体《どうたい》を狙《ねら》っていた。頭を狙った方が楽に殺せそうなものだが、頭は狙わない。殺戮そのものを楽しんでいるので、『楽に』殺すつもりなどなかった——とも考えられるが、おそらく、犯人は血液《けつえき》を嫌《きら》っているのだろう。

三人目が床に血を吐《は》いたときは、あわてて拭き取っていた。

頭部を狙えば、出血はもっと多くなる。飛沫《しぶき》が飛べば、処理《しょり》はひどく厄介《やっかい》だ。それゆえ、胴体をめった打ちにしてから首を絞《し》める、という手順にこだわっているらしい。

とすると、頭から布《ぬの》をかぶっている理由も、何となくわかってくる。

返り血を浴びてもいいように、という配慮《はいりょ》だろう。血痕《けっこん》を落とすのは手間だし、血の臭《にお》いはどぎつい。ああして布をかぶっていれば、仮《かり》に血が飛んでも、処理は簡単だ。

改めて、ぞっとした。

一体、どんな心理状態《じょうたい》で計画を練ったのか。これが同じ人間の考えることだろうか。

誓護は自分自身を冷徹《れいてつ》な人間だと考えている。弱者にいつでも手を差し伸《の》べるようなお人好《ひとよ》しではないし、目的のためなら他人を陥《おとしい》れる非情《ひじょう》さを持っていると。

だが、そんな誓護でも。

赦《ゆる》せない、と思った。ひどくストレートに、この男は赦せない、と。

誓護のわななきが伝染《でんせん》したのか、アコニットもまた、誓護のTシャツに顔をうずめて、小刻《こきざ》みに震えた。あんなものを見せなくてよかった、と心から思う。普段《ふだん》の彼女にだって見せたくはないが、特に今のアコニットには、絶対《ぜったい》に見せたくない光景だった。

誓護はアコニットを抱《だ》きしめ、誓《ちか》う。

絶対に、見つけ出す。

見つけ出して、法の裁《さば》きを受けさせてやる。

こぶしを握《にぎ》り、歯を食いしばる。

そして、乙女たちの冥福《めいふく》を祈る。

誓護は再《ふたた》びアコニットと手をつなぎ、暗い通路を歩き出した。

Episode 07

閉ざされていた扉《とびら》が開かれ、垂《た》れ込《こ》めていた雲が晴れ、重く湿《しめ》った土の下から這《は》い出したような、そんな気分だった。

ああ、この世は何とまばゆく、すがすがしく、光に満ちていることか！

私は実母《はは》を殺したのだ！　私は殺されなかった！　殺したのは私の方だ！

こみ上げる生《せい》の喜《よろこ》び。私は今、生きている。生きている。生きている！

Chapter 5 【視《み》えるもの、きたるもの】

Episode 29

誓護《せいご》はアコニットの手を引いて、菓子工房《かしこうぼう》へと続く通路に向かった。

フラグメントの中では、犯人《はんにん》は台車を押して、確《たし》かにこちらへ向かったはずだ。

通路の中ほどまできたところで、再《ふたた》び指輪に口付け、過去《かこ》を呼《よ》び起こした。

暗幕《あんまく》をかぶった、おぞましい犯人の姿《すがた》をイメージする。——すると、断片的《だんぺん》にではあるが、おぼろげな姿をつかまえることができた。

ちらちらとチラつきながら、奥へと向かう背中《せなか》。

胸《むね》のムカつきを我慢《がまん》して、その後を追う。

アコニットがガレキに足を引っかける。誓護はつないだ手を持ち上げて、転ばないように体《たい》勢《せい》を立て直してやる。そして、また歩き出す。深い森を行く兄妹《きょうだい》のように。

犯人は菓子工房の入口を素通《すどお》りして、突《つ》き当たりの壁際《かべぎわ》まで進んだ。

そこに、銀色の扉《とびら》が口を閉《と》じて待っていた。

エレベーターだ。

先ほど樫野《かしの》が言っていたものは、これだろう。上下に開く金属製《きんぞくせい》の扉は、誓護の胸くらいまでしか高さがない。やはり、人間が乗るためのものではないようだ。

フラグメントの犯人はここに台車を押し込み、スイッチを入れた。遺体《いたい》をのせた台車が、あたかも霊安室《れいあんしつ》に送られるかのように、一階へと運ばれる。

犯人はエレベーターが止まるのを待たず、きびすを返して、その場を離《はな》れた。

そこで映像《えいぞう》がかすみ、フラグメントは消えてしまった。あわてて再生《さいせい》し直そうとするが、ノイズばかりで像を結ばない。どうやら、空間がとどめ置くほど事件性《じけんせい》のある事件は、もう起きなかったらしい。フラグメントというのも、案外融通《ゆうずう》が利《き》かないものだ。

それにしても。――犯人はこんなものにのせただけで、遺体を放置した。

共犯者がいたのだろうか？　下でポリバケツを受け取る従業員《じゅうぎょういん》の中に？

ふと顔を上げると、わきの壁に『廃棄品《はいきひん》の取り扱《あつか》い』という紙が貼《は》ってあった。

それによると、エレベーターは一階の搬出口《はんしゅつぐち》につながっているようだ。廃棄品（食べ残しなど）は自動でエレベーターから引き出され、翌朝《よくあさ》まで保管《ほかん》されるらしい。

（深夜の回収《かいしゅう》は……ないのか）

これで謎《なぞ》がひとつ解《と》けた。犯人はひと気がなくなるのを待って、こっそり遺体を始末したのだろう。こんなことができるのは、おそらく――

「内部の人間……？」

エレベーターの仕組みや、廃棄品の取り扱いを熟知《じゆくち》している必要がある。先ほどのフラグメントでも、犯人が迷《まよ》わず行動するさまがはっきりと……。

ふと、そこで違和《いわ》感を覚えた。

あのフラグメントはおかしい。そう思う。何がおかしいかと言えば……何だろう？

誓護はこれまで、幾度《いくど》もフラグメントに接触《せっしょく》してきた。そうして多くのフラグメントに触れるうち、さじ加減《かげん》と言うか塩加減と言うか、感覚的なものがわかりかけている。

どのくらい古い記憶《きおく》なら、どのくらいの鮮明《せんめい》さになるのか。

そのおぼろげな基準《きじゅん》に照らしてみて――あまりに、いつも通りなのだ。

誓護がこれまでに再生《さいせい》したのは、ほとんどが『活性化した』フラグメントであり、『意図的に劣化させられた』フラグメントだった。

ぎくりとした。ちょっと待て。それでは、まさか……。

頭に浮《う》かぶ活性化の条件を整理する。日付は同じだが、おそらく時刻はまちまち。被害者《ひがいしゃ》は既《すで》に死体になっていて、おまけにここには存在《そんざい》しない。この状況下で、いつも通り活性化の条件になりそうな要素《ようそ》は――

つまり。

今このとき。

この建物の中には。

犯人が、いるんじゃないか？

かっと、体が熱くなった。

四人もの少女を無惨《むざん》に殺した凶悪犯《きょうあくはん》が、同じ空気を吸《す》っている？

平然と人間の皮をかぶって、被災者《ひさいしゃ》の顔をして、あの催事場《さいじじょう》で救助を待っている？

アコニットが襲《おそ》われた。最愛の妹が同じ目《め》に遭わされていたかも知れない。そう考えると、誓護の血はふつふつと沸騰《ふっとう》し、怒《いか》りに体をのっとられそうになる。

（くそっ、そういうことか……）

いのりを誘拐《ゆうかい》した相手に、どうすれば事件解決《じけんかいけつ》なのかと問うたとき、相手は『すぐにわかるよ。君は賢《かしこ》いから』と言った。あれは、こういう意味だったのだ。犯人が近くにいるのなら、当然、その者を特定し、証拠《しょうこ》を見つけ、警察《けいさつ》に突き出すことが事件解決の条件だろう。

誓護は低く笑った。願ったり叶《かな》ったりじゃないか、と思った。

そんな凶悪犯がこの場にいるのなら。

「見つけ出して、さらしてやるよ。――必ず」

冷え冷えとした声で己《おのれ》に誓《ちか》う。そうだ、必ず見つけ出す。そしていのりを取り戻《もど》すのだ。

ふと、消防車《しょうぼうしゃ》のサイレンが遠くに聞こえた。
何やら建物の外が騒《さわ》がしくなってきた。掘削《くっさく》機械なのか、重機を運び込む音もする。
……もう、あまり時間がない。
推理《すいり》クイズの名探偵《めいたんてい》ばりに、少ない手がかりから即座《そくざ》に犯人《はんにん》を特定しなければ。
急ごう。誓護がきびすを返そうとした、まさにその瞬間、
「そこで何をしてる？」
背後《はいご》で誰《だれ》かが言った。
ぎょっとする。思わず背後を振《ふ》り返り、もう一度ぎょっとした。
声の主は、鉄パイプを構《かま》えていた。

Episode 46

初めて彼女を視たときに、もう、こうすることは決めていた。
そりゃあ、自分でも気味が悪いと思ったよ。
普通《ふつう》じゃないなと。異常《いじょう》だと。
でも、どうしても、こうしなければならなかった。
理由のわからない衝動《しょうどう》が、体を動かしていた。
わかるかい？

何かに衝《つ》き動かされるこの感覚。むしろ心地《ここち》いいくらいに支配《しはい》される。

たぶん、取り憑《つ》かれていたんだな。

こんな理由で職業《しょくぎょう》を決めて、もう四年になる。

でも——おかしいんだ。

後悔《こうかい》したことは、ただの一度もないんだから。

Episode 30

「あっはっは。いやー、ゴメンゴメン」

パティシエ花柳《はなやなぎ》は、相変わらずペラペラとよく回る舌《した》で言った。

「驚《おどろ》かしちゃったことは謝《あやま》るよ。でもほら、さっき君がその子を連れ出したろ？　兄妹《きょうだい》……とも思えないし、こんなときに何かあったら困《こま》るなと」

「僕《ぼく》は変質者《へんしつしゃ》ですか」誓護はげんなりした。

「心配になってね。そうしたら案の定——」

「案の定!?　何もしてませんよ、僕は！」

必死に疑《ぎ》惑《わく》を否《ひ》定《てい》していると、ひょこっと花柳の後ろから顔を出した者がいた。

子供《こども》のような上級生、白鳥《しらとり》だ。白鳥は目を丸くして、

「えー、ももっちー、ロリコンなの〜？」

「違《ちが》いますよ、まったく」

先ほどと同じ通路だ。誓護はアコニットをかばうように立ち、二人と対峙《たいじ》していた。

花柳は「途中《とちゅう》の廊下《ろうか》で拾った」という鉄パイプをぶら下げている。白鳥はこんなときでもお菓子《かし》を手放さず、シュークリームをむしゃむしゃやっていた。

ひょっとしたら、この二人のどちらかが、あの凶悪な殺人鬼《さつじんき》かも知れない。緊張《きんちょう》はゆるめない。だが、警戒《けいかい》はおくびにも出さない。

「で、そちらこそ、こんなところで何を?」

「いや、なに、退屈《たいくつ》だったんで見回りがてら……ね。でも単独行動《たんどく》じゃ、何かあったときにアレだろー。そういや工房《こうぼう》にとっておきのケーキがあるってことを思い出したんで、白鳥少年をモノで釣《つ》ったのさ」

「……よく社長が許《ゆる》しましたね」

「あっはっは。許してくれそうになかったから、こっそり抜《ぬ》け出してきたよ」

誓護は警戒を強める。花柳の言っていることは本当だろうか。

「でも、ちょうどよかった。訊《き》きたいことがあったんです」

「訊きたいこと? 何だい?」

「爆発《ばくはつ》が起きたとき、どこで何をしてましたか?」

パティシエ花柳はぽかんとし、白鳥少年はきょとんとした。

「……何だい、それは。まるで尋問《じんもん》だね」

不意打ちの効果《こうか》はあったような気もする。だが、なかったような気もした。いずれにせよ、これくらいの表情《ひょうじょう》の変化で、犯人を識別《しきべつ》することなどできはしない。

誓護がじっと見つめていると、花柳はやれやれというふうに頭をかいた。

「オレは見ての通り花のパティシエさんだから、当然、お菓子をつくっていたよ」

「お菓子――」

「と言っても商品じゃない。それはもう、今夜の分はできている。オレの今夜の仕事は〈お菓子の家〉の修繕《しゅうぜん》なんだ。修繕、わかる？　要するにお菓子を追加する作業だよ。――で、オレが作ってたのはそういう商品じゃなくて、特別な記念ケーキなんだ」

記念ケーキ。それが『とっておき』とやらだろうか。

「ちょうど百人目の来場者にあげることになっていたんだよ。名前入りで。それで、名前をホワイトチョコで書いてた。田村さんってね」

話しながら、菓子工房の扉《とびら》を開ける。

稲妻《いなずま》の直撃《ちょくげき》を免《まぬが》れたのか、工房の中はきれいなままだった。磨《みが》き上げられたステンレスの調理台にピカリと輝《かがや》く壁《かべ》一面の冷蔵庫《れいぞうこ》。天井《てんじょう》からは殺菌灯《さっきんとう》がぶら下げられているが、今は点灯していない。室内は清潔《せいけつ》で、ほのかにバニラの香《かお》りがした。

花柳は冷蔵庫を開け、問題のケーキを取り出した。

うわー、と白鳥が歓声《かんせい》をあげ、目を輝かせる。

確《たし》かに美しいケーキだった。直径《ちょっけい》八センチほどの小さなデコレーションケーキ。マーブル模《も》様《よう》のホイップクリームが鮮《あざ》やかだ。金粉が散らされ、星空のように輝いている。チョコレートのプレートには、確かにメッセージが書かれていた。『お菓子の家へようこそ、田村さん』と可愛《かわい》らしい飾《かざ》り文字で丁寧《ていねい》に記されている。

「書き上げたところで爆発が起きてね。あわてて、ここを飛び出したよ」

「お一人で?」

「うん、一人だったな。次の『お色直し』まではまだ時間があったから。ほかのパティシエもここにはいなかった」

「ここを飛び出して、誰か見ましたか?」

「誰かって?」

「外の廊下《ろうか》を、誰かが黒い布《ぬの》をかぶって走って行きませんでしたか」

ジャブのつもりで、はっきりと特徴《とくちょう》を言う。もし二人のどちらかが事情を知っている者――犯人でも共犯でも――なら、何らかのリアクションがあってしかるべきだ。

花柳はおかしな間を取った。

いや、間を取ったと言うより、言葉がつかえて出てこなかった様子だ。

それは一瞬《いっしゅん》のことだったが、誓護の五感が違和感を訴《うった》えるには十分な時間だった。

花柳はすぐにもとの軽い調子を取り戻《もど》し、なめらかな口調で否定《ひてい》した。

「さあ？　こっちの区画はスタッフしかいないからね。見たような気もするし、見なかったような気もするな。ここにはオレ一人だったんだけど、イベントホールは大騒《おおさわ》ぎだったし、誰かが通過《つうか》したとしても気付かなかったよ」

気付かなかった……か。なるほど、上手《うま》い回答《かいとう》だ。

「ていうか、誰なの、それは。黒い布をかぶってるって、どんなコスプレ？」

「こわーい。ほんとの変質者だ～」

本気なのか演技《えんぎ》なのか、白鳥がわざとらしく怯《おび》えた声を出す。

「ぼくはねー、クラスの女の子たちと一緒《いっしょ》だったんだけどー」

うながされたわけでもないのに、白鳥は自身の行動を説明し始めた。

「どーんってなって、ぐらーんってきたら、みんな、ぱーって逃《に》げちゃったの」

手を大きく広げて、衝撃《しょうげき》のすさまじさをアピールする。

「普段《ふだん》はぼくのことかわいいかわいいって言うくせにさー。いざとなったらおいてきぼりだよ。みんな、ひどいよねー。ももっちもそう思うでしょ？」

「え、ええ、まあ……」

「軽く殺意がわいてくるよね」

ふっ、と薄《うす》く笑う。

首筋《くびすじ》に刃《やいば》を当てられたような、そんな寒気を誘《さそ》う微笑《びしょう》だった。中身は『軽く』黒いようだ。

子供《こども》ぶっているのは、ただの自己《じこ》演出なのかも知れない。

「ぼく、お土産《みやげ》をたくさん持っててねー。頑張《がんば》って持って逃げようと思ったんだけど、難《むずか》しくてー。だって、ぽろぽろ落ちちゃうの！　それで、泣いちゃいそうになってたら、カッシーがきてくれたんだよ」

カッシー。従業員《じゅうぎょういん》の樫野か。姫宮《ひめみや》氏には『チーフ』と呼《よ》ばれていた男だ。

白鳥は壁向こうの催事場《さいじじょう》にいたはず。そこへ樫野が駆《か》けつけた……。だとすると、樫野はアコニットの稲妻が炸裂《さくれつ》した瞬間、どこにいたのだろう。

「花柳さんは、それからどうしたんですか？」

「オレ？　逃げる途中《とちゅう》、社長とバッタリ顔を合わせちゃってさー。フツーなら『逃げろ』って言うところだろー？　なのに社長、残って手伝えって言うんだよ。それで仕方なく一緒にウロウロしてたら天井《てんじょう》が落ちちゃって」

「……ところで、その鉄パイプはどこで拾ったんですか？」

「これ？　天井が崩《くず》れたあたりかな」

「ちょっと、見せてもらっていいですか？」

「いいけど、女の子の血なんてついてないぜ？」

「――――!?」

何だって？

今度は、誓護が妙《みょう》な間を作ってしまう番だった。どうやっても取り繕《つくろ》えそうにない、長い沈《ちん》黙《もく》。花柳はそんな誓護をほんの一瞬鋭《するど》く見つめ、すぐにいつものニコニコ顔に戻《もど》り、何事もなかったかのように白鳥の方を向き直った。

「さあ、白鳥少年。そのケーキはあげるから、社長がキレちゃう前に戻ろうぜ！」

「それは、少し遅《おそ》かったかも知れません」

工房《こうぼう》の入口のところから、今度は別の男の声がした。

Episode 31

「カッシー！」

男の顔を認《みと》めるが早いか、嬉《うれ》しそうに白鳥少年が駆け寄《よ》った。

たった今、パティシエ花柳にもらった記念品ケーキを掲《かか》げ、

「これ見てー。もらっちゃったの！」

「それはようございました。こんなときに『よい』というのも不謹慎《ふきんしん》ですが」

樫野は眼鏡《めがね》の奥《おく》の目を細め、優《やさ》しく微笑《ほほえ》んだ。

「さあ、あちらに戻りましょう。社長はもう、かなり怒《おこ》ってますが」

それから、樫野はきっちり誓護の方にも目を向けた。

「さ、桃原さんも」

反論《はんろん》を許《ゆる》さない強い口調だった。樫野が救急箱を取りに行っているあいだに、黙《だま》っていなくなったことを怒っているのかも知れない。

どのみち、一度は催事場に戻らなければならない。誓護は特に異論もなく、アコニットの手を引き、白鳥の後について菓子《かし》工房を後にした。

ぞろぞろと連れ立って進む。

その道すがら、誓護は花柳にしたのと同じ質問《しつもん》を樫野にもぶつけてみた。すると、

「私ですか？　私は〈お菓子の家〉の案内係をしておりましたが」

そうだった。樫野の受け持ちは〈お菓子の家〉の案内係だと聞いている。接客《せっきゃく》チーフということで、カフェテリアのスタッフをたばねる立場だそうだ。

「……それを証明《しょうめい》できる人は？」

「証明も何も、ずっとお客さまがいらっしゃいましたが……？」

不思議そうに言われてしまう。お客が証人というわけだ。

「それじゃ、どうして逃《に》げ遅れたんですか？」

「ああ、それは白鳥さまを手伝っていたからです」

「えへへ、カッシー好きー♡」

先ほどの白鳥の言葉と一致《いっち》する。それは事実なのだろう。二人が共犯《きょうはん》でない限《かぎ》り。

「おいおい、一体どうしたって言うんだい、桃原少年」

花柳がいつものように軽やかに、しかし探《さぐ》るような目をして言った。

「さっきからずいぶん熱心に尋問《じんもん》してるじゃないか。まるで探偵《たんてい》か何かみたいだけど、まさか犯人探しってわけでもないんだろう?」

その言葉が再び誓護を凍《こお》らせた。

なぜ『犯人』なんていう単語が出てくる?

「はんにん? 犯人って、何のー?」

白鳥が怪訝《けげん》そうに訊《き》く。あくまで無邪気《むじゃき》だ。だが――それがかえって特異に思えた。

「だからさ、爆発《ばくはつ》の、だよ」

あ。

「誰かが何かやらかしたんじゃないかって、それが知りたいんだろ?」

なるほど、と思った。犯人と言っても〝殺人事件《じけん》の〟犯人と限ったものでもない。

だが、誓護はその言葉を素直《すなお》に受け取れない。花柳の言葉の裏《うら》に、何か意図のようなものを感じてしまう。そして、白鳥の無邪気さにも。樫野の興味《きょうみ》深そうな視線《しせん》にも。

誓護は迷《まよ》う。全員が怪《あや》しく見える。

いっそアコニットが襲《おそ》われたことをぶちまけてしまおうか?

誓護の脳《のう》が損得《そんとく》を計算する。一瞬《いっしゅん》で弾《はじ》き出された答えは、『まだ早い』だった。

アコニットが傷《きず》つけられたこと、アコニットがこの施設《しせつ》を破壊《はかい》したこと、それを知っているのは犯人と誓護だけ——この状況《じょうきょう》を長引かせる方が得策《とくさく》だ。

そうと決まれば、ここは。

「皆《みな》さんを疑《うたが》ってるわけじゃないんです」

しゃべりながら、脳みそをフル回転させて、次に言うべきことを考える。

「ただ、皆さんがどこにいたのかがわかれば、見えてくるんじゃないかなと」

「見えてくるって、何がだい？」

突《つ》っ込《こ》まれると苦しい。だが、上手《うま》くごまかさなければ。

「爆発の原因《げんいん》です。物音とか、何か予兆《よちょう》があったと思うんですよね」

「ははあ、なーるほどね」

「ももっち、頭いい〜」

どうやら、花柳と白鳥は納得《なっとく》してくれたらしい。少なくとも、そのフリはしてくれた。樫野も感心した様子で「なるほど……」と言っている。

よし、この隙《すき》に、さっさと話題を変えてしまおう。

誓護は再《ふたた》び樫野に向き直り、質問を続けた。

「そう言えば、社長はどうして逃げ遅れたんですか？」

「取り残された方がいないか、見回っているうちに天井《てんじょう》が崩《くず》れてしまったんですよ」

それは花柳が言ったことと一致する。社長は本当に最後まで残って、いるかも知れない『逃げ遅れたお客』を探していたらしい。

確《たし》かに、一見したところは施設の事故《じこ》だ。死傷者《ししょうしゃ》が出ていたら大変なことだし、助かるはずのお客を見殺しにしたとあっては大問題になる。社長の対応《たいおう》はある意味、当然だろう。

だが、「私が死んだら会社が立ち行かない」式の理論《りろん》で、真っ先に逃げ出す社長だって世の中にはいるはずだ。誓護は姫宮氏の勇気に素直に拍手《はくしゅ》を送りたいと思った。

そうこうするうちに、一行は階段《かいだん》手前の、天井が落ちたポイントまで戻《もど》ってきた。区画をまたぐドアをくぐり、通路を少し行けば、すぐそこがカフェテリア——催事場《さいじじょう》だ。

催事場では、姫宮氏がたった一人で待っていた。姫宮氏は携帯《けいたい》電話のモニターを食い入るように見つめていたが、がやがやと入ってきた一行に気付き、顔を上げた。

「花柳！　白鳥さんを連れ出して、どこに行っていたんだ！」

開口一番、叱《しか》り飛ばす。とばっちりは花柳が一人でかぶることになってしまった。

「君はどうしてこう、毎年毎年この日に限って……。フラフラするなと去年も言ったぞ！」

「社長、はなっちを怒《おこ》らないで！　ぼくも悪いの！」

白鳥があいだに割《わ》って入る。

「しかしですね、白鳥さん……」

「これ！　このケーキもらっちゃったの！」

「困《こま》りますよ、また天井が落ちたらどうするんです。ここにいていただかないと……。ケーキは食べてもらってかまいませんから」

もっとも、アコニットの稲妻《いなずま》はこの壁《かべ》のすぐ向こう側で炸裂《さくれつ》した。外観上は傷《きず》ついていなくても、危険性《きけんせい》で言えばここだって十分危険なのだが。

「とりあえず、もうここを動かないこと！　救助の人たちが既《すで》にきてくれています。ここで大人しく救助を待つ。いいですね？」

姫宮氏は怖《こわ》い顔で念を押《お》した。誰《だれ》も反論《はんろん》できない。

はるか遠くから、何人もの足音や話し声が聞こえてくる。おそらく、建物の状況を確かめ、どこを崩《くず》すか検討《けんとう》しているのだろう。

姫宮氏の言う通り、救助の手はすぐそこまで迫《せま》っていた。

誓護に設《もう》けられたタイムリミットも、また——

Episode 32

それからすぐ、樫野が白い小箱を持ってきた。

「桃原さん。救急箱はここです」

「ああ——ありがとうございます」

厚意《こうい》を無下《むげ》にするのも気が引けて、誓護は形ばかりの手当てをアコニットに施《ほどこ》した。嫌《いや》がるアコニットをつかまえて、ガーゼで顔をぬぐってやる。ガレキにこすってできた擦《かす》り傷《きず》は、アルコールで消毒してから絆創膏《ばんそうこう》を張《は》った。

樫野はしばらく気遣《きづか》わしげに眺《なが》めていたが、「カッシー、ケーキ切って！」と白鳥に呼ばれ、そちらの方へ行ってしまった。

誓護はじっとしていない。手当てを終えると、すぐさま次の行動を開始した。アコニットを連れて〈お菓子《かし》の家〉へと向かう。

姫宮氏は携帯電話を眺めることに熱心で、誓護の動きには気付いていない。

催事場の奥《おく》の壁に、ほら穴《あな》のような通路が口を開けていた。通路の中央にロープが渡《わた》してある。ここに並《なら》んで、順番を待つ光景が目に浮かぶ。

誓護はアコニットと一緒《いっしょ》に、その通路へと足を踏《ふ》み入れた。

この細いトンネルの終点には、小さな看板《かんばん》が倒《たお》れていた。

工事用ヘルメットをかぶった小人が、つるはし片手《かたて》に頭を下げるコミカルなイラスト。添《そ》えられた文句《もんく》は『直していいます！　もう少し待ってね！』。察するに、〈お菓子の家〉を修復《しゅうふく》する際《さい》、この看板を立てておくのだろう。修繕《しゅうぜん》はお客を締《し》め出して行うらしい。

看板の前を通り過《す》ぎ、その奥の〈お菓子の家〉エリアへ。

そこで誓護を迎《むか》えたのは、思いのほか大きな〈家〉と、その前庭だった。

色とりどりのキャンディの花や、チョコレート詰《つ》め合わせの果実が面白《おもしろ》い。庭を広く見せるため、周囲の壁には鏡が張り巡《めぐ》らせてある。出入口は誓護が入ってきた一か所のみのようだ。そこだけ鏡がなく、ぽっかりとあいた通路が催事場へと続いていた。

主役の〈お菓子の家〉は見事なものだった。骨組《ほねぐ》みと床《ゆか》をのぞけば、大部分が本当にお菓子でできている。ただ、その全部を食べてみたいかと言われたら、そうでもないが。

中に入り、あちこち見て回ったが、抜《ぬ》け穴のようなものは見つからなかった。

誓護はその場にしゃがみ込み、アコニットに目線を合わせた。

アコニットは背伸《せの》びしてテーブルの上をのぞいていたが――ラズベリーのタルトが気になっていたらしい――誓護の視線《しせん》に気付いて、こちらを向いた。

「君、一度ここにきたんだろ?」

アコニットはこくりとうなずいた。

「でも君、犯人《はんにん》に襲《おそ》われたときは、あっち側の通路に迷《まよ》い込んでたよね。どうやってあっち側に行ったの?」

わからない、というふうにかぶりを振《ふ》る。

それから、アコニットはラズベリーのタルトに手を伸《の》ばそうとした。

誓護はそれを引き止めて、

「ほら、ちゃんと思い出して。どうやってここを出たの? ひょっとして君、誰かに誘《さそ》い出されたんじゃない? それとも、何か探《さが》していたの?」

アコニットはいやいやをした。……思い出したくないらしい。誓護の手を振り払《はら》い、ラズベリーのタルトを取ろうとする。誓護はムカッとした。

「おいアコニット、しっかりしろよ！　いのりの安全がかかってるんだぞ！」

やがて、うぅぅ、と泣き声のような声が漏《も》れた。

アコニットの紅《あか》い瞳《ひとみ》がうるうるとうるみ、目尻《めじり》にうっすら涙《なみだ》がにじむ。

「ああっ、ごめん、アコニット！　怒ってない！　怒ってないよ～？」

もう遅《おそ》い。パチパチッと火花が散ったかと思うと、アコニットはわっと泣き出した。

誓護は内心で嘆息《たんそく》した。これでは駄目《だめ》だ。今のアコニットは中身まで子供《こども》なのだ。理屈《りくつ》で追い詰めたり、感情《かんじょう》をぶつけては怯《おび》えてしまう。

「ほら、これが欲《ほ》しかったんだよね？」

ラズベリーのタルトを取って、渡す。アコニットはしっかりと受け取りはしたが、泣きやんではくれなかった。あてこすりのように、えぐえぐとしゃくりあげている。

「悪かったよ。とにかく、ここにいても仕方ないから――」

その刹那《せつな》、誓護は何かに気付きそうになった。

（え……？）

だが、つかみそこねた。

それはすっと誓護の脳《のう》を離《はな》れ、通り過ぎるそよ風のように跡形《あとかた》もなくなってしまった。大変な見落としにつながりそうな、嫌《いや》な予感はするものの、途切《とぎ》れてしまった思考を再《ふたた》び呼び戻《もど》せるだけの冷静さと余裕《よゆう》が今の誓護にはない。

「……まあいいや。とにかく、戻ろう」

誓護はあきらめ、むずかるアコニットを担《かつ》ぎ上げて、カフェテリアに戻った。

そちらでは、それぞれが思い思いの場所に座《すわ》って救助の到着《とうちゃく》を待っていた。白鳥はテーブルの上にお菓子を広げ、樫野はそれに付き合って紅茶《こうちゃ》を給仕《きゅうじ》、花柳と姫宮氏はそれぞれ別の場所で携帯《けいたい》電話をいじっている。

この四人のうちの誰かが、憎《にく》むべき殺人者だ。

誓護はまっすぐ姫宮氏のところへ向かった。

「社長、こんなときにすみません」

「何でしょう?」

知性《ちせい》的な瞳がこちらを向く。

「〈お菓子の家〉について、ちょっと教えて欲しいんです」

「それはかまいませんが……?」

怪訝《けげん》そうにする。『どうして今、そんなことを?』という顔だ。

誓護はかまわず、かぶせるように言った。

「〈お菓子の家〉というのは、ずいぶん大きなものなんですね。あんなにたくさんのお菓子が使われているなんて、正直、驚《おどろ》きでした」

「ああ——数で言えば三万点以上の商品を使っています。それでも、ものの一時間でシルエットが崩《くず》れてしまうんですよ」

催事場《さいじじょう》のカフェテリアはせいぜい一二〇席。そのくらいの人数で、形が崩れるくらいに食べるというのだから、スイーツの魔力《まりょく》というのは侮《あなど》れない。

「あちこち穴だらけの、あばら家になってしまうんです。それではとても夢《ゆめ》のある外観とは言えない。だから、一時間ごとにお色直しをするんです」

「お色直し、ですか？」

「ええ。お菓子の『建材』を担ぎ込んで、大急ぎで修復するわけです。かなりの突貫《とっかん》工事ですが、さっきの爆発でも無事だったくらいですから、欠陥住宅《けっかんじゅうたく》ではありませんよ」

誓護は感心した。こんな状況《じょうきょう》でも、そんな冗談《じょうだん》を言う余裕があるとは。

「さすが、社長は違《ちが》いますね。とても、落ち着いていらっしゃる」

「——」姫宮氏はニヒルに笑った。「皮肉かな？」

「とんでもない。素直《すなお》に感心したんです」

「それはどうも。でも、君の判断《はんだん》は間違っているよ」

姫宮氏はお手上げだ、というふうに両手を挙げて、

「私は落ち着いているわけじゃない。途方《とほう》に暮《く》れているんですよ。建て直しのことを考えると

本当に頭が痛《いた》い……。ウチの商品はほとんどがこの工場で生産されています。空港やデパート、各地のショップに並《なら》ぶ商品も含《ふく》めてね。建て直すまでの代替施設《だいたいしせつ》も必要になるだろうし……。姫乃杜《ひめのもり》はつぶれるかも知れない」

誓護はにこりと笑って言った。

「それは困《こま》ります。僕《ぼく》も妹も、ここのお菓子《かし》の大ファンなので」

姫宮氏は少しだけ元気を取り戻《もど》して、微笑《ほほえ》んだ。

「それでは、つぶすわけにはいきませんね」

桃原グループは姫乃杜製菓《せいか》の大株主《おおかぶぬし》だ。誓護が桃原の御曹司《おんぞうし》だと知ったら、この社長はどんな顔をするだろう？

そのときふと、携帯電話を見た姫宮氏の目が、カッと大きく見開かれた。

「何だ、これは！」

Episode 33

もし気持ちというものに本当の質量《しつりょう》があったなら、今の自分はずぶずぶと地面にめり込《こ》んでいってしまうのではないか。

そんなことを考えながら、リヤナはレンガの壁《かべ》に手を差し入れた。まるで水面に潜《もぐ》るかのように波紋《はもん》が広がり、壁はすんなりとリヤナの体を受け入れる。

グリモアリスが『相をずらす』と表現《ひょうげん》する、物質の透過現象《とうかげんしょう》。この現象も〝プルフリッヒの振《ふ》り子〟の力だった。過去《かこ》と未来に振れる振り子の振れ幅《はば》が、持ち主の存在形態《そんざいけいたい》をさまざまに変え、数々の不思議を生み出す。

壁を通り抜《ぬ》けた先は、膝《ひざ》まで水没《すいぼつ》した部屋だった。

どうやら食材の保管庫《ほかんこ》らしい。いくつもの棚《たな》が折り重なるように倒《たお》れ、収《おさ》められていたはずの小麦粉や砂糖《さとう》の袋《ふくろ》が飛び出し、ずぶ濡《ぬ》れになっている。

人間の気配はない。ここなら、静かに時を過《す》ごせそうだ。

リヤナは床《ゆか》を蹴《け》り、ふわりと宙《ちゅう》を飛んで、倒れた棚のてっぺんに降《お》り立った。水につかっていたはずの足は濡れていない。靴底《くつぞこ》だけが水気をふくみ、きゅっと鳴いた。

膝《ひざ》を抱《かか》えるようにして、へりに腰《こし》かける。

自然とため息が漏《も》れた。魔力《まりょく》で充実《じゅうじつ》しているはずの体が、ぐったりと重い。

『何をためらっていらっしゃるんですの？』

不意に、耳元で女の声がした。

物理的な音ではない。リヤナの頭の中に直接響《ちょくせつひび》いてくる声だ。

リヤナは渋面《じゅうめん》をつくり、ぶっきらぼうに答えた。

「ためらってなどいない。ほんの少し、時間を与《あた》えただけだ」

通話の相手――眩《クララ》は含み笑いを漏らし、意地悪く言った。

『誇《ほこ》り高き麗王六花《れいおうりっか》の姫《ひめ》、栄《は》えある禁樹園《きんじゅえん》の執行者《しっこうしゃ》、煉獄《れんごく》のリンド＝リヤナさまともあろう方が、らしくありませんわね。貴女《あなた》に与えられたお役目は、何ですの？』

「それは……花鳥頭《はなうず》の君を処刑《しょけい》することだ」

『ならば、それを速《すみ》やかに履行《りこう》してくださいまし』

「…………」

『できないと？』

「……したくない」

言ってしまった。

言ってしまったものは仕方がない。リヤナは重ねて言った。

「花鳥頭の君は、麗王六花の姫だろう。どんな大罪《たいざい》を犯《おか》したにせよ、園丁会議《えんていかいぎ》の審問《しんもん》も経《へ》ず、じかに執行者の手にかかるべき存在ではない。……それに」

リヤナの脳裏《のうり》に、一人の青年の姿《すがた》が浮かぶ。

人間の若者《わかもの》――桃原誓護。

勝手のわからない人界で、リヤナが途方《とほう》に暮《く》れていたとき、助けてくれたのは誓護だ。そのお人好しぶりが妙に嬉《うれ》しくて、子供っぽいダダをこねて困らせたりもした。彼は怒《おこ》るでもなく、甘《あま》いお菓子をいくつも食べさせてくれた。彼の前では、煉獄の粛清者《しゅくせいしゃ》リンド＝リヤナではなく、麗王家の姫でもなく、ただ一人の少女でいられた気がする。

その彼が、アコニットを護っている。まるで衛士《えいし》のように。

渡《わた》さないと言った。裏切《うらぎ》らないと言った。見捨《みす》てないと言った。リヤナの攻撃能力《こうげきのうりょく》を目の当《ま》《あ》たりにしても、その決心は少しも揺《ゆ》らがなかった。

そのひたむきな姿に、胸《むね》を打たれた。

彼を傷《きず》つけてまで──実力で排除《はいじょ》してまで、アコニットを殺すのか？

今はいたいけな少女の姿をした、あの悲劇《ひげき》の姫君を？

アネモネの窮状《きゅうじょう》はリヤナも聞き及《およ》んでいる。当主が亡《な》くなり、家督《かとく》を継《つ》ぐはずの嫡子《ちゃくし》は前代未聞《みもん》の不祥事《ふしょうじ》を起こし、現在はアコニットがたった一人で重責《じゅうせき》に耐《た》えている。あのか細い肩《かた》に背負《せお》っているのだ。アネモネの名誉《めいよ》と伝統《でんとう》、五万六〇〇〇に及ぶ眷族《けんぞく》の、そのすべてを。

そのアコニットを、詳細《しょうさい》も知らされないまま、卑劣《ひれつ》な手段《しゅだん》で抹殺《まっさつ》するなんて。

そんなことは、したくない……。

『あらまあ、そうですの。貴女は父王さまの命に添《そ》えないとおっしゃるのですわね』

「────！」

その言葉は、あたかも鋭《するど》い剣《けん》のように、リヤナの胸をたやすく貫《つらぬ》いた。

きゅうー、とリヤナの瞳孔《どうこう》が開く。

命……。命令……。

使命、役割《やくわり》、任務《にんむ》、そして存在意義《いぎ》。遵守《じゅんしゅ》すべき義務《ぎむ》。絶対《ぜったい》の服従《ふくじゅう》。

『今の貴女をご覧《らん》になれば、父王さまはさぞかしお嘆《なげ》きになるでしょう』
眩はさも楽しそうにリヤナを追い詰める。
脅《おど》しだとわかっているのに、リヤナは断崖《だんがい》から突《つ》き落とされたような気になる。
そうだ、お父さまがお嘆きになる。
寵愛《ちょうあい》を、失う。
使えないものは、いらないもの。
使命を果たしてこそ、必要とされる。
使命を果たせなければ、お父さまはきっと失望なさる。
それは嫌《いや》だ。耐えられない。
絶対に――
「私は……」
抑揚《よくよう》を失《な》くした声で、リヤナはよどみなく告げた。
「お父さまの命を、まっとうする」
もはや、碧《あお》の双眸《そうぼう》には迷《まよ》いがなかった。
殺意すら感じさせないほどの完璧《かんぺき》な覚悟《かくご》で、リヤナはアコニットの処刑《しょけい》を誓《ちか》った。

姫宮氏はあわてて口を押《お》さえた。

思わず声が出てしまったものの、知られたくないアクシデントだったというわけだ。

誓護の処世術《しょせいじゅつ》に照らせば、それは他人の事情《じじょう》ということで、聞こえなかったフリをするべきところだ。だが、今は条件《じょうけん》が違《ちが》う。誓護は姫宮氏に詰め寄った。


「どうしたんです？」

「……あ、いや」

「何かあったんですね？　教えてください」

「その……お客さまには、教えられないんです」

「何言ってるんですか、こんなときに！」

「わかってください！　内部のことなんです」

姫宮氏は苦しげに、しかし譲《ゆず》らずに言い張《は》った。

内部のこと。そう言われては、ますます聞き流すことはできない。

「……僕は、桃原誓護です」

「え――」虚《きょ》を突かれ、まばたきする。「いや、はい、それが何か……？」

こんな真似《まね》は、できればしたくなかった。だが、手段を選んでいる暇《ひま》はない。

誓護は姫宮氏にだけ聞こえるくらいの声で、しかしはっきりと告げた。

「僕は桃原の人間だと、そう言ったんです。姫乃杜製菓《せいか》の姫宮社長」

「——では、貴方《あなた》は桃原グループの」

かつての総帥《そうすい》、父の死去は財界《ざいかい》の話題になった。後継者《こうけいしゃ》問題も話題になった。誓護のことも少しは耳に入っていることだろう。

その読みは当たった。姫宮氏は株主《かぶぬし》の動向を気にかけるタイプの人間だった。

誓護の正体を知り、姫宮氏は仰天《ぎょうてん》したようだ。普段《ふだん》は理知的な瞳《ひとみ》が、無防備《むぼうび》に見開かれ、驚《おどろ》きをあらわにしている。

その機を逃《のが》さず、誓護はたたみかけた。

「僕はいずれ、ここの大株主になる身です。これでもう、僕はただのお客じゃなくなった。株主の権利《けんり》として言います。隠《かく》さずに教えてください」

姫宮氏は困《こま》り果てたように黙《だま》り込んだ。しかし、そこは若《わか》くとも一国一城《いっこくいちじょう》の主《あるじ》。即座《そくざ》に判断《はんだん》を下し、「わかりました」と首を縦《たて》に振《ふ》った。

「これを見てください」

自分の携帯《けいたい》電話を差し出す。液晶《えきしょう》ディスプレイに映《うつ》し出されていたのは、白黒の映像《えいぞう》だった。

お世辞にも鮮明《せんめい》とは言えず、コマ落ちしているのか、動きがぎくしゃくしている。

どこかの建物の中のようだ。内装に見覚えがある。木枠《きわく》にレンガをはめ込んだハーフ・ティンバーの――

ここだ！　姫乃杜製菓の菓子工場、つまりはこの建物だ！

「これは……監視《かんし》カメラの映像ですか？」

「ええ。録画してあったものを、ネット経由《けいゆ》で映しています」

そう言われてみると、映像の通路にはどこにも破壊《はかい》の痕《あと》がなかった。画面上の時刻《じこく》らしき表《ひょう》示《じ》は19時45分。ちょうど、アコニットが稲妻《いなずま》を暴走《ぼうそう》させた時刻だ。

「この建物には一二台、設置されています。ひょっとしたら、そのうちのどれかに爆発《ばくはつ》の瞬間《しゅんかん》が映っているんじゃないかと、チェックしていたんです。原因《げんいん》がわかるんじゃないかと思いましてね。そうしたら」

姫宮氏の指がパネルの上を走る。映像は高速で巻《ま》き戻《もど》され、妙《みょう》な影《かげ》が画面を横切ったところで再《ふたた》び再生《さいせい》に転じた。

「ほら、これです。この変なのが」

「――――！」

画面を横切った影が戻ってくる。頭から暗幕《あんまく》をかぶった間抜《まぬ》けな姿《すがた》――

誓護はあやうく声を出してしまうところだった。

間違いない。あいつだ！

アコニットを襲《おそ》い、あまつさえ四人の少女を惨殺《ざんさつ》した殺人鬼《さつじんき》。

とんだドジを踏《ふ》んだものだ。監視カメラに撮《と》られていたとは！

おそらく、アコニットに焼き殺されそうになり、逃《に》げる途中《とちゅう》で撮られたのだろう。

「何てこった……。こんなヤツが出入りしていたなんて……」

姫宮氏は頭を抱《かか》えた。全身に絶望《ぜつぼう》感が漂《ただよ》っている。

何がそんなにショックなのか。誓護はもう、その答えを知っている。

だが、敢《あ》えて確かめることにした。

「この不審者《ふしんしゃ》と、監視カメラの設置と、何か関係があるんですか？」

「……ええ。何年か前から、警察《けいさつ》にいろいろ言われてましてね」

「例の行方不明事件《ゆくえふめいじけん》ですね？」

殺人、とは言わないでおく。

「ご存知《ぞんじ》でしたか……」

姫宮氏は深く嘆息《たんそく》した。

「そうです。毎年この日、このあたりで行方不明者が出てまして……。疑《うたが》いを晴らす意味でも、監視カメラをつけてみてはどうかと言われましてね。たとえば、行方不明になったお客さまが、きちんとお帰りになる映像があれば」

「ここで事件に巻《ま》き込まれたのではないと、証明《しょうめい》できる」

「そうです。そうすれば、妙《みょう》なうわさが流れることもないでしょうし」

「それで、実際《じっさい》のところはどうだったんですか？」

「ええ、効果《こうか》はありました。初めて設置した一昨年も、それから去年も、行方不明になられた方は、きちんと出口へ向かわれました」

「――――」

そんなはずはない。

無事にここを出られたはずがないのだ。

なぜなら行方不明になったその少女は、間違いなく殺されたのだから。

「姫宮社長。これは、どこのカメラですか？」

「ええと……カメラの番号から言って、正面玄関《げんかん》の手前にあるヤツですね」

「玄関？　でもこれ、玄関が映ってませんよ？」

「菓子屋の玄関にカメラがあるのは威圧《いあつ》的だという意見がありまして。目立たないところに設置しようとしたら、そんな奥《おく》まったところになってしまったんです」

確《たし》かに映像の背景《はいけい》はただの通路で、一見したところは出入口に見えなかった。

「……ここが玄関なら、この黒マントも外に出たってことですね」

「ええ。しかし」

「それでも、ここを訪《おとず》れたことは、間違いがない」

「おっしゃる通りです。ひょっとしたら――」

常連客《じょうれんきゃく》の中に犯人《はんにん》がいるかも知れない、と警察は考えるだろう。姫乃杜製菓に本格的《ほんかく》な捜査《そうさ》の手が入ることは間違いない。姫宮氏にしてみれば、これは頭の痛《いた》い問題のはずだ。

しかし、おかしい。

誓護の背中を冷《ひ》や汗《あせ》が伝う。

ひょっとして僕《ぼく》は、とんでもない勘違《かんちが》いをしているんじゃないか？

こうして、監視カメラに脱出《だっしゅつ》する犯人の姿が映っているということは。

（犯人は、もうこの建物にはいない……!?）

ひょっとして、ここに閉《と》じ込《こ》められているわけではないのか？

フラグメントは犯人が近くにいるから活性化していたわけではないのか？　犯人はこの建物の中にはいないのか？　つまり――居合《いあ》わせた四人の中には、犯人がいないのか？

そんなバカな。それでは容疑者《ようぎしゃ》の範囲《はんい》が途方もなく広がってしまう！

（いや、待て。落ち着け。あせるな……）

範囲が広がるのなら、犯人特定が必須《ひっす》条件ではなくなるはず。誓護が犯人を名指しできなくても、いのりを誘拐《ゆうかい》した相手は許《ゆる》してくれるかも知れない。

しかし。

電話の相手は『殺人事件を解決《かいけつ》しろ』と言ったのだ。

犯人が特定できずに、どうすれば解決したことになる？　被害者《ひがいしゃ》を救えということか。死体を見つけろということか。それとも、やはり——犯人が逮《たい》捕《ほ》されるよう仕向けろということか。

どうすればいいんだ。

だめだ。また考えがまとまらない。あせりがあせりを生むスパイラル。何も考えられない。思いつかない。打開策《だかいさく》なんて見つかるはずもない。このままでは、いのりの身に危害《きがい》が及《およ》ぶ。

電話の向こうのあの男が、ちょっと短気を起こしただけで、いのりが……。

畜生《ちくしょう》、落ち着け。落ち着くんだ、桃原誓護。

何度も同じあやまちを繰《く》り返すな。冷静さを欠くな。あわてるな。

判断《はんだん》を誤《あやま》らないように、冷静に、冷徹《れいてつ》に計算しろ。

お前の手に、いのりの安全が委《ゆだ》ねられている。

お前にしか、いのりを護《まも》ることはできないんだぞ。

重責《じゅうせき》がのしかかり、焦燥《しょうそう》が思いきり膨《ふく》らむ。そうして過度《かど》に肥大《ひだい》化したプレッシャーは、ある一点を超《こ》えた途端《とたん》、雪のひとかけらが融《と》けるかのように、すっと消えた。

頭の中で増殖《ぞうしょく》していた不安も、恐《おそ》れも、いらだちも、すべてが吹《ふ》き飛ばされ、まるで朝凪《あさなぎ》のように穏《おだ》やかになる。静まり返った頭脳《ずのう》は、今や澄《す》みきった地底湖のようだ。誓護はアコニットの手をそっと握《にぎ》り、ようやく冴《さ》えてきた頭で状況《じょうきょう》を分析《ぶんせき》し始めた。

殺人鬼は監視《かんし》カメラに映《うつ》っていた――そこまではいい。その監視カメラは建物の出入口を映したものらしい――そこが問題だ。

同じ監視カメラに、映るはずのない姿《すがた》が映っていた。過去、行方《ゆくえ》不明になった（つまり殺された）少女だ。普通《ふつう》に考えるなら、何かのトリックがあると考えるべきだ。

カメラをいじったか。日付や時間など、データを改竄《かいざん》した可能性《かのうせい》もある。

そもそもこれは、エレベーターや廃棄品《はいきひん》の取り扱《あつか》いなど、内情《ないじょう》に詳《くわ》しい者の犯行だ。

監視カメラは樫野の担当《たんとう》だ。だが、樫野はずっと〈お菓子《かし》の家〉の案内係を務《つと》めていたという。それが本当なら、単独《たんどく》でうろつく暇《ひま》はなかったはず。まして、殺人を犯《おか》して、死体を隠《かく》している余裕《よゆう》など、あるはずがない。だが、もし何かトリックを使ったのだとしたら、アリバイが鉄壁《てっぺき》な分だけ樫野が怪《あや》しいとも言える。一方、自由に動けたのはパティシエの花柳とお客の白鳥だ。しかし、いくら常連とは言え、ただのお客にすぎない白鳥に、エレベーターや廃棄品回収《かいしゅう》のことがわかるだろうか。それに、もしカメラに細工をしたのだとしたら、それは立場のある人間にしかできないことだ。そう、たとえば――

社長のような。

（……でも、それじゃおかしいんだ）

暗幕《あんまく》をかぶった犯人の姿が、監視カメラに映っている。

姫宮氏が犯人なら、社の存続《そんぞく》をあやうくするような、そんな証拠《しょうこ》は残さないはずだ。

（くそっ。結局、誰《だれ》もが怪しいってことになっちゃうな……）
そう、誰もが怪しい。まだ、誰の仕業とも断言できない。
しかし、だ。
ここまで容疑者四人とそれぞれに話してみて、ひとつ言えることがある。
明らかに嘘《うそ》とわかる嘘を、ついている者がいる。
その〈嘘つき〉を振《ふ》り向くと、向こうもこちらを見ていたらしく、視線が合った。
ほんの数秒、視線が交錯《こうさく》する。
誓護はアコニットを連れ、そっと社長のもとを離《はな》れた。
向こうもまた、樫野の前を横切って、こちらに歩いてくる。
やがて、ちょうど白鳥の目の前で、
「桃原少年、ちょっといいかい？」
花柳が、翳《かげ》った目を向け、そう言った。

Episode 07

実母《はは》は、『一緒《いっしょ》に死んで』と言った。
私は思い出す。
洞窟《どうくつ》のように暗い、オーブンの中を。

新雪のように白い、実母のふわふわのセーターを。
炎《ほのお》と、石鹸《せっけん》と、焼き菓子の匂《にお》いが入り混《ま》じった、あの乾《かわ》いた空気を。
あの日、幼《おさな》い私はオーブンの中で実母に首をつぶされ――そして、息絶《いきた》えた。
実母の手が！　白い指が！　私の首を絞《し》め、握《にぎ》りつぶしたのだ！
ぎゅう、と顔が破裂《はれつ》しそうに痛み、目の前が白くなり、黒くなり、私は意識《いしき》を失《うしな》った。
私は病院で息を吹き返し、奇跡的《きせきてき》に一命《いちめい》を取《と》り留《と》めた。
あの日から、私はずっと仮面をかぶっているような気がしている。
仮面――？　いや、違う。
おそらく、私はあのとき、本当に死んでしまったのだ。
だから、私はもはや、この世の存在ではない。
人の心を持った私は、もうこの世にはいない。
いつからだろう。これほどの興奮《こうふん》をおぼえるようになったのは。
その味に、酔《よ》いしれるようになったのは。
それが許されない絶対悪だとわかっていても、止まらない。
頭で理解した程度のルールは、震《ふる》えるほどの快楽《かいらく》の前には砂《すな》の防波堤《ぼうはてい》に過ぎない。
呪《のろ》うべきは神、憎《にく》むべきは創造主《そうぞうしゅ》。我《われ》をかくもおぞましく造《つく》りたもうた何者か。
それが我が身の本質ならば、ただその存在をまっとうするのみ。

今宵《こよい》もまた、獲物《えもの》が魔獣の棲《す》み家《か》にやってきた。

一人の乙女《おとめ》が私を解放してくれた、四年前と同じように。

あの晩《ばん》、私は初めての大役に昂《たか》ぶっていた。それゆえに不手際《ふてぎわ》もあった。菓子《かし》の減《へ》りが予想外に早く、あわてて追加を手配する、その途中のことだった。

背後《はいご》に何者かの気配を感じ、私は振り返った。

白いセーターの乙女が一人、私の背後に立っていた。

そのとき——あまりにも唐突《とうとつ》に、恐怖という名の槍《やり》が私を串刺《くしざ》しにした。

洞窟のように暗い廊下と、新雪のように白いセーター。

女の黒い髪。暗い表情。白い指。かすかに香る石鹸。焼き菓子の香り。

いくつもの符合《ふごう》。忌《い》まわしき過去を呼び覚《さ》ます記号。

封《ふう》じ込めていた恐怖《きょうふ》が。どろりとした怨念《おんねん》のような恐怖が。あたかも亡霊のように私の内側から噴き出し、私を一瞬で支配した。

いやだ、お母さん!

いやだ、僕は死にたくない!

殺さなければならない。殺してしまわなければならない。消し去ってしまわなければならない。

そうしなければ、こちらが殺される!

私は錯乱《さくらん》し、無我夢中《むがむちゅう》で、床に積まれていた鉄の棒を手に取った。〈お菓子の家〉の骨組みだ。そんなものがここに放置《ほうち》されていたことは、この上ない幸運だった。

幼児と化した私は、ただがむしゃらに鉄の棒を振り回す。右へ左へ。左へ右へ。

気がつくと、私はへばりつくような脱力の中、呆然《ぼうぜん》と死体を見下ろしていた。

何ということをしてしまったのか。

人間を、殺めてしまった。

務めを忘れ。職分を大きく逸脱し。この二つの手で。獣のように野蛮なやり方で。

既に、この世の存在ではない私が。

その瞬間の記憶は曖昧《あいまい》だ。だが、手ごたえが残っている。指先にしびれが。てのひらに熱気が。そして頰《ほお》にはあたたかい女の血潮《ちしお》が垂《た》れている。

間違いなく、私が殺した——そう確信した途端《とたん》、私を襲った感情は、後悔《こうかい》でも哀切《あいせつ》でもなく、まして苦痛でもなかった。

ぶるりと震えがきて、私は絶頂《ぜっちょう》を迎《むか》えた。

閉ざされていた扉が開かれ、垂れ込めていた雲が晴れ、重く湿った土の下から這い出したような、そんな気分だった。

ああ、この世は何とまばゆく、すがすがしく、光に満ちていることか！

私は実母《はは》を殺したのだ！　私は殺されなかった！　殺したのは私の方だ！

こみ上げる生の喜び。私は今、生きている。生きている。生きている！

私は哄笑《こうしょう》を上げてしまいそうになりながら、しかしそんな愚《ぐ》は犯《おか》さずに、少しばかり思案《しあん》して、死体の処分《しょぶん》に取りかかった。

心はどこまでも晴れやかで、何もかもがすがすがしかった。初めて蜜《みつ》を舐《な》めた子供のように、私は純粋《じゅんすい》で、無垢《むく》で、ただひたすら、その甘みに悦《よろこ》び、酔《よ》いしれていたのだ。

そして今も、蜜の甘みを忘れられずにいる。

だから、私は今宵も獲物を探《さが》す。もっとも悦びを与えてくれる、麗《うるわ》しき獲物《えもの》を。無邪気《むじゃき》に。華《はな》やいだ気分で。菓子を選ぶ乙女たちのように――

Episode 35

花柳は「見せたいものがあるんだ」と言った。

その言葉をその通りの意味に受け取ったわけではないが、誓護はすんなり従《したが》った。

姫宮氏が携帯《けいたい》電話の画面に釘付《くぎづ》けになっている隙《すき》に、催事場《さいじじょう》を抜《ぬ》け出し、従業員《じゅうぎょういん》区画の方へと向かう。花柳は奥《おく》へ奥へと進んで行く。その後ろを、誓護はアコニットの手を引いて、無言のまま追いかけた。

少女たちが惨殺《ざんさつ》された広間にさしかかる。そこでようやく、誓護は口を開いた。

「どこまで行くんです？」

「もう少しだよ」

花柳は振り返らない。

「……花柳さん。貴方《あなた》に確《たし》かめたいことがあるんです」

「何だい？」

「貴方はさっき、僕《ぼく》に嘘をつきました」

「――――」

「〈爆発《ばくはつ》〉の瞬間《しゅんかん》、貴方はケーキに名前を書いていたと言った」

「……それがどうかしたのかい？」

「ですが、貴方はそのケーキを冷蔵庫《れいぞうこ》から取り出した」

ぴく、と花柳の肩《かた》が動いた。

「貴方の言葉が本当なら、貴方はあんな大爆発が起きた後で、わざわざケーキを冷蔵庫に入れてから避難《ひなん》したことになります」

まして、菓子工房《こうぼう》は〝発生源《はっせいげん》〟のすぐとなりだった。そんな余裕《よゆう》があるものだろうか？

「どうしてそんな嘘を？　僕はそれが知りたい」

花柳は笑ったようだ。肩がかすかに上下する。

やがて、あきらめの混《ま》じったような声で返事があった。

「……やめとこう。説明しても、わかってもらえるとは思えないから」

「なぜ？」

「オレたちは『違《ちが》う』人間なんだよ、桃原少年。全然違うんだ」

「それは、どういう意味ですか？」

「君が悪いって言ってるんじゃないぜ。むしろ、おかしいのはオレの方でね……」

花柳の足が止まる。

菓子工房の前だった。アルミの扉《とびら》が非常灯《ひじょうとう》の光を浴びて、不気味な緑色に光っている。

「入ってくれ」

花柳がうながす。いつものにこやかな笑《え》みは消え、仮面《かめん》のように無表情だ。

アコニットを連れて行くべきか迷《まよ》ったが、一人のところをリヤナに襲《おそ》われるのはぞっとしない。結局、誓護はアコニットを連れて中に入った。と、そこで——

がちゃり、と、花柳は後ろ手に鍵《かぎ》をかけた。

完全に退路《たいろ》を断《た》たれた格好《かっこう》だ。誓護はうすら寒いものを感じながら、たずねた。

「見せたいものっていうのは？」

「これさ」

入口の陰《かげ》から何かを取り出す。戦慄《せんりつ》を呼《よ》び起こす銀色の光沢《こうたく》——先ほどの鉄パイプだ。

「……だと思いました」

「驚《おどろ》かないのかい？」

「驚いてますよ。ただ、意外というほどのことはないですね」

「それは――こうされる心当たりがあるから、かな？」

花柳が鉄パイプを振《ふ》りかぶる。誓護はアコニットを背後《はいご》に押《お》しやり、身構《みがま》えた。

「味わってみるがいい。こいつを胴体《どうたい》にもらうと、どんな感じなのかをね」

少女たちがどんなふうに殺されたのか、それは犯人《はんにん》しか知らないことだ。

花柳は犯人しか知らないことを知っている。

誓護は確信《かくしん》する。もう間違いはない。犯人は花柳……。

いや、待てよ？

閃光《せんこう》のように閃《ひらめ》いた思考が、衝撃《しょうげき》となって脳髄《のうずい》を貫《つらぬ》く。

そうだ。これは。まさか。つまり……。

逆《ぎゃく》だ！　全部、逆じゃないか！

誓護はあわてた。

「待ってください！　これは、違う！　貴方は勘違《かんちが》いをしている！」

「見苦しいぜ、桃原少年。今さら命乞《いのちご》いなんて」

「そうじゃない！　花柳さん、貴方はひょっとして、『視《み》える』んじゃ――」

「思い知れ！」

斜《なな》め上からの一撃が誓護を襲う。

上体を反らしてかわした――つもりが、花柳を止めようとするあまり、パイプの先端から注意がそれてしまっていたらしい。があん、とパイプがこめかみに当たった。

角度は浅い。斜めに入ったのが幸いし、直撃はしなかった。それでもかなりの衝撃で、眼《がん》球《きゅう》の中を星がチカチカとまたたき、脳みそをかき混《ま》ぜられたような気がした。

「せいご！」

アコニットが悲鳴をあげ、とっさに帯電する。

「だめだ、アコニット……っ！」

よろめきながらも踏《ふ》みとどまり、アコニットの眉間《みけん》に手をかざす。

「うぅ……？」

誓護の手をわずかに焦《こ》がし、アコニットの稲妻《いなずま》が霧散《むさん》する。あやうく手を消し飛ばされるところだ。だらっ、とひたいから血が垂《た》れ、誓護の視界《しかい》を赤く染《そ》めた。

花柳は既《すで》に第二撃の予備《よび》動作に入っている。思いきり力を溜《た》めた、渾身《こんしん》の一撃。狙《ねら》いは誓護のわき腹《ばら》だ。あんなものが直撃したら、内臓《ないぞう》がいかれてしまうだろう。

誓護はまだ朦朧《もうろう》としていて、とてもかわせる状態《じょうたい》ではなかった。

（殺される……！）

思わず目を閉《と》じる。そうして、破滅《はめつ》的な衝撃を待つこと一秒、二秒……。一向に痛《いた》みが襲ってこないことを不審《ふしん》に思い始めた頃《ころ》、アコニットがぎゅっと抱《だ》きついてきた。

「ん……アコニット――」

恐《おそ》る恐る目を開けてみて、絶句《ぜっく》した。

鉄パイプは、誓護の真横、数センチのところで止まっていた。

いや、誓護が驚いたのはそのことではなく――

いつの間にか、世界から色がなくなっている！

暗さのせいではない。弱い照明の光さえ、彩度《さいど》を失《な》くして無色透明《とうめい》だ。

そして、世界は静寂《せいじゃく》だった。自分とアコニットが立てるかすかな物音のほか、外の喧騒《けんそう》も聞こえず、風の音すらしない。誓護を見つめる花柳の眼《め》には光がなく、石膏《せっこう》で塗《ぬ》り固められたように停止し、物言わぬ石像《せきぞう》と化している。

時間の流れが、誓護とアコニットだけを残して、すっかり止まってしまっていた。

この現象を体験するのは初めてではない。これは……。

「……ストレージ」

曖昧《あいまい》な記憶《きおく》を探《さぐ》る。確《たし》か、そんなような名前だったはず。グリモアリスが魔力《まりょく》を駆使《くし》して生み出す怪異《かいい》、その一つだ。

こんなことができるのは。

アコニットをのぞけば、今は。

やがて、すらり、と刃物《はもの》を抜《ぬ》き放つような音とともに、入口の扉が分断《ぶんだん》された。

破壊《はかい》され、崩《くず》れ落ちる扉の向こうから、きらびやかな少女が姿《すがた》を見せる。

「誓護」

果たして、この無彩色の世界で、彼女の金髪《きんぱつ》はまばゆいくらいにゴールドだった。

精一杯《せいいっぱい》の虚勢《きょせい》を張《は》って、誓護は苦笑《くしょう》した。

「……気が早いね。約束の時間には、まだ少し早いんじゃないかな？」

「そのことは、謝《あやま》るわ。でも」

冷ややかにも思える静かな声で、彼女――リヤナは言った。

「お別れを言うには、十分な時間があったはずよ」

誓護は歯噛《はが》みした。

時間を止められていては、誰に助けを求めることもできない。援軍《えんぐん》がくることも期待できない。本当の本当に、絶体絶命。もはや、どこにも逃《に》げようがない。

リヤナがこちらに歩いてくる。ゆったりと。流れるように。

誓護はじりじりと後退《こうたい》する。アコニットを工房《こうぼう》の奥《おく》へ奥へと押しやりながら。だが、もちろん工房の広さには限度《げんど》があるのだ。ほどなく誓護の足は止まり、リヤナとの距離《きょり》は見る間に縮《ちぢ》む。もう五メートルもない。駄目《だめ》だ。もう本当にどうしようもない――

ふと、そこでリヤナの足が止まった。

危険《きけん》を察知したらしく、ぱっと後方に飛び退《の》く。

刹那《せつな》、ざんっ、と布《ぬの》が切れるような音がして、天井《てんじょう》に亀裂《きれつ》が入った。

怖《おそ》ろしい切れ味！　レンガの天井をチョコレートのようにたやすく切り裂《さ》き、突《つ》き崩して、リヤナが立っていたあたりにガレキが積み重なる。

今度は何だ？

もはやなす術《すべ》もなく見守る誓護の前に、ほのかな若葉《わかば》の香《かお》りとともに、ふわりと降《お》り立った者がいた。

翠《みどり》がかった銀の髪《かみ》。短身痩軀《たんしんそうく》のその体。肉食獣《にくしょくじゅう》のようにしなやかな筋肉《きんにく》。面倒《めんどう》くさそうにしかめられた横顔……。そのすべてに見覚えがある。

少年は、億劫《おっくう》そうにこう言った。

「何をチンタラやってんだ、クラゲ」

誓護は驚きとともに、彼の名前を口にした。

「ギシギシ！」

Chapter 6 【グレーテルに啓示《けいじ》はくだる】

Episode 36

リヤナの進路をその身で塞《ふさ》ぎ、軋軋《ギシギシ》は言った。

「わりーな。事情《じじょう》はさっぱりのみ込《こ》めねーが、こっちもこれが仕事でね」

文字通り殺すような目つきでにらみつける。

「ウチの姫《ひめ》さんにゃ、指一本触《さわ》らせねーよ」

軋軋は『ウチの』と言った。そして、誓護《せいご》とアコニットを背負《せお》って立っている。

つまり、味方だ！

「……ギシギシ～」

絶望《ぜつぼう》しかけていただけに、この救援《きゅうえん》はありがたかった。思わず涙《なみだ》ぐんでしまうほどに。

「きてくれてありがとう……もう僕《ぼく》、君に恋《こい》しちゃいそうだよ……」

「気色悪いこと言ってんじゃねー刻《きざ》むぞ」

「だって、空間がこんな状態《じょうたい》だろ。誰《だれ》かがきてくれるなんて思わなかったから」

「……凍結充塡《ストレージ》を感知したんでな。気になって追従《トレス》してみりゃ」

ちらり、と肩越《かたご》しにアコニットを見る。誓護の背中にしがみついたままのアコニットは、頭だけを出して、軋軋の方をうかがっていた。

「……そのちっこいの、姫さんだろ」

「うん。アコニット」

軋軋はほっと安堵《あんど》の息をつき、

「ったく……。無事なら何で〝振《ふ》り子〟を外してるんだよ」

「ああ、それは――」

誓護が答えるより早く、リヤナが一歩、踏《ふ》み出した。

「何者？　名乗りなさい」

リヤナは冷ややかな光を碧眼《へきがん》に宿し、軋軋を見た。その口ぶりは気高く、ごく自然に傲慢《ごうまん》で、貴族《きぞく》然としていた。誓護が知っている彼女とは雰囲気《ふんいき》が違《ちが》う。

「オレは軋軋。第一三星樹《ポータル》、翡翠《ひすい》の森の尖兵《せんぺい》――今は花鳥頭《はなうず》の君の護《まも》り手だ」

「衛士《えいし》……」

軋軋は刀を肩に担《かつ》ぎ、野武士のように凄《すご》みを利《き》かせて、叩《たた》きつけるように言った。

「で、そっちは？　こんな狼藉《ろうぜき》を働くのは、どちらのお嬢《じょう》サマだ？」

リヤナはまったく動じなかった。ぶつけられる殺気などものともせず、

「この私に名を問うだと？　控《ひか》えろ、無礼者！」

鋭《するど》く言い放つ。それほどに格《かく》が違うのか。軋軋は唖然《あぜん》とした。

誓護も圧倒《あっとう》されていた。この迫力《はくりょく》。この凄み。これが本当に、フローズンヨーグルトに目を細めていた、あのリヤナだろうか。言葉遣《づか》いまで別人じゃないか。

リヤナの碧眼はまっすぐ軋軋に向けられている。まるでゴルゴンの瞳《ひとみ》だ。誓護がにらまれたわけでもないのに、背中が震《ふる》えた。初めてアコニットに会ったとき、彼女のルビー色の瞳がずいぶん怖《おそ》ろしく思えたものだが、そのときの感覚によく似《に》ていた。

「ギシギシと言ったな。そこをどけ」

「……『そこ』ってのはこの場所のことか？　だったら、いくらでもどいてやる。だが、姫さんの前を——って意味なら」

こめかみを冷や汗《あせ》が伝う。それでも臆《おく》することなく、軋軋は言った。

「金輪際《こんりんざい》、お断《ことわ》りだね！」

「……ならば、排除《はいじょ》するだけだ」

ため息とともに、床《ゆか》を蹴る。たっ、という軽やかな音からは想像《そうぞう》もできない速度で、リヤナは弾丸《だんがん》のごとく突進《とっしん》してきた。

上半身を大きくねじり、戻《もど》す勢《いきお》いで突《つ》きを繰《く》り出す。

軋軋の反応《はんのう》は早い。必殺の一撃《いちげき》をとっさに刀で防《ふせ》いだ。

だが、結論《けつろん》から言えば、それはまったくの無駄《むだ》だった。

「────⁉」

その瞬間《しゅんかん》が、誓護にはスローモーションのように見えた。

刀がひしゃげ、真ん中からへし折れる。それでも突きは止まらず、減速《げんそく》さえせず、まっすぐに軋軋に迫る！

軋軋は反射《はんしゃ》的に身をかがめ、かろうじて突きをかわした。

だが、完全にはかわしきれていない。かすった肩口からドッと血があふれた。あやうく心臓《しんぞう》をえぐり取られるところだ。

体勢《たいせい》を崩《くず》しながら、折れた刀を振り回す。並外《なみはず》れた技巧《ぎこう》のなせる業《わざ》か、不自然な体勢ながらも、軋軋の太刀筋《たちすじ》は鋭い。斜《なな》め下からリヤナの喉笛《のどぶえ》を狙《ねら》う──が、それはリヤナに接触《せっしょく》した瞬間、ぎぃんっ、と金属《きんぞく》的な音を立てて空中に静止した。

見えない壁《かべ》に阻《はば》まれたような、不自然な抵抗《ていこう》。

リヤナが薙《な》ぎ払《はら》うように腕《うで》を振る。かろうじて残っていた刀身の部分は、スポンジケーキのようにたやすく曲がり、ビスケットのように砕《くだ》け散った。

リヤナの異能《いのう》、不可視《ふかし》の防壁《ぼうへき》だ。

その攻撃《こうげき》から身を護る手段《しゅだん》はなく、その防御《ぼうぎょ》を崩す手段もない。

軋軋はそのことを瞬時に理解《りかい》したらしい。とんぼを切って後方に跳躍《ちょうやく》し、距離《きょり》を取った。

誓護とアコニットを巻《ま》き込まないよう注意しながら、右へ左へ上手《うま》く立ち回って、リヤナの追撃をかわす。いつか見たときよりも、軋軋の動きは数段、俊敏《しゅんびん》だった。力強さも段違いだ。今の彼なら、鈴蘭《すずらん》にいいように押《お》し切られることもないだろう。だが、それはあくまで鈴蘭を相手にした場合の話だ。リヤナの圧倒的な攻撃能力《のうりょく》の前では、どうやっても防戦一方になる。相手の攻撃はかわすしかなく、こちらには反撃の手段すらないのだから。

回避《かいひ》に専念《せんねん》したところで——やがて限界《げんかい》がくる。

深い踏み込み。リヤナの貫《ぬ》き手を大きく飛《と》び退《の》いてかわした直後、

「浅い」

リヤナがさらにもう一歩、間合いを詰《つ》めた。彼女の腕がそこからさらに伸《の》びてくる。空中の軋軋には防ぎようのない一撃だ。

やられる！

誓護は戦慄《せんりつ》した。リヤナの手が軋軋の首をわしづかみにしようとする。そのままねじ切るつもりだろうか。軋軋の頭がコロリと落ちる瞬間が脳裏《のうり》に浮《う》かぶ。

「チィ——」

軋軋は大きく舌打《したう》ちをして、のけぞってかわした。前髪《まえがみ》がひとつかみ、リヤナの腕に分断《ぶんだん》されて宙《ちゅう》を舞《ま》う。

軋軋はそのまま後ろに倒《たお》れ込み、転がって距離を取った。

誓護の方に転がってくる。勢いのままに跳《は》ね起き、誓護に向かって手を伸ばした。

あっと思う間もなく、首根っこをつかまれた。

「何やってる！　ぼさっとすんな！」

腕の力だけで横に放《ほう》り投《な》げる。誓護はアコニットを抱《かか》え、されるがままに空を飛んだ。どうにか足から着地したものの、勢いあまって尻《しり》もちをついてしまう。

あわてて顔を上げると、まだ中腰姿勢《ちゅうごししせい》の軋軋に、リヤナの突きが迫っていた。

さすがに、これはかわせない。

「ギシギシ！」

思わず悲鳴が漏《も》れる。リヤナの一撃が軋軋の胴体《どうたい》に突き刺《さ》さった瞬間、不意に二人の姿が見えなくなった。

Episode 37

「まったく……みっともないったらありゃしないですわ」

日傘《ひがさ》をくるくると回しながら、巻《ま》き毛のグリモアリス眩《クララ》はつぶやいた。

既《すで》に日が落ちているので、ただでさえ周囲は暗い。しかも今、屋外灯の明かりに照らされた世界は、あたり一面、白と黒の濃淡《のうたん》だけで描画《びょうが》されていた。不自然なほどにモノクロだ。

そのモノクロの世界にあって、眩の巻き毛は蜂蜜色《はちみついろ》に光っている。もちろん、フリルたっぷりのスカートも、少女趣味《しゅみ》の日傘も、その色を失っていない。

やがて少女の背後《はいご》に陽炎《かげろう》のような揺《ゆ》らぎが生じ、虚空《こくう》から別のグリモアリスが姿を見せた。

眩は可愛《かわい》らしい声に無数の棘《とげ》を突き出させて、

「追従《トレス》が遅れましてよ、棕櫚《シュロ》」

「すみません。不意だったものですから……ですが、もう十全です」

「クソあんぽんたん。不意の出来事に即応《そくおう》できずして、どこが十全なんですの」

どかっと棕櫚の頭を蹴飛《けと》ばす。

「ぼやぼやしてないで、お姫《ひめ》さまの様子を見てらっしゃい。凍結充塡《ストレージ》がかかっている今なら、人間の目を気にする必要もありませんでしょ」

「わかりました。どうかご安心を。この棕櫚に任《まか》せてくれれば、もはや十全——」

「はよ行けってのよ、クソおたんちん！」

再《ふたた》び足蹴《あしげ》にする。棕櫚はあわてて〈プリンセス・ガーデン〉へと飛んで行った。

「——あら？」

ふと、眩は面白《おもしろ》い玩具《おもちゃ》を見つけたような声を出した。

「どうも、五月蠅《うるさ》いのがいるみたいですわね」

肩越《かたご》しに振《ふ》り返る。ちょうど、背後（ビルの屋上だ！）を誰かが通りかかった。

「何者ですの？」

目を細め、相手を品定めする。

それは、まだ若《わか》い青年──のようだった。フード付きのコートを頭からかぶっているため、人相は判然《はんぜん》としない。わずかにのぞく前髪は銀色のように見えた。背《せ》は高く、細身で、全体に華奢《きゃしゃ》な印象を受ける。

青年の左右の手には〝プルフリッヒの振り子〟と思われる指輪があった。──が、本来なら金と銀に輝《かがや》いているはずの指輪は、くすんだ灰色《はいいろ》になっていた。

「認証《コード》なしの〝振り子〟……はぐれグリモアリスですわね」

眩は小馬鹿《ばか》にしたような微笑《びしょう》を浮かべた。

「凍結充塡《ストレージ》に追従《トレス》する程度《ていど》の力はおありのようですけど、はぐれ風情《ふぜい》ではたかが知れているというもの。わたくし、殺生《せっしょう》はキライなのですけれど……うふふ、顔を見られてしまっては、そうも言ってられませんわね？」

青年はまっすぐ〈プリンセス・ガーデン〉を眺《なが》めていた。眩を見ようともしない。

「ちょっと、貴方《あなた》！　そこのクソおたんこなす！　わたくしの声が聞こえませんの⁉」

そこでようやく、青年が眩を見やった。

「……五月蠅いのがいるようだ」

そっくりそのまま、眩の言葉を真似《まね》て言う。

「正規《せいき》の認証《コード》じゃないな。叛逆者《はんぎゃくしゃ》か？」

青年は小馬鹿にしたように笑った。

「叛逆者風情が、この僕《ぼく》に何ができる？」

「うふふ、貴方――クソむかつきますわ！」

宣戦布告《せんせんふこく》もなく、眩は日傘で殴《なぐ》りかかった。ぶおん、と風を切る音には巨大《きょだい》なハンマーのような重々しさがある。当たればただではすまないだろう、と思われたが――

青年は、軽く腕《うで》を払《はら》っただけだった。

殴られたわけではない。生じた風圧《ふうあつ》だけで、眩の突進《とっしん》は弾《はじ》き返された。膂力《りょりょく》が違《ちが》う。いや、魔力《まりょく》か。今さらながらケタ違いの実力差に気付いたが、それは少々、遅《おそ》すぎた。

跳ね飛ばされながら、どうにか目を開けて青年を見ると、青年はわずかに顔を上げ、こちらを視野《しや》に収《おさ》めたところだった。

青年のフードの下で火花が閃《ひらめ》き、ほんの一瞬、青年の顔を浮かび上がらせる。

次の瞬間、青年の眉間《みけん》から、どす黒い電光の槍《やり》が解《と》き放たれた。

「雷霆《いかずち》――⁉」

とっさに身をよじる。が、遅い。

眩のドレスが一瞬で焼け落ちる。その下の肢体《したい》も、また。

眩の右半身は瞬時《しゅんじ》に炭化し、呆気《あっけ》ないほどたやすく、黒い塵《ちり》となって消滅《しょうめつ》した。

「ぎ……、うっ……、ぁあ……う……っ！」

絶叫《ぜっきょう》すらできない。想像《そうぞう》を絶《ぜっ》する苦痛《くつう》が眩を襲《おそ》い、悶絶《もんぜつ》しそうになる。

青年の眉間に、二発目のための電流が集まってくる。殺される──眩が心の底から恐怖《きょうふ》した
そのとき、前触《まえぶ》れもなく、青年の周囲を無数のグリモアリスが取り囲んだ。

文字通り降《ふ》って湧《わ》いたような出現《しゅつげん》の仕方だった。あたり一帯を埋《う》め尽《つ》くすほどの、途方《とほう》もない数の戦士たち。剣《つるぎ》に槍などで武装《ぶそう》し、いずれもそろいの黒コートを身にまとったグリモアリスが、どこからともなく現《あらわ》れていた。まるで何かの討伐隊《とうばつたい》のような有様だ。

「幻影《げんえい》……？　いや、少し違うな」

青年は目を閉《と》じ、妖気《ようき》を充実《じゅうじつ》させた。カッと力強く見開く。その途端《とたん》、周辺の空気が吹《ふ》き飛び、周囲を取り巻《ま》いていた兵士たちもかき消された。

あたりに静寂《せいじゃく》が戻《もど》る。そのときにはもう、眩の姿《すがた》は視界《しかい》から消えていた。

「……逃《のが》したか」

青年はさして残念でもなさそうに言った。眩は冥府《めいふ》に逃《に》げ帰ったものと判断《はんだん》したらしく、周囲を探《さぐ》ることもせず、現れたときと同様、ふらりと立ち去る。

彼の行く先には、灰色に沈《しず》む〈プリンセス・ガーデン〉があった。

青年が十分に遠ざかってから、棕櫚は詰《つ》めていた息を吐《は》き出し、仲間に声をかけた。

「眩、無事ですか？」

「棕櫚……」

二人はまだ冥府には戻らず、時間の凍結《とうけつ》も解《と》かず、手近なビルの陰《かげ》に隠《かく》れていた。棕櫚が一種の幻覚《げんかく》をともなう異能《いのう》で隙《すき》をつくり、眩を助け出したのだ。

「クソおたんこなす……。これが無事に見えますの？」

棕櫚に抱《だ》かれたまま、息も絶《た》え絶《だ》えで憎《にく》まれ口を叩《たた》く眩。

傷口《きずぐち》はふさがらず、むしろじわじわと広がっていた。魔力による回復《かいふく》が追いつかないのだ。燃《も》え残った右手首にはかろうじて〝振り子〟が残っているが、ほとんど機能《きのう》していない。

「これはいけません、眩。凍結を解いて、回復に専念《せんねん》しないと……」

「クソすかたん……。わたくしたちはまだ、任務《にんむ》の途中《とちゅう》……っ」

「続行は不可能《ふかのう》です。早々に冥府に戻らなければ、生命に関《かか》わりますよ」

「く……っ」

ぎり、と歯《は》噛《が》みする。だが、そうするしかないと、眩自身が一番よくわかっていた。

「それにしても、解《げ》せませんね。なぜ、あのような者が現世《げんせ》に……？　ただのはぐれとも思えませんが」

「クソおたんちん……。まだわかりませんの？　あれは……」

忌《い》ま忌《い》ましい思いで、その忌み名を吐《は》き捨《す》てる。

「大罪《たいざい》の君――〝亡失《ぼうしつ》せし〟麗王《れいおう》、ですわ」

Episode 38

誓護の視界が黒く塗《ぬ》りつぶされる。——いや、黒ばかりではなく、赤や濃紺《のうこん》、どぎつい紫《むらさき》など が入り乱《みだ》れた、この世のものとも思えない色合いだ。

どろどろの流体でありながら堅固《けんご》な障壁《しょうへき》でもある異世界《いせかい》の物質《ぶっしつ》、セグメント。

それは床《ゆか》を割《わ》って、真下から噴《ふ》き出してきた。軋軋もリヤナも、その壁《かべ》に阻《はば》まれて見えなくなる。

上手《うま》い！ 一瞬《いっしゅん》後、障壁を突《つ》き抜《ぬ》けて、軋軋だけが壁の向こうから飛び出してきた。

自らを囮《おとり》にして、セグメントの檻《おり》にリヤナを閉じ込《こ》めた！

まともな攻撃手段《こうげきしゅだん》がないと悟《さと》って、からめ手から打って出たようだ。

「下がれ、クラゲ！」

軋軋が誓護を下がらせる。その直後、セグメントが震《ふる》え、ぶわっと大きくふくらんだ。

明らかな異常《いじょう》。セグメントにはまったく詳《くわ》しくない誓護にも、容易《ようい》に予想がつく。

このままでは、破《やぶ》られる！

以前、アコニットが言っていた。アネモネの雷霆《いかずち》ならば、セグメントを破壊《はかい》することができるのだと。一部の〝高貴《こうき》な〟グリモアリスにはそれが可能なのだ。

だとしたら、当然、リヤナにも……？

軋軋はほとんど柄《つか》だけが残った長刀を握《にぎ》りしめ、全身の力を振り絞《しぼ》るようにした。軋軋の刀は単なる武器《ぶき》ではなく、セグメントの発生装置《そうち》を兼《か》ねている。そうやって檻の強度を上げているらしいが、セグメントの膨張《ぼうちょう》はおさまらない。力比《ちからくら》べでは分が悪いようだ。

「糞《くそ》ったれ。とんでもねー野郎《やろう》だ……」

軋軋が愚痴《ぐち》るように言った。その顔には汗《あせ》とあせりがにじんでいる。

「お前と、姫《ひめ》さんと、なおかつ自分の時間を止めてなお、セグメントをねじ切れるだけの余剰《よじょう》魔力《まりょく》がありやがる」

ギロリ、と翠《みどり》の瞳《ひとみ》が誓護をにらむ。

「コイツは一体誰《だれ》なんだ。何者だ。何でこんな化け物に襲《おそ》われてる」

「僕《ぼく》だって知らないよ。ただ、アコニットを処刑《しょけい》するとか何とか」

「処刑──」軋軋は啞然《あぜん》とした。「何だそりゃ。人界でグリモアリスを処刑だと？　よりにもよって麗王六花《りっか》の姫さんをつかまえて、審問《しんもん》もなしに？」

そんなことを言われても困《こま》る。教誨師《グリモアリス》にわからないことが誓護にわかるはずもない。

誓護ではラチがあかないと悟《さと》り、軋軋はアコニットに視線《しせん》を移《うつ》す。そのアコニットは誓護の背中《せなか》に隠《かく》れ、小さくなって震えていた。

「おい、どういうことだよ。アンタ、叛逆《はんぎゃく》でも企《くわだ》てたのか？」

アコニットは答えず、誓護のＴシャツにしがみついて、顔を隠してしまった。

「おい……、いい加減《かげん》にしねーと刻《きざ》むぞコラ」

軋軋のこめかみに青筋《あおすじ》が立つ。

「ふざけんなよ。アライメントいじくって遊んでる場合じゃねーだろ。アンタのせいでこんな面倒《めんどう》になってんだよ。何とか言え、この――」

「よせよ。今のアコニットは、中身まで子供《こども》なんだ」

「……何だと？」

かくん、と軋軋のアゴが外れる。

「よくわからないけど、ずっとこうなんだ。僕のことも最初はわからなかったくらいで」

おそらく、原因《げんいん》は……。トラウマのことが喉《のど》まで出かけたが、もちろん口にはしない。アコニットとの約束だ。彼女の秘密《ひみつ》は墓場《はかば》まで持っていく。

軋軋は奥歯《おくば》を噛《か》んだ。

「……こんな状態《じょうたい》じゃ、話にもならねー」

「それは同感」

「敵《てき》が何者かもわからねー。確《たし》かめようにも、ロクに会話も成立しねー」

「誰か、助けを呼《よ》ぶことはできないの？」

「時間が止まってる。冥府《めいふ》につながる回線は開けない」

「じゃあ、時間の凍結《とうけつ》を解《と》いて」

「阿呆《あほう》。オレの凍結を解いたら、誰がテメーと姫さんを護《まも》るんだ」

「――そうだ。助けが呼べないなら、アコニットを冥府に戻《もど》せば」

「お前は馬鹿《ばか》か。通信もできねーのに、帰還《きかん》できるわけねーだろ」

「じゃあ、どうするんだよ！」

「それを今考えてるんだろうが！」

ひたいとひたいがぶつかりそうなほどに顔を突《つ》き合わせ、口角あわを飛ばす二人。

だが、言い争いは長くは続かなかった。

「――チッ、もう限界《げんかい》だ！」

軋軋の言葉を裏付《うらづ》けるかのように、セグメントの壁が激《はげ》しく波打った。

「おい、姫さん連れて、さっさと逃《に》げろ！」

怒鳴《どな》られるまま、誓護はアコニットを抱《かか》え上げ、セグメントの横をすり抜《ぬ》けて、菓子工房《かしこうぼう》の外へと飛び出した。一瞬遅《いっしゅんおく》れて、軋軋がその後に続く。

背後《はいご》でセグメントが破裂《はれつ》したらしい。手榴弾《しゅりゅうだん》でも炸裂《さくれつ》したかのように、菓子工房の中で爆発《ばくはつ》が起こった。爆風が出口に殺到《さっとう》し、あやうく吹《ふ》き飛ばされそうになる。凍結されたままの花柳《はなやなぎ》は無事だろうか。心配だったが、確《たし》かめている余裕《よゆう》はない。

「糞ったれ。セグメントを薄布《うすぬの》みてーに切り裂《さ》きやがる」

「どうする？」

「下がってろ！　姫さんを護れ！」

誓護は言われるまま後退《こうたい》した。

やがて、煙《けむり》の向こうからリヤナが悠然《ゆうぜん》と現《あらわ》れた。

その瞬間《しゅんかん》、軋軋が仕掛《しか》けた。奇襲《きしゅう》だ。

跳躍《ちょうやく》し、天井《てんじょう》を蹴《け》って真上から襲いかかる。折れた刀の代わりに鞘《さや》を振《ふ》りかぶり、叩《たた》きつける——が、死角からの一撃《いちげき》は、先ほどと同じように見えない壁に阻まれた。

リヤナが虫を払《はら》うように腕《うで》を振る。そんな攻撃でも、当たれば無事ではすまない。軋軋はくるりと一回転して体《たい》をかわし、着地した。

軋軋がこちらに視線を投げる。その意図を察し、誓護はアコニットを抱え込んだ。

「アコニット、耳をふさいで！」

胸《むね》に彼女を押《お》しつけ、それから自分の耳をふさぐ。

次の瞬間、軋軋は折れた刀を鞘に戻した。

鍔《つば》鳴りの音は聞こえないが、肌《はだ》に感じる空気の震《ふる》えで、魔力が発動したことはわかる。軋軋の異能《いのう》、呪縛《じゅばく》の魔術《まじゅつ》だ。前回とは打って変わって、軋軋の魔力は膨大《ぼうだい》だった。妖気《ようき》の色も、彼本来の色ではなく、アコニットと同じ黒に変色している。ビリビリと肌を震《ふる》わせるほどの圧《あっ》力《りょく》が生じ、重い突風《とっぷう》が吹《ふ》き抜けたような衝撃《しょうげき》が誓護を揺《ゆ》さぶる。

リヤナの動きが鈍《にぶ》く、緩慢《かんまん》になる。——効《き》いている？

「うぅ……ぁあ！」

リヤナが吠え、華奢《きゃしゃ》な骨格《こっかく》をきしませながら、呪縛の鎖《くさり》を力尽《ちからず》くで弾《はじ》き飛ばした。巻《ま》きついた縄《なわ》を引きちぎるような仕草をすると、見た目通り、軋軋の魔力は断《た》ち切《き》られてしまったらしい。リヤナは体のコントロールを取り戻し、無防備《むぼうび》な軋軋に迫《せま》った。

距離《きょり》が近い。ほんの一歩で間合いが詰《つ》まる。軋軋の背後は壁《かべ》だ。逃げ場はない！

ずぶッ、とリヤナの指が軋軋の胸をえぐった。

たやすく貫通《かんつう》し、背後の壁すら突き抜ける。軋軋は粉砕《ふんさい》された壁もろとも、壁向こうの催事《さいじ》場《じょう》に転がり出た。胸から鮮血《せんけつ》が噴《ふ》き出す。血しぶきはリヤナにかかる寸前《すんぜん》で不可視《ふかし》の壁に阻《はば》まれ、ガラスを伝うようにだらりと垂《た》れた。

「ギシギシ！」

誓護もアコニットを抱《だ》き上げ、壁の穴《あな》を通ってそちらへ向かう。行ったところで何ができるわけでもないが、じっとしていることはできなかった。

カフェテリアでは、姫宮《ひめみや》氏や樫野《かしの》、白鳥《しらとり》がたたずんでいた。もちろん、凍《こお》りついたように動かない。そこは一面モノクロの世界。色がついているのは軋軋とリヤナだけで、その二人は今まさに死闘《しとう》の真っ最中だ。

苦悶《くもん》を浮かべる軋軋にのしかかり、リヤナはとどめを刺《さ》すべく腕《うで》を引いた。

「リヤナ！　やめてくれ！」

効果《こうか》はあった。誓護の悲鳴じみた声を聞き、リヤナの手が止まる。

だが、ゆっくりとこちらを向いた瞳《ひとみ》は、誓護が知っている彼女のものではなかった。

感情の見えない、機械のような瞳。ぞくりと寒気のするような、冷たい瞳だ。

その瞳を見た瞬間、誓護の気力がごっそりと奪《うば》われてしまった。強大な力を持つ怪物《かいぶつ》を前にして、足が萎《な》えてしまうようなものだ。声が出せない……。

リヤナの手が貫《ぬ》き手の形をつくる。狙いは軋軋の眉間《みけん》だ。その手がわずかに後ろに引かれ、弦《つる》を引きしぼるように力を溜《た》める。深手を負ったのか、軋軋は踏《ふ》みつけられたまま動かない。

なすすべもなく、繰《く》り出される貫き手をにらみ――

(もう駄目《だめ》だ、ギシギシ!)

思わず目を塞《ふさ》ぎそうになり、しかしどうしても目が離《はな》せない。

指先が軋軋の眉間に突き刺さる、まさにその寸前《すんぜん》、一条《いちじょう》の閃光《せんこう》がリヤナを撃《う》った。

「――――!?」

誓護は瞠目《どうもく》した。

稲妻《いなずま》だ。漆黒《しっこく》の輝《かがや》きを持つ、電光の刃《やいば》。

槍《やり》とも矢ともつかない一撃《いちげき》が、リヤナを真横から直撃したのだ。

それは黒い稲妻だった。だが、アコニットから放たれたものじゃない。アコニットは誓護の腕《うで》の中で、相変わらず怯《おび》えて縮《ちぢ》こまっている。帯電している様子もない。

どういうことだ?

わからない。わからないが、軋軋にとってはこれ以上ない援護《えんご》だった。

稲妻は例によってリヤナに傷《きず》一つつけることはできなかった。が、不意を打たれて隙《すき》が生じた。その隙を逃《のが》さず、軋軋は床《ゆか》に身を投げ出してエスケープした。

リヤナの足もとを転がりざま、再《ふたた》びセグメントの障壁《しょうへき》を呼《よ》び出す。

床から噴《ふ》き出した黒いドームは、今度はリヤナの右腕《みぎうで》だけを閉《と》じ込めた。軋軋がドームから素早《すばや》く転がり出てきて、さらにセグメントを展開《てんかい》。今度はリヤナの左腕と足を、右腕と同じように圏内《けんない》にとらえた。

「無駄《むだ》なことを」

リヤナがぐっと力んだだけで、障壁の表面が盛《も》り上がった。早くも破《やぶ》られそうになっている。

援護……。援護しないと……。誓護はあせる。だが、どうすればいいのかわからない。グリモアリスを相手にするには、誓護はあまりに非力《ひりき》な存在《そんざい》だった。

勝てないなら、そうするしかない。——だが、どこへ？　逃《に》げるか？

誓護の背後《はいご》は〈お菓子《かし》の家〉。そちらは行き止まりだ。

行き止まり……いや、違《ちが》う！

「ギシギシ、こっちへ！」

「ああ⁉」

「逃げよう！　時間稼《かせ》ぎにはなる！」

「逃げるったって……」

「いいから！」

腕を引いて、走り出す。

そのまままっすぐトンネルを駆《か》け抜《ぬ》け、〈お菓子の家〉の前庭に飛び込んだ。

庭と小屋だけの、閉《と》じられた空間。入口は一つ。きたトンネルだけ。

――だが、そうじゃない。

必ずあるはずだ。もう一つ、抜け道が。

絶対《ぜったい》にある。――なければ困《こま》る。

何が何でも見つけ出す。――そしてアコニットを護《まも》るのだ。

誓護はもう、先刻《せんこく》ここで感じた違和《いわ》感の正体に気付いている。

この〈お菓子の家〉には、絶対に、なければならないものがある。

菓子工房《こうぼう》への近道、ショートカットのルートだ。

それがなければ、『お色直し』のたびに大変な距離《きょり》を往復《おうふく》しなければならなくなる。カフェテリアとの境目《さかいめ》に通行止めの看板《かんばん》を立てるくらいだから、それは当然、〈お菓子の家〉と菓子工房を直結するものでなければならない。

だから必ず、抜け道がある！

殺人鬼《さつじんき》の餌食《えじき》となった少女たちが、迷《まよ》い込んでしまった抜け道が。

急げ。急いで見つけろ。

床《ゆか》——違う。階段《かいだん》の陰《かげ》——ない。小屋の裏手《うらて》——ここでもない。

どこだ。どこにある。

(くそっ。どうして女の子たちは迷い込めたんだ……)

そのとき、天啓《てんけい》のように閃《ひらめ》くものがあった。

そうか。そういうことか。

逆《ぎゃく》。話は逆。何もかも、全部、逆だ。

楽しげなお菓子の祭典は陰惨《いんさん》な殺人の舞台《ぶたい》で。

都市伝説の魔女《まじょ》は現実《げんじつ》の快楽《かいらく》殺人者。誓護を好きだと言ってくれた少女は最悪の敵《てき》で、誓護をさんざん苦しめた少年が今は頼《たよ》れるただ一人の味方。犯罪《はんざい》を見つけるための監視《かんし》カメラは犯《はん》行《こう》を隠《かく》す隠れみの。閉《と》じ込《こ》められた〈被災者《ひさいしゃ》〉は、連続殺人の〈容疑者《ようぎしゃ》〉だ。

そして、迷《まよ》ってしまったように見えた少女たちは——

ただ一本の道を行ったのだ。迷い込んだのではなく。

「おい、まだか!　もうセグメントがもたねーぞ!」

軋軋が悲痛《ひつう》な叫《さけ》びをあげる。

「大丈夫、もうわかった——」

Episode 01

誓護が抜け道を探《さぐ》り当《あ》てるのと、セグメントが裂《さ》けたのは、ほとんど同時だった。

実父《ちち》は、リヤナを『できそこない』と呼《よ》んでいた。

幼《おさな》かったあの頃《ころ》のことは、あまり覚えていない。

リヤナの一番古い記憶《きおく》は、『一番幸運な日』とのちに振《ふ》り返る、あの日のものだ。

それ以前の記憶は、ない。よほど覚えていたくなかったのだろう。聞いた話では、それはひどい生活だったと聞く。事実、彼女の『救い主』と出逢《あ》ったときも、リヤナは痩《や》せこけ、全身青あざだらけで、とてもみすぼらしい格好《かっこう》をしていた。

リヤナ——その当時はリヤナという名ではなかった——は〈贖罪者《しょくざいしゃ》〉の娘《むすめ》だった。

冥府《めいふ》は完全な階層《かいそう》社会であり、逆に言えば、優《すぐ》れた者も劣《おと》った者も、等しく居場《いば》所《しょ》がある社会と言えた。最底辺と言われる階層ですら、その生活は極《きわ》めて安定し、すべからく役目と仕事がある。本当なら、荒《すさ》む家庭は少ない。

だが、リヤナの実父は、家庭は、荒んでいた。

父は人界で法を犯《おか》し、地位を剝奪《はくだつ》された元高級官吏《かんり》だった。

冥府では、能力《のうりょく》があるということは、高貴《こうき》な生まれであるということでもある。地位を剝奪されたがために、父は生まれと階層、能力と役目に齟齬《そご》が生じた。

本来の自分はこうあるべきだという、くすぶり。

分相応《ぶんそうおう》の扱《あつか》いを受けるたび、軽《かろ》んじられたという思いが募《つの》る。

その不満のはけ口を娘に求めたのだ……と、わけ知り顔の誰《だれ》かが言っていた。

冥府の住人たるグリモアリスにとって、人界は所詮《しょせん》、偽《いつわ》りの世界だ。幻想《げんそう》に過《す》ぎない人界で受ける傷《きず》は、〝プルフリッヒの振《ふ》り子〟が癒《い》やしてくれる。

だが、冥府で受ける傷は、生身の体で引き受けなければならない。

その当時、リヤナは確《たし》かに傷だらけだった。

本来、生きているだけで与《あた》えられるはずの食料を、得られないことがままあった。針金《はりがね》のように細った体には、いつもどこかにあざが浮《う》き出ていた。

父を出迎《でむか》えるとき、声をかけられたとき、またぶたれるのではと強張《こわば》った――その顔が気に入らないと殴《なぐ》られた。痛《いた》みをやわらげようと、無意識《むいしき》に異能《いのう》を使って、父のこぶしを避《さ》けようとした。結果、父はますます激昂《げっこう》し、激《はげ》しくリヤナを打ちのめした。

聞いた話だ。本当のところはわからない。リヤナには当時の記憶がないのだから。

そんなある日、リヤナに『救い主』が現《あらわ》れた。

その日のことはぼんやりと覚えている。リヤナはお腹《なか》をすかしていた。じっと家の前にしゃがみ込んで、苦しみをやりすごそうとしていた。

空腹《くうふく》は度を越《こ》すと痛みになる。〈飢《う》え〉は〈痛い〉のだ。差し込むような鈍《にぶ》い痛みに耐《た》えながら、何を見ているのかもわからない目で足もとを見ていた——そんなとき。

さっと、リヤナの上に影《かげ》がかかった。

影は大きく、リヤナをすっぽりと包み込んでしまうほどだった。その暗がりは不思議とあたたかく、リヤナはなぜかほっとした。

リヤナの前に、誰かの足があった。

上等な靴《くつ》だった。最上級の素材《そざい》を使って、美しく編《あ》み上げられた靴。下級官吏で、こんなものを身につけている者はいない。それはリヤナが初めて間近で見た、貴族《きぞく》の装束《しょうぞく》だった。

足の主は何も言わなかった。

かと言って立ち去りもしない。立ち止まったまま、じっとリヤナを見下ろしている。

自分から顔を上げて、相手の意図を確認《かくにん》する勇気は——そして何より体力が、そのときのリヤナにはなかった。リヤナもうつむいたまま、ぼんやり貴族の靴を眺《なが》めていた。

やがて、長い長い時間をおいて、低く、涼《すず》やかな声が降《ふ》ってきた。

「お前が〝絶対防御《ぜったいぼうぎょ》〟を持つ子供《こども》か」

何のことを言われたのか、わからなかった。

そんな言葉は聞いたことがなかったし、何より、理解《りかい》するにはお腹がすきすぎていた。

「優《すぐ》れた胤性霊威《フイグメント》をその身に秘《ひ》めし乙女《おとめ》……」

やはり、わからなかった。誰かと間違《まちが》えているのかな、と思った。

リヤナは魔力《まりょく》に恵《めぐ》まれない少女だった。父の暴力《ぼうりょく》の何割《なんわり》かは、娘の能力が低く、上流階級への復帰《ふっき》が見込めないことに起因《きいん》していたほどだ。

サラリと衣擦《きぬず》れの音がして、声の主がしゃがみ込んだ。

見るからに厳《きび》しそうな、冷たい美貌《びぼう》の貴公子《きこうし》だった。

金属《きんぞく》のように輝《かがや》く豊《ゆた》かな銀色の髪《かみ》を、リヤナは美しいと思った。

きれい。氷みたい。

貴公子がそっと手を差し出す。その手には、砂糖《さとう》がけのパンがのせられていた。

「菓子《かし》を」

と勧《すす》めてくる。だが、リヤナは動かなかった。

「どうした。腹《はら》がすいているのだろう？」

もちろん、すいている。それでも、人から食べ物を恵んでもらうわけにはいかなかった。そんなことをすれば、ひどい目に遭《あ》わされるのだと、もう体が理解していたから。

貴公子は何を思ったか、美貌をひきつらせ、歯をむき出した。

「心配は要《い》らぬ」

牙《きば》をむいて脅《おど》かそうとしているわけではなく——

笑おうとしているのだと、リヤナにもわかった。

「心配は要らぬ」

貴公子は下手くそな笑顔《えがお》を浮《う》かべ、もう一度言った。

「お前を傷《きず》つける者は、もうお前に近付くことはできぬ。永遠《えいえん》にな。私が、お前を護《まも》る。お前が望む限《かぎ》り、ずっとだ。もう決して、不自由な思いはさせぬ」

リヤナは力なくまばたきした。言われたことがわからなかった。

いや、リヤナは聡明《そうめい》な少女だ。半分は理解できている。この貴公子は、あの父からリヤナを引き離《はな》して、保護《ほご》してくれると言っているのだ。

だが、わからない。

だって――そんな――そんな幸運が、どうしてわたしに訪《おとず》れたの？

「どう、して……？」

これは本当に、本当のことなの？

わたしは夢《ゆめ》を見ているの？

「どうして、わたしを……助けてくれる、の？」

その瞬間《しゅんかん》、貴公子の不器用な笑顔が曇《くも》った。

厳しい表情《ひょうじょう》に戻《もど》り、しかし口調だけは優《やさ》しく、諭《さと》すように言う。

「……同情《どうじょう》では、ない。私にそんなものを期待するな。私はただ、お前を利用したいのだ。お前が身に秘めし力をな。だから」

そっと、壊《こわ》れ物に触《ふ》れるような手つきで、リヤナの頰《ほお》に触れる。

「お前も私を利用するがよい。私の富《とみ》と、力とを」

リヤナは困惑《こんわく》した。ますます、この貴公子のことがわからなくなった。

リヤナは実父から『できそこない』と言われていた。父の系譜《けいふ》とも母の系譜とも違う、突然《とつぜん》変異《へんい》の異能を持っていたからだ。

おまけに、それはひどく弱い能力だった。

自分の体の表面に、うすく、弱い、見えない壁《かべ》を作る能力。

投げつけられる小石すら受け止められず、小さな鞠《まり》をへこませることしかできない力。

実父いわく『何の役にも立たない力』『誰にも必要とされない力』を、この貴公子は『利用する』と言っている。

なぜ、わたしなんかを？

ひどく不安になる。その一方で、このまま流れに身を任《まか》せてみたいという、あらがいがたい欲求《よっきゅう》が生まれていた。

リヤナはそっと、小さく──本当に小さく──うなずいた。

貴公子は背後《はいご》を振《ふ》り返り、従者《じゅうしゃ》を呼んだ。今の今まで気付かなかったが、貴公子の背後には数人の衛士《えいし》と従者が控《ひか》えていた。

従者が貴公子に布《ぬの》を渡《わた》す。布……衣服だ。絹《きぬ》のようにやわらかな生地《きじ》に、金銀の刺繡《ししゅう》が施《ほどこ》されている。見たこともないような美しい布だった。

「着るがよい。我《わ》が姫《ひめ》にそんな襤褸《ぼろ》を着せておいては体裁《ていさい》が悪い」

「――――」

姫。貴公子は確《たし》かにそう言った。我が姫。

貴族《きぞく》の娘《むすめ》になる？　このわたしが？

この素晴《すば》らしい衣装《いしょう》をまとって？

「リンド＝リヤナ」

貴公子《きこうし》がそっと優しく、リヤナの手を握《にぎ》る。

厳《きび》しい光を宿す瞳《ひとみ》に、ほんの一瞬《いっしゅん》、優しげな光が浮かぶ。

「古き名は捨《す》てよ。今日からそれが、お前の新しい名だ」

そして、ぎこちなく笑って見せた。

「今このときより、私がお前の父親だ。この――ブッドレア家のストリクノスがな」

Episode 39

懐《なつ》かしい光景を思い出し、リヤナは自然と微笑《ほほえ》んでいた。

あたりは陰気《いんき》なモノトーン。半ば廃墟《はいきょ》と化したような、半壊《はんかい》した建物の中だ。

与《あた》えられた任務《にんむ》は過酷《かこく》で、気乗りのしない、嫌《いや》な役割《やくわり》――それでも、あのときのことを思うと、リヤナはいつでも幸せな気分になれる。あたたかく、安らいだ、しかしある種の強迫観念《きょうはく》を駆《か》り立てられるような、この気持ち……。

思えば、お父さまがあんなふうに笑ってくださったのは、あれが最初で最後だったような気がする。

ブッドレア家のストリクノスは、笑う男ではない。

そのお父さまが笑いかけてくださったことを、その微笑みを、リヤナは宝物《たからもの》のように大事に思っている。

どんなときも、その笑顔を糧《かて》に努力してきた。

もう一度、あの笑顔を向けて欲《ほ》しいと思えばこそ、己《おのれ》を磨《みが》いた。魔力《まりょく》を高め、礼法に通じ、心身を鍛《きた》え、より美しく、強くなれるようにと。

私を地獄《じごく》の底から引き上げてくれたあの方に、喜んで欲しくて——

(そう……だから、私は)

主命をつつがなく履行《りこう》する。

絶対《ぜったい》に失敗は許《ゆる》されないのだ。

有用だからこそ、必要とされる。

確実《かくじつ》だからこそ、使ってもらえる。

もし役に立たないとわかったそのときは、風がよどむあの街に逆戻《ぎゃくもど》りだ。空腹《くうふく》と、痛《いた》みと、孤独《こどく》と、恐怖《きょうふ》に包まれていた、あの場所へ。

二度と手放したくない。この力、地位、そして、あの方を。

そのためなら。

ためらわずに、殺す。法の正義の名のもとに。たとえ麗王六花の姫であろうとも。

だが――

『誰かを護ってあげたいと思うのは、その誰かが弱いからだろ？』

そんな声が脳裏《のうり》をよぎり、ほんの一瞬、迷《まよ》いが生じた。

有用でないことは、ひょっとしたら――〈罪《つみ》〉ではないのかも知れない。

弱いということは、許されるのかも知れない。

（違《ちが》う……！）

迷ってはだめ。甘《あま》えてはだめ。

耳に心地《ここち》よい言葉は、堕落《だらく》に誘《さそ》うまやかし。

悪魔《あくま》は天使の顔をしてやってくるのだ。

心を決めなさい、リンド＝リヤナ。貴女《あなた》はただ、姫を討《う》たずに済《す》む言い訳《わけ》を探《さが》しているだけ。

不幸な境遇《きょうぐう》にある、いたいけな少女の姿《すがた》をした、あの悲劇《ひげき》の姫君を……。

リヤナは痛みにも似《に》た覚悟《かくご》を決め、セグメントを破壊《はかい》した。

障壁《しょうへき》を破《やぶ》り、標的が逃《に》げ込《こ》んだ場所へと向かう。薄暗《うすぐら》いトンネルを抜《ぬ》けると、そこにはひらけた空間があり、小屋と庭がつくられていた。

屋内なのに、まるで屋外だ。暗がりに浮《う》かび上がるのは、お菓子《かし》を組み合わせて作った、小さな建物。そしてお菓子の木の実を吊《つ》るした、つくりものの木々。

人間たちが〈お菓子の家〉と呼《よ》んでいた場所だ。

愚《おろ》かしい遊びだと思う。一方で、楽しそうと素直《すなお》に思う自分がいた。ひょっとしたら、自分もここで、あの優《やさ》しい人間——誓護と一緒《いっしょ》に遊んでいたかも知れないのだ。

それはひどく滑稽《こっけい》で、少し照れくさくて、そして幸せな光景に思えた。

リヤナはまたかぶりを振《ふ》った。

自分自身に言い聞かせる。感傷《かんしょう》に惑《まど》わされてはだめ。その甘さが判断《はんだん》を誤《あやま》らせるのよ。

見たところ、〈お菓子の家〉は袋小路《ふくろこうじ》になっているようだった。

つまり、彼らはここを、花鳥頭の君の墓場《はかば》に選んだということだ。

リヤナはすぐには踏《ふ》み込まず、注意深く、ぐるりと周囲を観察した。

どんな罠《わな》が張《は》ってあるかわからない。もっとも、このリンド＝リヤナを傷《きず》つけられるものなど冥府《めいふ》にだって存在《そんざい》しない。ましてや人界になど。

リヤナはゆっくりと歩き出した。悠然《ゆうぜん》と。確《たし》かな歩みで。

少しずつ、〈お菓子の家〉の本体に近づいて行く。キャンディの花が咲く花壇《かだん》を抜け、ビスケットの手すりを眺《なが》めながらスロープをのぼり、パン菓子でできた扉《とびら》に手をかけ、一息に開け放った〈お菓子の家〉には――

誰の姿もなかった。

Episode 40

セグメントが破《やぶ》られる寸前《すんぜん》、間一髪《かんいっぱつ》、誓護は抜け道を探《さぐ》り当《あ》てた。

トンネルの真横、鏡張りの壁《かべ》を丹念《たんねん》に調べてみると。

「……あった！」

壁の一部が押《お》し込めるようになっていた。押し込むとロックが外れ、鏡張りの扉がこちら側に開いてきた。

壁の反対側も鏡張りになっていて、完全に開くと、トンネルがすっぽり隠《かく》れるようになっていた。代わりにぽっかり口を開けるのは、出入口と瓜《うり》二つと言ってもいいような、同じ幅《はば》、同じ高さのトンネル。ただし、こちらにはファンシーな飾《かざ》りつけはされていない。

これが、少女たちを迷《まよ》い込ませたトリック。

少女たちは出口と思い込んで、『お色直し』用の通路に入り込んでしまったのだ。

誓護はアコニットを抱《かか》え、軋軋とともに通路に飛び込んだ。

今はリヤナをやり過《す》ごすのが目的なのだから、開いたままでは意味がない。誓護は取っ手代わりのヒモを引っ張り、元通りに扉を閉じた。ぴったり合わせたその瞬間《しゅんかん》、間一髪、ほぼ入れ違《ちが》いでリヤナが〈お菓子の家〉の前庭に入ってくる。

軋軋が気を利《き》かせて、小さなセグメントの障壁を展開《てんかい》し、扉《と》を固定する。これで、トリックに気付かれる恐《おそ》れはほとんどなくなった。

「ま、壁を通り抜けられたらおしまいだけどね……」

誓護がひそひそ言うと、軋軋もひそひそ声で、

「それは、ない」

「え、どうして?」

軋軋は面倒《めんどう》くさそうに、しかし案外親切に説明してくれた。

「壁のすり抜けってのは、存在系《コーデック》を前後の時間軸《じく》にずらして、〈当たり〉の判定をごまかすことでできるんだ。ストレージがかかってる今、時間軸はいじれない。やるなら、壁をぶっ壊《こわ》して突撃《とつげき》してくるだろうぜ」

言っていることは半分くらいしかわからなかった。それでも二点、はっきりしたことがある。リヤナが壁をすり抜けて現《あらわ》れる心配はないということ。そして、リヤナがアコニットの稲妻《いなずま》を防《ふせ》いだ仕組みは、鈴蘭がすり抜けてかわしたのとは、根本的に違うということ。

やはり、異能《いのう》か。リヤナは『かわした』のではなく、『防いだ』のだ。

「厄介《やっかい》だな……。ねえ、時間が止まってるうちにいのりだけでも助け——」

と、そこまで言ったところで、それが甘《あま》い考えだと自分で気付いた。

誘拐犯《ゆうかいはん》がグリモアリスなら、それはできない。軋軋がそうしたように、向こうも警戒《けいかい》して時間を止めていそうなものだ。誘拐犯がグリモアリスではなかったとして、誓護がこの建物を脱《だっ》出《しゅつ》できたとしても、屋外に飛び出したところで、おそらくリヤナに見つかってしまう。このモノクロの世界では、動くものはひどく目立つのだ。

（結局、正攻法《せいこうほう》でいくしかない……）

リヤナをどうにか押さえ込み、罪人《ざいにん》を吊《つ》るし上げて、誘拐犯の要求に応《こた》えるしか。

もどかしい。今すぐいのりのもとに駆《か》けつけたいのに。

何が妹離《ばな》れだ。妹離れなんて考えるから、こんなことになったんだ。

いのりを取り戻《もど》したら、もう二度と離さないぞ。もうどこへもやるもんか。四六時中つきまとって、お風呂《ふろ》も一緒《いっしょ》に入って、寝《ね》るのも一緒……。

……あれ？　何だか、ますますおかしな方向に行ってる気がするぞ？

「それで、これからどうすんだ。このままじゃ、こっちも長くねーぞ」

「とにかく、セグメントに隠《かく》れよう。こう静かじゃ、相談もできない」

「それもそうだな……」

時間が止まっていて、動くものがほとんどない今、誓護たちの立てる物音はひどく響《ひび》く。軋軋はセグメントのドームを生み出し、すっぽりと通路を覆《おお》い隠した。もともと奥《おく》まった位置にあるので、隠し通路のトリックに気付かれない限《かぎ》り、すぐには見つからないだろう。

ようやく一息ついたところで、誓護はとなりのアコニットに声をかけた。

「大丈夫《だいじょうぶ》？　疲《つか》れてない？」

アコニットはつんとして答えなかった。

「どこか痛《いた》むの？」

「………………」つん。

抱《だ》き上げて走ったのが気に食わなかったのかも知れない。すっかりご機嫌《きげん》ななめだ。

眉間《みけん》に小さなシワをいくつも刻《きざ》んで、いっちょまえに『話しかけないで！』という顔をしている。いのりはこんなふうに不満をおもてに出すような子ではなかったから、誓護にはちょっと新鮮《しんせん》だった。

「おい姫《ひめ》さん、とりあえずここに潜《ひそ》むから、大人しくしてろよな」

当然、軋軋の言葉にもつんとして答えない。

「間違《まちが》っても雷霆《いかずち》は使うなよ。セグメントにヒビが入るかも知れねーからな。……おい、聞いてんのか？　わかってんのか？」

「………………」つん。

「テメー、コラ、いい加減《かげん》にしろよ……？」

ガッ、とアコニットのアゴをつかんで、締《し》め上げる。

「待て待て待て！　相手は子供《こども》だぞ！」

「別に何もしやしねーよ。ちょっとシツケをしてやろーと思っただけだ」

「ダメだって。そもそも君、アコニットのナイトなんだろ。そんな態度《たいど》でいいの？」

何か嫌《いや》なことを思い出したのか、ぐっと軋軋の腕《うで》に力が入る。

「ったく、あのわがまま姫さんときたら、衛士《えいし》を衛士とも思っちゃいねー。何か面白《おもしろ》い芸をしろとか言い出して、拒否《きょひ》すりゃ生意気だと焼けコゲつくってくれるし、人界の菓子《かし》が食べたいとかダダこねて、違法《いほう》なオツカイを強制《きょうせい》してくれるし、ドラセナさまの説教がクドイから代わりに聞いてこいとか無茶《むちゃ》言うし——気に入らねーことがありゃ、ところかまわずバチバチバチバチ……ふっふっふ、いっそ日頃《ひごろ》の復讐《ふくしゅう》をしたくなるよなぁ……？」

「ちょ……ストップ！　ストーップ！」

軋軋がアコニットの口をつかんで左右に引《ひ》っ張《ば》り始めたので、誓護はあわてて止めに入った。相当痛《いた》かったはずだが、ちっちゃくてもプライドの高いアコニットは、しゃくり上げそうになるのを必死に我慢《がまん》して、殺すような目つきで軋軋をにらんでいた。

「大丈夫、アコニット？　ほら、痛くない痛くない……。あぁーあ、ギシギシ、後でどうなっても知らないよ」

「ふん、どーせ覚えちゃいねーよ」

「だといいけどね……。それより、君の体は大丈夫？　すごい出血だったけど」

「け。そんなもの、とっくに塞《ふさ》がってる」

「こっぴどくやられちゃったね。でもギシギシ、こないだより断然《だんぜん》すごかったじゃないか。こんな短時間で、ずいぶん腕を上げた？」

「チッ……上げてねーよ」

嫌《いや》みにしか聞こえなかったらしい。軋軋は腹立《はらだ》たしげに、吐《は》き捨《す》てるように言った。

「秘密《ひみつ》はこれだ」

乱暴《らんぼう》に自分のえりを引っ張り、首輪のようなものをチラリと見せる。ペンダントだ。黒く輝《かがや》く漆黒《しっこく》の石を、銀の猛禽《もうきん》が鷲《わし》づかみにしているという意匠《いしょう》──

「〝リーブマンの門〟、またの名を〈衛士環《えいしかん》〉という。その名の通り、衛士の称号《しょうごう》だ。オレは姫さんの衛士になったんでね」

「えいし……親衛隊《しんえいたい》みたいなもの？」

「ま、そんなもんだ。冥府《めいふ》ってのはテメーが思う以上に階層《かいそう》社会でね。強いヤツは例外なく偉《えら》い。偉いヤツは大抵《たいてい》強い。護《まも》るべき主人に比《くら》べて、護衛《ごえい》が弱すぎるってのはザラだ」

軋軋は皮肉っぽく笑った。自らを嘲笑《あざわら》うかのように。

「それじゃただの足手まといだろ。だから、ご主人さまの魔力《ちから》の何割《なんわり》かを、こっちにも供給《きょうきゅう》するようにできてんだ。そうすりゃ、盾《たて》代わりにはなるからな」

「じゃあ、アコニットがこんなふうになっちゃったのは」

「オレのせいにすんな。関係ねーよ。別に姫さんの力を横取りしてるわけじゃねーし」

つまり、アコニットの能力《のうりょく》そのものは、減《へ》ったり弱まったりしないということか。何となく並列《へいれつ》回路のようなものを思い浮かべる。

それにしても。

この意匠、この光沢《こうたく》。このペンダントには見覚えがある。

「……そのネックレスをしてる人、見たよ」

「ああ？　じゃ、そいつも誰《だれ》かの衛士なんだろ」

軋軋は今後の対策《たいさく》で頭が一杯《いっぱい》らしく、ぞんざいに返事をした。

「確《たし》かに、あった……」

「糞《くそ》ったれ。あんなヤツ、一体どうすりゃ……」

「あの、リヤナって子の首に」

「──何だと？」

軋軋が飛び上がるようにしてこちらを向いた。それから、視線《しせん》が泳ぐ。リヤナがそんなものをつけていたかと、記憶《きおく》を掘《ほ》り返している様子だ。

冥府の階級制度《せいど》にはちっとも詳《くわ》しくない誓護だが、軋軋の動揺《どうよう》は理解《りかい》できた。誓護自身、リヤナは貴族《きぞく》の娘《むすめ》だと思っていた。それに相応《ふさわ》しい風格《ふうかく》を備《そな》えていたし、軋軋に対する態度《たいど》も大貴族のそれだった。

「どこのお姫《ひめ》サマだか知らねーが、かなり身分の高い家柄《いえがら》のはずだぜ。オレに名も告げねー、もちろん帯剣《たいけん》もしていねー。そんなヤツが、誰かの衛士になるなんてことは――」

軋軋がはっとした様子で口をつぐむ。

大貴族の娘でありながら、衛士になっている。

そんな変わり種は、冥府でももちろん噂《うわさ》になっている。

「アイツの名前、リヤナって言ってたな、お前」

一瞬《いっしゅん》、詰《つ》まる。リヤナのことは誰にも告げないという約束だったが、既《すで》に聞かれてしまっている上、リヤナがアコニットを狙《ねら》う〈敵《てき》〉である以上、その約束は無効《むこう》だろう。

誓護はうなずいた。「うん。彼女が自分で言ったんだ」

「そのリヤナってのが偽名《ぎめい》じゃねーなら……ありゃ、ブッドレア家のリンド＝リヤナだ」

「ブッドレア――ひょっとして、それもアコニットと同じ、例の」

「麗王六花。当主のストリクノスは園丁会議《えんていかいぎ》の議長。実質的《じっしつ》な冥府の指導《しどう》者だ」

麗王六花って本当にアネモネだけじゃなかったんだな、と妙《みょう》なところで感心した。

「聞いたことがあるぜ。自分の姫を衛士に任《にん》じたってな」

「自分の娘を親衛隊に？」

それは確かに妙な話だ。本来なら、姫もまた、衛士に護《まも》られるべき存在《そんざい》のはず。

「リンド＝リヤナは養女だそうだ。まあ何かといわくつきでね、ストリクノス議長がどこぞの街で拾ってきたとか、さらってきたとか、隠《かく》し子だとか、いろいろ言われてるが本当のところはわかっちゃいねー。ブッドレアの離宮《りきゅう》で英才教育を受けてるって話だ。公《おおやけ》の場には一度も顔を出したことがない」

「超《ちょう》箱入り娘だね」

誓護でさえ、社交の場に引《ひ》っ張《ぱ》り出されることは多かった。親に身分や地位があると、必然的に、子供《こども》もそれに巻《ま》き込《こ》まれるのだ。普通《ふつう》は。

軋軋はごくり、と喉《のど》を鳴らした。

「カラクリが読めてきたぜ……。あんなフィグメントを持ってるヤツなら、使い道はいくらでもある。こっそり武器《ぶき》として育て上げたんだろうぜ」

「どういうこと？」

「フィグメントの強さってのは、結局、生まれに左右される。〈効果《こうか》〉が魅力《みりょく》的でも、魔力《まりょく》が弱けりゃ〈抵抗《ていこう》〉される。オレの力がアイツに効《き》かなかったようにな」

先ほど、軋軋が行使しようとした呪縛《じゅばく》の異能《いのう》は、リヤナには効果がなかった。

「議長はあの娘の力に目をつけたんだ。どんな攻撃《こうげき》にも傷《きず》つかず、どんな防壁《ぼうへき》も貫《つらぬ》ける、あの力……。あれを上手《うま》く使えば、ほかの魔王さえ圧倒《あっとう》できる。だが、卑《いや》しい身分の娘は、決定的な魔力不足——抜《ぬ》け穴《あな》は一つ」

「さっきの、衛士環」

「そうだ。自分の衛士に任じて、強大な魔力を供給したってわけさ」

麗王たるストリクノスの魔力を、衛士環を通して流し込む。擬似的《ぎじてき》に大貴族並《な》みの魔力を得て、相手に〈抵抗〉されなくなったリヤナの能力は、まさに最強の矛《ほこ》、最強の盾《たて》として猛威《もうい》をふるうというわけだ。

「議長め。あんな兵器を育て上げて、一体何を企《たくら》んでやがるんだか……」

「……ホントに、そうかな？」

「ああ？」

「もし本当にリヤナの力が欲《ほ》しいだけなら、衛士にするだけでいい」

誓護は半べそをかいているアコニットの頭をなでながら、疑問《ぎもん》をぶつけた。

「彼女を、自分の娘にする必要なんてないじゃないか」

「……知るかよ。大貴族サマの気まぐれだろ。麗王の考えがオレらごときにわかるか」

そうだろうか。

誓護にはアコニットの考えることがわかる……と思う。少なくとも、誓護の気持ちを裏切《うらぎ》るような、ひどいことはしない娘だと。気持ちが通じる相手だと、誓護は信じることができる。

それはきっと、グリモアリス全体に言えることだ。リヤナだって、嫌《いや》な娘ではなかった。話し合えたら、きっとわかり合える。そんな気がする……。

「ギシギシ」

「何だよ。つーか、なれなれしく呼《よ》ぶな」

「衛士環《えいしかん》ってのを使って、リヤナは力を強化してるんだよね？」

「そう言った」

「だったら。衛士環ってのを奪《うば》えれば、リヤナに勝てる？」

突然《とつぜん》言われ、軋軋は面食らったようだ。

「……さてね。アイツが噂《うわさ》通り庶民出《しょみんで》だったとしても、もともとの能力《のうりょく》は読めねー。オレだって庶民だからな。出たとこ勝負ってとこだ」

「じゃ、勝ってもらうとしよう。衛士環を奪って」

「バカ言うな。テメーはアホか。脳《のう》みそまでクラゲになっちまったのか」

軋軋はあきれ果てた様子で、ため息をついた。

「姫さんでも手に負えないんだぜ？　アネモネの姫さんにどうにもできねーってことは、グリモアリスにはどうにもできねーってことなんだよ。オレごときじゃ歯が立たねー。対処《たいしょ》のしようもねー。人間の童話じゃなかったか、ネズミどもがネコの首に鈴《すず》かけるって話は。攻撃《こうげき》もできねー相手に攻撃より難《むずか》しい真似《まね》をしようって、どういう理屈《りくつ》――」

口をつぐむ。誓護が余裕《よゆう》の表情《ひょうじょう》を崩《くず》さなかったので、怪訝《けげん》に思ったのだろう。

軋軋は、まさか、という顔で、

「……できるのか？」

「だって、やるしかないんだろ？」

誓護は微笑《びしょう》して答えた。

「じゃ、改めて訊《き》くよ、ギシギシ。衛士環を奪えば、リヤナに勝てる？」

「……チッ」

苦りきった表情。軋軋はやけくそっぽく、吐《は》き捨《す》てるように言った。

「勝ってみせりゃ、いいんだろ？」

その一言が聞きたかったのだ。

誓護は満面の笑《え》みを浮《う》かべ、軋軋の肩《かた》を叩《たた》いた。

「ＯＫ。それじゃ、作戦会議といこう」

Chapter 7 【魔《ま》女《じょ》よ蜜《みつ》なき天《てん》火《ぴ》に眠《ねむ》れ】

Episode 49

魔女はごそごそと這《は》うようなかっこうをして、パン焼き釜《かま》に頭を突《つ》っ込みました。

そのときです。

グレーテルがぽんとひと突き。魔女はどどっとかまどの中にのめり込み、むごたらしく焼け死んでしまったのです。

（ヘンゼルとグレーテルより）

Episode 42

誓護《せいご》が立てた作戦を聞いて、軋軋《ギシギシ》はうなった。

「リスクはある……が、仕方ねーな」

そうとも。リスクのない作戦など、この状況《じょうきょう》では望むべくもない。

軋軋が空中に手をかざす。虚空《こくう》に波紋《はもん》が広がり、何もないところから、手品のように長刀が出現《しゅつげん》した。こちらは折れていない。きちんと武器《ぶき》として使えるものだ。

そのあいだに、誓護はアコニットをつかまえて、引き寄《よ》せた。

「アコニット。これを」

指輪を見せる。アコニットはぎくっとして、尻込《しりご》みした。

握《にぎ》らせようと近付けると、ぱぱぱっと小さな手を振《ふ》り回して、払《はら》いのけようとする。

「待って待って。無理につけろとは言わないからさ。——ホラ、ここに入れておくよ。失《な》くさないで。捨《す》てちゃダメだよ？」

羽織《はお》っている上着の胸《むね》ポケットに、指輪を二つとも押《お》し込む。

それから、なるべく深刻《しんこく》にならないように、何でもないことのように言った。

「僕《ぼく》たち、ちょっと出かけるけど。ここで待っててくれる？」

不安げな顔をする。こんなときでも——いや、こんなときだからこそ、置いてきぼりは嫌《いや》だろう。それはわかる。

だが、置いて行く方が安全なのだ。

誓護はじっとアコニットを見つめた。

小さな手を握りしめ、紅《あか》い瞳《ひとみ》を伏《ふ》し目《め》がちにしている。むくれたようにも見える表情。突けば折れそうなほどか細い肩。まっすぐ歩けるのかと心配になるくらいの内股《うちまた》。長い髪《かみ》に隠《かく》れてしまうほど短い背丈《せたけ》……。

まぎれもなく幼《おさな》い少女の姿《すがた》。アコニットが逃《に》げ込んだ、心の砦《とりで》の姿だ。

誓護はそっとその手を取り、自分のてのひらで優《やさ》しく包む。

「まだ、怖《こわ》い？」

「…………」

「君がまだ怖いって言うなら、もうしばらく、そのままでいいよ」

真紅《しんく》の瞳が不思議そうに誓護を見上げた。

「君がどうしてそんなふうになっちゃったのか、何から逃げているのか、僕にはちっともわからないけど……君がそうしているあいだは、大丈夫《だいじょうぶ》。僕らが君を護《まも》るから」

「――――」

「君が冥府《めいふ》に帰りたくないって言うなら、それでもいい。このリングをはめる気になるまで、僕が面倒《めんどう》を見る。君に不自由させないくらいの甲斐性《かいしょう》はあるつもりだよ」

アコニットはじっと誓護を見つめていた。素直《すなお》に。真剣《しんけん》に。耳を澄《す》まして。誓護の言葉を一言も聞き漏《も》らすまいと。

あんまり見つめられて、照れくさくなった。誓護は鼻の頭をかいて、

「つまり、その、何が言いたいかって言うと」

にこり、と優しく笑いかける。

「僕は、絶対《ぜったい》に、君との約束を破《やぶ》らないってこと」

その言葉は、果たしてアコニットに届《とど》いただろうか。アコニットの表情《ひょうじょう》はほとんど変わらず、彼女の心を推《お》し量《はか》ることはできなかった。

「とにかく、ここで待ってて。大丈夫、上手《うま》くやるから」

「行くぞ、クラゲ。モタモタすんな」

一度セグメントを解除《かいじょ》して、軋軋が急《せ》かす。誓護はうなずいた。

「オッケー。それじゃあね、アコニット。また後で！」

誓護がアコニットから離《はな》れると同時、軋軋がセグメントの壁《かべ》を呼《よ》び出した。アコニットを閉《と》じ込め、一応《いちおう》の護りとする。

二人してあたりの気配をうかがう。リヤナの気配は——ない。物音がしない。

まだ〈お菓子《かし》の家〉を探索《たんさく》しているのだろうか。鉢合《はちあ》わせはしたくないので、きた道を戻《もど》るのではなく、催事場《さいじじょう》の壁にあいた穴《あな》を通って、向こう側の区画に回った。

慎重《しんちょう》に気配を探《さぐ》りながら、じわじわと進むことしばし。

結局、リヤナとは遭遇《そうぐう》せずに、カフェテリアまで戻ってくることができた。すべてが先ほどのまま、凍《こお》りついたように動かない。姫宮《ひめみや》氏ら三人の姿もある。

「ここでやるしかない……な」

軋軋が刀を抜《ぬ》き放ち、つぶやく。

「大丈夫かな？　ここで暴《あば》れて、この人たちを巻《ま》き込んだりしない？」

「人間は、大丈夫だ。ストレージの外にいる限《かぎ》り、危害《きがい》が及《およ》ぶことはない」

「アコニットは『下手に触《さわ》ると崩《くず》れる』とか言ってたけどね……」

「人間の存在系《コーデック》はプロテクトされるんだ。リヤナってのにお前と姫《ひめ》さんがストレージされた理由を考えてみろ。もし一方的に攻撃《こうげき》できるなら、自分だけ凍結《とうけつ》すりゃいい」

なるほど、道理だ。

とにかく、派手《はで》にドンパチしても、人間に被害《ひがい》が及ぶことはないらしい。もちろん、足もとの床《ゆか》を崩してしまったりすれば、凍結が解除《かいじょ》された途端《とたん》に大変なことになるが。

軋軋は床の絨毯《じゅうたん》に〈仕込み〉の作業を施《ほどこ》しながら、声を潜《ひそ》めて訊《き》いた。

「で、こいつらは何なんだ？」

逃《に》げ遅《おく》れた人たち――そう答えようとして、気が変わった。

「容疑者《ようぎしゃ》だよ。連続殺人事件《じけん》のね」

「ああ……姫さんが後から受けたっていう、人界行きの〝言い訳《わけ》〟任務《にんむ》か」

知らないうちに、そんなことになっていたのか。『悪食《あくじき》なる魔女《まじょ》』の事件は、いつの間にか教誨師《グリモアリス》の案件になっていたらしい。

「姫さんがあのザマじゃ、フラグメントはそろってねーな？」

「うん……僕も教誨師の仕事だとは思ってなかったしね。でも」

誓護は石像《せきぞう》のような三人を眺《なが》めつつ、言った。

「誰《だれ》が犯人《はんにん》かは、もうわかってるよ」

そのとき、軋軋の耳がぴくりと動いた。

「——きたぜ」

「それじゃ、作戦開始だね」

「せいぜい、くたばるんじゃねーぞ」

「そういや、君が僕に烙印《らくいん》を押してくれる約束だったね？」

「ふん……ま、そういうこった」

軋軋が姿《すがた》を隠《かく》す。誓護は深呼吸《しんこきゅう》して、現《あらわ》れる敵《てき》——リヤナを待ち受けた。

Episode 43

催事場の奥《おく》、〈お菓子《かし》の家〉の方から、金髪碧眼《きんぱつへきがん》の美少女が姿を現した。

表情《ひょうじょう》が暗い。きらびやかな髪《かみ》も、真珠《しんじゅ》のような肌《はだ》も、心なしかくすんで見える。

「観念したようね、誓護」

リヤナは視線《しせん》を泳がせ、周囲を見回した。

「花鳥頭《はなうず》の君はどこ？」

「君は誤解《ごかい》してるよ、リヤナ。二つもね」

「二つ……？」

「第一に、僕は観念なんかしてない。第二に――たとえ観念したとしても、僕はアコニットを売り渡《わた》しはしない」

サファイヤの瞳《ひとみ》が悲しげに揺《ゆ》れた。

「なぜなの……？　どうして、そこまで花鳥頭の君を護《まも》ろうとするの？　貴方《あなた》は人間で、あのコはグリモアリスだわ。全然、関係ないじゃない」

「君こそ、どうしてアコニットを殺そうとするんだ。君だってグリモアリス、仲間だろ」

「……それが主命だから。私の果たすべき義務《ぎむ》だからよ」

「アコニットが何をしたって言うんだ」

「それは……」

リヤナは言いよどんだ。そして――

「私は、知らないわ」

あいた口がふさがらない。罪状《ざいじょう》も知らないまま、高貴な姫君を抹殺《まっさつ》するだって？

だが、リヤナは怖《お》じた様子も恥《は》じた様子もなく、迷《まよ》いのない声ではっきりと告げた。

「私はただ、主命を執行《しっこう》するだけ」

「……命令されたから？　それだけのことなの？」

「それがすべてだわ」

「疑問はないのか！」

「疑《うたが》わないのよ」

誓護はムカっとした。自分でも、何がそんなに頭にくるのかわからない。わからなかったが、誓護は確《たし》かに頭にきて、声を荒《あら》らげた。

「ふざけるなよ！　何だよ、それは！」

「……何を怒《おこ》ってるの？」

「たとえば、たとえばだ！　戦場の兵士が相手を撃《う》つのは、そういう命令を受けていたとしても、命令だからじゃないだろう？　自分が生き残るため、誰かを護るため、勝利のために撃つんじゃないか！」

他人の生き方には干渉《かんしょう》しない。それは誓護の処世訓《しょせいくん》だ。だが、今だけは。今だけは、黙《だま》っていることができない。

計算ではなく本能《ほんのう》で、経験《けいけん》ではなく直感で、誓護は理解《りかい》していた。

今、リヤナの生き方を認《みと》めてしまったら――リヤナ自身をも不幸にしてしまう。

「命令だから？　従《したが》うだけ？　それじゃ、君は機械とおんなじだ。ただの道具だ！」

「そう……」リヤナはむきになって叫《さけ》ぶ。「私は道具よ！」

「違《ちが》う！」

「――――!?」

誓護は少しだけほっとして、無意識《むいしき》のうちに笑っていた。

「君、今カチンときたろ。怒ったろ。道具が怒ったり、迷ったりするわけないじゃないか」

「迷う……？」

「わかるよ。君は命令に疑問を抱《いだ》いている。迷ってる。もし迷いが少しもないなら、僕とこうして話したりなんかしないで、すぐに仕事を終わらせてるさ」

リヤナの瞳に動揺《どうよう》が走る。そんな隙《すき》は見逃《みのが》さない。誓護は一歩踏《ふ》み込《こ》んで、力強く、言い聞かせるように言った。

「君は道具じゃない」

「違う！　私は、有用な道具──」

「道具じゃない！」

気迫《きはく》負けして、ひるむ。リヤナは数歩、下がった。まるで誓護を恐《おそ》れているかのように。誓護を見る目にもかすかに畏怖《いふ》がにじむ。

舌戦《ぜっせん》のみで押し切れるかという淡《あわ》い期待はしかし、あっさりと打ち砕《くだ》かれた。

「言葉遊びは、もうたくさん」

ひんやりと告げる言葉。ほっそりとした体つきからは想像《そうぞう》もできないほどの圧迫感《あっぱくかん》。リヤナの全身から立ちのぼる妖気《ようき》で息が詰《つ》まる。凍《い》てつくような銀色の粒子《りゅうし》が、ちらちらと輝《かがや》きを放ちながら、誓護を圧倒《あっとう》しようと押し寄《よ》せてくる。

リヤナは抑揚《よくよう》を失《な》くした声で、文字通り機械のように告げた。

「最後の警告《けいこく》よ、誓護。花鳥頭の君を差し出して。さもなければ——直接《ちょくせつ》、貴方《あなた》の体にたずねることになるわ」

どうやら、やるしかないようだ。

誓護は覚悟《かくご》を決め、ため息をついた。

「君がどうしてもやるって言うのなら、僕は止めるよ。僕はアコニットを護る。絶対《ぜったい》に、君の手には渡《わた》さない」

「人間風情《ふぜい》に、何ができる！」

リヤナが床《ゆか》を蹴《け》る。

——否《いな》、蹴ろうとした、その刹那《せつな》。

リヤナの足もとから絨毯《じゅうたん》が消えた。ちょうどリヤナの立っていたあたりに切れ込みが入れられていて、跳躍《ちょうやく》に合わせて真後ろに引っ張《ぱ》られたのだ。

緊迫《きんぱく》した状況《じょうきょう》にはそぐわない、少々コミカルな光景だった。踏み込もうとしていた足が支《ささ》えを失って空転し、リヤナは見事に一回転して、尻《しり》から床に叩《たた》きつけられた。

……いや、『叩きつけられ』はしない。

リヤナの絶対防御《ぼうぎょ》はまだ効力《こうりょく》を失ってはいない。彼女の動きを阻《はば》むものは何もなく、それは床も例外ではなかった。

リヤナはあたかも水面に沈《しず》むかのごとく、ずぶずぶと床にめり込んだ。

予想外の不意打ちに、リヤナがうろたえる。そうしているあいだにも、重力に引かれ、どんどん沈み込んでいく。体勢《たいせい》が崩《くず》れに崩れ、何とも無様な格好《かっこう》だ。ほかにどうしようもなかったと見え、やむを得ず、リヤナはある決断《けつだん》を下した。

ぴたりと沈下《ちんか》が止まった、その瞬間《しゅんかん》。

鋭《するど》い切っ先が、床を真っ二つに割《わ》って、リヤナの首筋《くびすじ》をなでた。

リヤナの背後《はいご》に、軋軋が出現《しゅつげん》していた。間髪《かんぱつ》入れず、リヤナの首を背後から切り上げる。

黒い石のペンダントは、狙《ねら》い通りに鎖《くさり》を切られ、リヤナの首から落ちた。

リヤナの周囲に満ちていた妖気が、がくっと減《へ》った。

周囲の世界に色彩《しきさい》が戻《もど》り、薄暗《うすぐら》く、薄汚《よご》れた催事場《さいじじょう》に再《ふたた》び時間が流れ出す。

切っ先がかすめたのか、リヤナの首から鮮血《せんけつ》が散る。だが、それは致命傷《ちめいしょう》ではない。

軋軋はリヤナをかすめて跳躍し、落ちたペンダントをつかみざま、床を転がって退避《たいひ》した。

「できるんだよ、リヤナ。人間にも——君の手品を見破《みやぶ》るくらいはね」

リヤナは床に半分ほどもめり込んだまま、呆然《ぼうぜん》と誓護を眺《なが》めていた。

「どうして……？」

もうそこには何もないのに、鎖骨《さこつ》のあたりを手でまさぐっている。

姫宮氏ら三人が、悲鳴ともうめき声ともつかないどよめきを上げた。凍結《とうけつ》が解《と》け、再び時を刻《きざ》み始めたのだ。だが、当然のように、目の前の光景についていけない。深い眠《ねむ》りから突然《とつぜん》目覚めたときのように、朦朧《もうろう》としている。

　誓護は彼らのことは気にも留《と》めず、リヤナに向かって言った。

「君の力は、体の表面に見えない壁《かべ》を作り出すことだった」

「――――」

「その壁はひどく厄介《やっかい》で、こちらから押《お》すことはできないのに、君の方からは、まるで空気を押すみたいに突《つ》き進むことができる。ありとあらゆるものを押しのけてね。でも、それだと、どうしても説明できないことがあった」

　そう、世にも不可思議なことに。

「君は、床の上を歩いていた」

　沈み込みもせず、ごく普通《ふつう》に歩いていたのだ。

「だから、僕《ぼく》は考えたんだ。君の力は君の思い通りにオンオフの切り替《か》えができる……。たとえば歩くときには、体重のかかる部分をオフにしているんじゃないかってね」

「――――！」

「なら、話は簡単《かんたん》だ。飛ぶ暇《ひま》もないくらいの不意打ちで、君を床の上に転がしてやれば、君は床に沈んでしまって、身動きが取れなくなるだろう。そうすれば、君はきっと……」

「……胤性霊威《フイグメント》を、解除《かいじょ》する」

　誓護はうなずいた。

リヤナは感嘆《かんたん》のため息をついた。それから、ふっと、やわらかな微笑《びしよう》を見せた。

「ふふ……貴方は知恵者《ちえしや》ね、誓護。でも」

そっと、握《にぎ》った手をかざし、指を開いて見せる。

「私だって、やられてばかりじゃないわ」

その手に握られていたのは、血にまみれた黒い石のペンダント――〈衛士環《えいしかん》〉だった。

「⁉」

あわてて軋軋を振《ふ》り返る。

軋軋は膝《ひざ》をついたまま、刀を杖代《つえが》わりにして体を支えていた。その首筋から、大量の血液《けつえき》があふれ出ている。鎖骨のあたりが大きくえぐれ、骨《ほね》までむき出しになっていた。

リヤナの衛士環を拾い上げたあの一瞬に、喉元《のどもと》の肉ごと衛士環をもぎ取られていたらしい。

誓護の視線《しせん》に気付き、軋軋は脂汗《あぶらあせ》を浮かべたまま、バツが悪そうに苦笑《くしよう》した。

「わりーな……ドジ踏んじまった」

それでは、今この瞬間――

どちらの首にも、衛士環はない！

「条件《じようけん》が五分なら」リヤナがゆっくりと立ち上がる。「私が勝つわ！」

再び床を蹴り、軋軋に迫《せま》るリヤナ。勢《いきお》いは弱まり、先ほどの比《ひ》ではない……が、それでもかなりのスピードで、猛禽《もうきん》のように軋軋に襲《おそ》いかかった。

指を鷲《わし》の爪《つめ》のように開き、肉をえぐり取ろうとする。

軋軋はかろうじて刀で受けた。ほんの一瞬、力が拮抗《きっこう》する。だが、刀は少しずつゆがみ、ひしゃげ、やがて押し切られた。

軋軋のわき腹《ばら》にリヤナの爪がめり込んだ。

リヤナは軋軋ごと突き進む。軋軋の傷《きず》は深く、まだ回復《かいふく》していない。そのせいで軋軋の動きは鈍《にぶ》い。ほとんどなす術《すべ》もなく、後方に跳んで勢いを殺すのがやっとだ。

背後にいた白鳥《しらとり》が巻《ま》き込まれ、悲鳴を上げながら、尻餅《しりもち》をついて転がった。姫宮氏や樫野《かしの》もわけがわからず叫《さけ》んだが、彼らの疑問《ぎもん》に答えてくれる者はこの場にはいない。

軋軋が白鳥を突き飛ばし、跳《は》ね起きて刀を振るう。リヤナはよけようともせず、ぐっと力んで受け止めた。ぎんっ、と金属《きんぞく》的な音が響《ひび》き、ゆがんだ刃《やいば》が空中で止まる。

確《たし》かに弱まってはいたが、リヤナの絶対《ぜったい》防御、そして絶対攻撃《こうげき》は健在《けんざい》だった。それに、弱っているのは軋軋も同じことなのだ。リヤナの攻撃をかわしきれず、腹をつかまれる。リヤナは容赦《ようしゃ》なく、えぐり込むように持ち上げた。軋軋の顔が苦悶《くもん》に歪《ゆが》む。まずい。このままでは、内《ない》臓《ぞう》ごと持っていかれる――

しかし、誓護にはもうどうしようもない！

非力《ひりき》な人間の我《わ》が身を呪《のろ》う。哀《あわ》れ、軋軋が胴体《どうたい》から真っ二つに――なる寸前《すんぜん》。

ずばんっ、と闇《やみ》を切り裂《さ》いて、電光の刃が空間を横切った。

電光がリヤナを直撃する。絶対防御でも防《ふせ》ぎきれず、ドレスの背中《せなか》が一瞬で炭化する。リヤナは背中を焼かれ、そのまま真横に吹《ふ》き飛ばされた。

逃《に》げ惑《まど》っていた人間たちが死んだように静かになる。圧倒《あっとう》され、驚《おどろ》いた顔のまま、三人は再《ふたた》び色を失くし、凍結《とうけつ》されてしまった。

誰かが、もう一度、時間の流れを止めたのだ。

そんなことができる存在《そんざい》は、今や彼女しかいない。

誓護は背後《はいご》を振り向いた。自分でももどかしいくらい、その動きはゆっくりに思えた。

果たして、そこには彼女が立っていた。

「……アコニット」

呆然《ぼうぜん》として、つぶやく。

「君、どうして……？」

どうやって、と言うべきだったかも知れない。アコニットは先ほどと同様、誓護の上着を肩《かた》に引っかけている。しかし、先ほどとは違《ちが》って、身長を取り戻《もど》していたのだ。

アコニットはひどく不愉快《ふゆかい》そうに、美しい顔をしかめた。

「このアコニットはねぇ、冥府《めいふ》に名立たる麗王六花《れいおうりっか》の筆頭……誇《ほこ》り高きアネモネの姫《ひめ》なのよ。

人間なんかにあそこまで言われて、最後まで貴方《あなた》に甘《あま》えたままなんて、業腹《ごうはら》だわ」

唖然《あぜん》とする誓護を尻目に、アコニットは軋軋の前まで行き、さっそく憎《にく》まれ口を叩《たた》いた。

「情《なさ》けないわね。ズタボロじゃない。それでもこのアコニットの衛士なの？」

「……チッ、悪かったな」

「下がって、さっさと傷を治しなさい。……そんなざまじゃ、お仕置きもできないわ」

軋軋を下げ、自分が〈敵《てき》〉の前に立つ。腕《うで》を組んで仁王《におうだ》立ちになり、周囲に小さな稲妻《いなずま》をまとったその姿《すがた》は、怒《いか》れる鬼神《きしん》にも似《に》て凄《すさ》まじかった。

「は……花鳥頭の、君……」

よろめきながら、ボロボロのリヤナが立ち上がる。

リヤナはかなりのダメージを負っていた。衣装《いしょう》は無惨《むざん》にも黒コゲ。背中のヒフは焼け、電紋《らいもん》が走り、ズタズタに裂けている。もはや〝絶対〟とは言えない異能《いのう》の盾《たて》は、彼女の体を護《まも》ってはくれなかったのだ。

「ブッドレアのリンド＝リヤナさまとお見受けするわ」

「……おっしゃる通りよ、花鳥頭の君」

「貴女《あなた》も姫、私も姫。貴女は衛士環を失い、武器《ぶき》となるのはお互《たが》いの魔力《まりょく》だけ」

アコニットは微笑《ほほえ》んだ。せせら笑ったとも受け取れる、まがまがしいほどの微笑《びしょう》。

「条件が五分なら――私が勝つわ」

ごうっ、と妖気《ようき》があふれ出る。逆巻《さかま》いた風圧に巻き上げられ、銀髪《ぎんぱつ》が逆立つ。あたりを覆《おお》う黒い妖気に、アコニットの姿がかすんで見えないほどだ。

力の差は哀《あわ》れなくらい歴然だった。

リヤナは、ふっと弱々しく笑った。

「……それも、おっしゃる通りよ、花鳥頭の君」

戦うまでもなく、子供《こども》だましの威嚇《いかく》だけで、雌雄《しゆう》は決した。

「私の、負け」

まるで殉教者《じゅんきょうしゃ》が五体を投げ出すように、両手を広げて、アコニットの攻撃を誘《さそ》う。

「どうぞ。姫君のお気に召《め》すように」

「ふん、いい心がけね。それじゃ、遠慮《えんりょ》なくいくわよ……？」

アコニットの眉間《みけん》に荷電《かでん》した粒子《りゅうし》が集中する。大きい！

放たれた猛毒《もうどく》の雷霆《いかずち》が、リヤナを焼き尽《つ》くし——

——は、しなかった。

稲妻は標的をそれ、床《ゆか》、壁《かべ》、天井《てんじょう》を焦《こ》がしただけにとどまった。

「……何のつもり、誓護？」

無我夢中《むがむちゅう》だった。自分でも何をしているのかわからないままに、誓護はリヤナをかばって、アコニットの前に立ちはだかっていた。

稲妻はリヤナをさけたのではなく、誓護をさけていたのだ。

アコニットのことは信頼《しんらい》していたが、それでも背筋《せすじ》が凍《こお》る行為《こうい》だった。

「誓護……」

意外だったらしい。リヤナはぼんやりと、気の抜《ぬ》けた声を出した。

「——そこをどいて！」

「どきなさい、誓護！」

二人がほとんど同時に言った。両方の姫に責《せ》められる格好《かっこう》だ。

「使えない道具になんて、存在価値《そんざいかち》は、ない！　護られる価値なんて！」

「その子はこのアコニットを殺そうとしたのよ!?　思い知らせるわ！」

「主命を果たせなかった今、せめて花鳥頭の君の手にかかって——」

「何の非《ひ》もない麗王六花の姫に向かって、『処刑《しょけい》する』とまで言ったのよ!?　返り討《う》ちにしなきゃ、家名にキズがつくじゃない！」

「誓護！」

「誓護！」

「二人とも、黙《だま》れ！」

しん、と静寂《せいじゃく》が訪《おとず》れる。

誓護が大声を出すなど、そうそうあることではない。アコニットも、リヤナも、そして軋軋も、何事かとばかりに目を丸くしていた。

「やめろよ、アコニット。そんな、つまらないことは」

「つまらない……ですって？」

「頭を冷やせよ。もう勝負はついた。君の勝ちだ。君は、リヤナにはほとんど何もされてない。でも、リヤナは傷《きず》ついて、ボロボロだ。おまけに死にたがってる。そんな彼女をさらに痛《いた》めつける必要がどこにあるんだよ」

アコニットは黙り込《こ》んだ。不満げに唇《くちびる》をゆがめたが、それだけだ。

「リヤナ、君もだ。簡単《かんたん》に死ぬとか言うなよ。死んでしまったら、本当に、何の役にも立たなくなるじゃないか。それに――」

振《ふ》り向いて、笑いかける。

「トリュフもガトーショコラも。クレープもチュロスも。エクレアもミルフィーユも。スイートポテトもアップルパイも。フローズンヨーグルトも。悪くなかっただろ？」

「――――」

「また、会いにこいよ。またいつか、僕のところにさ……。そのときは、もっと美味《おい》しいものをごちそうするよ」

再《ふた》び静寂が訪れた。

二人の姫はともに黙り込み、そして。

完全なる敗北を知り、無念そうにうつむくリヤナと、

「……もっと美味しいものって何よ」

明らかにふてくされているアコニットがいた。

「それでいいだろ、アコニット？」

「……ふん、くっだらない」

アコニットはくるりと背を向け、投げやりに手を振った。

それから、小声でブツブツと独《ひと》り言を言った。

「……何よ、リヤナ、リヤナって。いつの間にその子とそんなに仲良くなったわけ？」

ギロリ、と軋軋をにらむ。軋軋はとばっちりを恐《おそ》れて、さっと目をそらした。

「……誓護」

リヤナに名を呼《よ》ばれ、誓護は振り返る。

リヤナは目を伏《ふ》せ、所在なさそうに立っていた。

「私は、わからない……貴方《あなた》のことが。貴方が言ったことが」

「うん」

「でも……かばってくれたことは、嬉《うれ》しかった」

「うん」

「たぶん、もう会えないだろうけど……」

ぼっ、とリヤナの全身が炎《ほのお》に包まれた。傷ついた肌《はだ》や、破《やぶ》れかけた衣装《いしょう》が透明《とうめい》になり、向こう側が透《す》けて見えるようになる。

「私はやっぱり――貴方が好きよ」

ほんのかすかに浮かべて見せた、切なげな微笑《びしょう》。

やがて、きぃん……、と澄《す》んだ音が響《ひび》き渡《わた》り、リヤナの体が光を放った。炎がいよいよ激《はげ》しくなり、リヤナの姿《すがた》を覆《おお》い隠《かく》してしまう。

そうして、ブッドレアの姫は、この世から姿を消した。

サファイヤ色の瞳《ひとみ》をさみしげに揺《ゆ》らして、背を向けた――その光景が誓護のまぶたに焼きついて、しばらく離《はな》れなかった。

Episode 44

リヤナが去ると、誓護はようやく緊張《きんちょう》から解放《かいほう》された。

指が痛い。ずっと握《にぎ》りしめていたらしい。重石《おもし》が取れ、息を吹《ふ》き返したような気分だ。忘《わす》れていた頭の傷が再《ふたた》び痛み出したのには閉口《へいこう》したが。

真っ先にアコニットに駆《か》け寄《よ》り、礼を言う。

「ありがとう、アコニット。リヤナを許してくれて」

「……別に、貴方のためじゃないわ」

アコニットはそっけない。

「私は高貴《こうき》なるアネモネの血族……。手負いの子をいたぶるような、下劣《げれつ》な趣味《しゅみ》は持ち合わせてないの。ストリクノスの弱みを握ることにもなるしね。それに」

「うん。ありがとう」

「……………」

バチバチと火花が弾《はじ》けた。何か文句《もんく》を言おうと唇を開きかけたが、深追いするほど墓穴《ぼけつ》を掘《ほ》ると思い至《いた》ったらしく、結局は別のことを言う。

「ふん……それより、まだ仕事が残ってるでしょう？　そっちをさっさと片付《かたづ》けて」

ぱん、と手を叩《たた》いて、時間の凍結《とうけつ》を解除《かいじょ》する。

その途端《とたん》、モノクロに沈《しず》んでいた世界が目覚め、色づき、活動を再開《さいかい》した。

姫宮氏も樫野も、転んでいた白鳥も、それぞれに意識《いしき》を取り戻《もど》す。……いや、本人たちには、意識が途切《とぎ》れていた自覚はないだろう。

先ほどの続きで白鳥が悲鳴をあげる。しばし絶叫《ぜっきょう》した後で、周囲の様子が変わっていることに気付き、きょとんとした。

「……これは一体、どういう」

姫宮氏が不可思議そうにあたりを見回している。

先ほど目にした戦闘《せんとう》の光景も衝撃《しょうげき》的だったろうが、それとはまた違《ちが》う光景に〝一瞬《いっしゅん》で〟切り替《か》わったのだから、理解できなくて当然だ。驚《おどろ》かない方がおかしい。

やがて目覚めた一同の視線《しせん》は、自然と異物《いぶつ》――アコニットと軋軋の方に集まった。

アコニットはふわりと浮かび、空中に腰《こし》かけた。やる気のない目で誓護を見る。一から説明するのが面倒《めんどう》になったに違いない。誓護は助けを求めるように軋軋を見たが、軋軋はあさっての方を向いて、あくびをかみ殺していた。こちらも説明する気はないようだ。

誓護は仕方なく、やれやれという気分で前に出た。

「姫宮社長。貴方にとっては、とても残念なことですが」

状況《じょうきょう》説明など、すっ飛ばす。冥府《めいふ》や教誨師《グリモアリス》のことなんて、どうせすぐには理解できない事《こと》柄《がら》だ。だから、誓護はいきなり本題に切り込んだ。

「過去《かこ》数年にわたって、この建物では凶悪《きょうあく》な殺人事件《じけん》が繰《く》り返されていました。この〈お菓子《かし》の家〉を舞台《ぶたい》に、〝悪食《あくじき》なる魔女《まじょ》〟と呼ばれる人物の手で」

「――――え?」

ぽかん、とする。明らかに理解できていない。そして、それはほかの二人も同様だった。少なくとも表面上は、何のことかわからないという顔をしている。

誓護は壁《かべ》の大穴《おおあな》に首を突《つ》っ込み、もう一人のキャストを呼んだ。

「花柳《はなやなぎ》さん、無事ですか？」

菓子工房《こうぼう》の中から、同じく事態《じたい》を理解していない顔で、のそりと花柳が姿を見せる。

「……桃原《ももはら》少年。これは」

「説明します。こちらへ。貴方には、立ち会ってもらいたいんです」

花柳を催事場《さいじじょう》に招《まね》き入れる。そして、そのまま、あえて出し抜《ぬ》けに言った。

「花柳さん、貴方は……視える人なんでしょう？」

「――」思った通り、花柳はその意味を即座《そくざ》に理解した。「……君も？」

やはり……、と誓護は納得《なっとく》する。

そう考えれば、つじつまが合う。そう考えなければ、説明がつかない。

以前、アコニットが言っていた。人間の中には、ごくまれに――フラグメントを知覚できる者がいると。花柳こそ、その『視《み》える』人間だったのだ。

それがわかったのは、花柳に襲《おそ》われた瞬間だった。花柳は犯人《はんにん》しか知らないことを知っていた。だが、もしも花柳が犯人なのだとしたら、アコニットの力を、その凄《すさ》まじい稲妻《いなずま》の脅威《きょうい》を知っていたはずなのだ。誓護を襲う際《さい》に、アコニットを立ち会わせるはずがない。

では、犯人でもない人間が、どうして犯行の詳細《しょうさい》を知っているのか。

目撃者なら、なぜ警察《けいさつ》に通報《つうほう》しないのか。共犯者なら、どうして誓護を『犯人と誤解《ごかい》して』襲ってくるのか。上手《うま》く説明できない。

その疑問《ぎもん》にぶつかったとき、ほとんど天啓《てんけい》のように閃《ひらめ》いた考えが――

彼にはフラグメントが『視える』というものだった。

誓護はアコニットと軋轢を示《しめ》し、

「彼女たちには視えるんです。過去《かこ》のできごとを見通し、真実を暴《あば》くことができる」

「過去だって？　霊《れい》じゃなくて？」

「その話はいずれ。それより、聞かせてください。貴方が何を、どこで見たのか。そして、貴方がどうしたのか――犯人にも聞こえるように」

誓護の視線は姫宮氏ら三人に向かう。それだけで、花柳は理解したようだ。犯人がそこにいて、花柳と向かい合っているということを。

花柳はしぼり出すような口調で、ぽつぽつと語り出した。

Episode 45

オレにはいわゆる霊感ってのがあってね。

ガキの頃《ころ》から、死んだ人間の姿《すがた》をよく見ていた。ばーさんの家じゃ死んだじーさんをよく見たし、交差点じゃ交通事故《じこ》の幻覚をよく見た。昔の兵隊や、侍《さむらい》を見たこともある。

オカルト趣味《しゅみ》の女の子にはモテたけど、普通《ふつう》はバカにされるか、気味悪がられるかだから、最近じゃ誰《だれ》にも言ったことはないけどね。

……ちょっと昔話を聞いてくれるかい？

ちょうど四年前のことだよ。ゼミの後輩《こうはい》に可愛《かわい》い子がいてね。

彼女かって？　とんでもない。実は、挨拶《あいさつ》くらいしかしたことないんだ。そのときはほかに恋人がいたし、別に好きになったってわけでもなかったから。

その後輩がね、この〈お菓子の家〉に出かけたっきり、帰ってこなかった。

さっきも言ったけど、別にオレの彼女でもなければ、特に親密《しんみつ》だったわけでもない。ただの後輩さ。ただの後輩だったんだが……。

何でかな。気になって、じっとしていられなかった。

後日、オレはプリンセス・ガーデン——つまり、ここを訪《おとず》れた。

そして、見た。もうバッチリ見ちまった。

彼女の霊さ。

オレに知らせようとしてたのかも知れないし、誰でもよかったのかも知れない。でも、彼女が殺される瞬間のありさまが、何度も何度も、オレの目の前で繰《く》り広げられた。

ひどいやり方だった。女の子のカラダを鉄パイプでめった打ちにするんだ。彼女は血をまいて転がる。犯人はそれを追いかけてぶっ叩《たた》く。ぴくりとも動かなくなるまで。

残念なことに、犯人の人相まではわからなかった。

もっとも、わかったところで、伝える方法がない。

誰に言っても、信じてもらえるわけがない。

霊なんてバカバカしい話、どこの警察がまともに取り合ってくれる？

途方《とほう》に暮《く》れたオレがどうしたか。

そう、就職《しゅうしょく》活動をしたわけさ。

最初はバイトから入って、資格《しかく》を取って……今じゃ正社員にしてもらった身ですがね社長、姫乃杜《ひめのもり》に入ったのは、後輩を殺した野郎《やろう》を、どうにかするためだったんです。

そして、オレはアイツの亡霊《ぼうれい》を探《さが》し続けた。この建物のすみずみまで。

証拠《しょうこ》を見つけられりゃ、それでいい。

再犯《さいはん》の現場を押さえられりゃ、万々歳《ばんばんざい》だ。

証拠なしで犯人を突《つ》き止めたなら……オレが手を汚《よご》せばいい。

オレはそんなふうに思いつめた。

だって、仕方がないだろう？

彼女は運が悪かった……なんて、そんなふうにあきらめて忘《わす》れるには——

あんまりにも、可哀相《かわいそう》な光景だったから。

Episode 47

花柳の話が終わると、誓護は頭の傷口《きずぐち》を押《お》さえながら、恨《うら》み言のように言った。

「その犯人が僕《ぼく》だと思って、殺そうとしたんですね」

「本当言うとさ、まだ半分は疑《うたが》ってるんだぜ？」

苦笑《くしょう》する。それから、誓護はくるりとそちらに向き直った。

「それでは、今度は貴方におたずねします。貴方は一体、どこに隠《かく》したんですか。鉄パイプと黒マントを――樫野さん？」

一同に射貫《いぬ》くような視線《しせん》を向けられても、樫野は顔色ひとつ変えなかった。

「何をおっしゃっているのか、わかりません」

氷のような無表情《むひょうじょう》。その冷静すぎる落ち着きぶりが、むしろ状況《じょうきょう》にそぐわない。化けの皮をはいでやる。誓護は間を置かず、さらに言った。

「〈お菓子《かし》の家〉は一時間ごとに修繕《しゅうぜん》することになっていた。そのあいだは、お客さんを追い出して、です。つまり、案内係の貴方《あなた》には、それができた……」

「それ、とは何です？」

「指定の時間がくる前に『お色直し』の準備《じゅんび》を始めてしまうこと、そして――いいタイミングで扉《とびら》を閉めて、お客をただ一人、〈お菓子《し》の家〉に残すことです」

「何のことか、わかりかねます」

「取り残された女の子たちは、菓子工房《こうぼう》に続く〈抜《ぬ》け道〉を通って、となりの区画に迷《まよ》い込《こ》んでしまった。貴方はその後を追いかけて、彼女たちの命を奪《うば》った。『お色直し』が始まる前に、死体は廃棄品《はいきひん》のポリバケツに入れて処分《しょぶん》する——こんな曲芸じみた方法で、貴方は数年のあいだに、四人もの命を奪ったんです」

そこまで言っても、樫野はやはり無表情だった。

「……私には何のことかわかりません。何もかも、貴方の妄想《もうそう》に聞こえるのですが。それとも、何か根拠《こんきょ》となる証拠があるのですか？」

「証拠？」誓護はとなりをうかがった。「アコニット。証拠はあるかって」

茶番には付き合いきれない。そんな顔をして、アコニットは肩《かた》をすくめた。

「あ、そう。——どうやら、必要ないみたいですよ、樫野さん。地獄《じごく》の使いには、過去《かこ》こそが動かぬ証拠なんです」

「地獄の使い？一体、何を言っているんです！」

樫野の声にイラ立ちが混《ま》じる。誓護は無視して、

「でも、人間にわかる証拠もありますよ。監視《かんし》カメラの担当《たんとう》は、貴方なんでしょう？」

樫野が沈黙《ちんもく》した。肯定《こうてい》だ。

「カメラはどうかわかりませんが、少なくとも、記録された映像《えいぞう》は無事なようです。社長が先ほど、携帯《けいたい》電話でご覧《らん》になっていましたし。その映像を調べればわかります。実際《じっさい》の設置《せっち》場所と、名目上の設置場所が違《ちが》ってることくらい、すぐにね」

「、、、——！」

「建物の〈出入口〉付近と称《しょう》して、内部の通路を撮《と》っていたんでしょう？　行方《ゆくえ》不明者がここを出て、帰ったように見せかけるために」

「…………」

「そんな工作が必要な理由はひとつ、貴方が犯人《はんにん》だからです。警察《けいさつ》が貴方を取り調べ、死体のひとつも出てくれれば、貴方のくだらない言い逃《のが》れも、すべて終わりだ」

「どういうことだ、樫野《チーフ》――おい！　何なんだこれは！　おいっ！」

姫宮氏がヒステリックに叫《さけ》ぶ。疲労《ひろう》が重なっている上に、建物は爆発《ばくはつ》、わけのわからない連中がぞろぞろ出てきて、挙句《あげく》の果てに、自分の部下が殺人犯として糾弾《きゅうだん》されているとあっては、平静ではいられないだろう。

比《くら》べると、白鳥はまだ落ち着いていた。落ち着いているというより、まったく展開《てんかい》についていけず、ぽけーっとしているだけなのだが。

「おい、チーフ！　樫野！　何とか言ったらどうだ！　どういうことなんだ！」

「うるさいわねぇ……」

ビリッ、と稲妻《いなずま》を身に帯びて、アコニットが姫宮氏を威嚇《いかく》した。

「つまり――その薄汚《うすよご》れた人間が、このアコニットにあんな真似《まね》をしてくれたってことよ」

紅《あか》い瞳《ひとみ》がきらめき、ぶわっと電圧《でんあつ》が高まる。樫野を撃《う》つ気だ！

誓護はあわてて横から手を引いた。

「待てよ、アコニット」

「邪魔《じゃま》しないで。今度こそ消し炭にしてやるんだから」

「待てって。ルールは守るんだ。教誨師《グリモアリス》の仕事は何だよ？」

決まっている。罪人《ざいにん》に烙印《らくいん》を押し、地獄《じごく》へといざなうことだ。

それはアコニットもよくわかっていたらしい。アコニットは未練そうにビリビリと帯電しながら、それでもどうにか我慢《がまん》して、不満げに唇《くちびる》をとがらせた。

「ふん……。どうするの？　貴方が警察に駆《か》け込めば、烙印の出番はないわよ？」

「女の子を四人も撲殺《ぼくさつ》したんだぜ？　僕としては、死刑《しけい》の一度や二度で許《ゆる》されるような、軽い罪《つみ》とは思えないね」

「ふん――そうこなくちゃね」

アコニットは凄絶《せいぜつ》な笑《え》みを浮《う》かべた。

「軋軋」

名を呼《よ》ばれ、軋軋が腰《こし》を上げる。既《すで》に腹《はら》の傷《きず》は癒《い》えているらしい。軋軋は刀を振《ふ》り上げ、柄《つか》の部分を突《つ》き出した。柄の部分が発光し、熱を生じ、空気をあぶる。

おののき、抵抗《ていこう》しようとする樫野を、みなぎる妖気《ようき》で黙《だま》らせる。衛士《えいし》環《かん》を取り戻《もど》した軋軋はいつかのアコニットと大差ない威圧感を身にまとっていた。暴力的《ぼうりょく》なほどの迫力《はくりょく》に押さえつけられ、誰も口をきくことができない。異界《いかい》の神秘《しんぴ》に直に触《ふ》れ、誓護が最初そうだったように、怯《おび》えて畏縮《いしゅく》してしまう。

樫野は金縛《かなしば》りにあったように動けなくなった。ぱくぱくと口を開け閉《し》めする。

その前に進み出て、軋軋は冷ややかに告げた。

「罪人。テメーは四人の乙女《おとめ》を殺した。その亡骸《なきがら》を無惨《むざん》に壊《こわ》し、死者を辱《はずかし》めた。あまつさえ、オレの主《あるじ》をも殴《なぐ》り殺そうとした――」

すっと、刀をつかんだ手を伸《の》ばす。

「故《ゆえ》に、教誨師《グリモアリス》は有罪を宣告《せんこく》す」

「や、やめろ……」

アコニットが目線で『やれ』と命じる。軋軋はうなずき、灼熱《しゃくねつ》した刀の柄を罪人のひたいに押しつけた。

ジュッ、と肉が焦《こ》げ、嫌《いや》なにおいが漂《ただよ》った。樫野がひたいを押さえ、苦痛《くつう》に悶《もだ》える。目に見える外傷《がいしょう》は残らない。だが、そこには確《たし》かに烙印が押されたのだ。

安らぎも喜びもない、地獄という名の天火《オーブン》で、永遠《えいえん》に焼かれ続けるだろう。

「これで地獄行きは確定《かくてい》――だけど、このまま放置しておくなんて危険《きけん》すぎるだろ？」

誓護はにこやかな口調で言った。携帯電話を取り出して、アコニットに見せる。

「ルールは守らないとね？　市民の義務《ぎむ》として、警察《けいさつ》に通報《つうほう》するよ」

この世で罰《ばつ》を与《あた》え、さらにあの世でも責《せ》め苦を受ける選択《せんたく》だった。

アコニットはあきれたようにつぶやいた。

「……悪党《あくとう》」

「冗談《じょうだん》。僕はこれでも品行方正で通ってるんだぜ？」

おどけて見せる。それから、もう一人の教誨師を振り返り、

「ギシギシ、ついでに記憶《きおく》の除去《じょきょ》を」

「――必要か？」

「コイツが取り調べ中に君たちのことを口走って、責任能力《せきにんのうりょく》なし――なんてことになったら、つまらないからね」

「わかった」

「畜生《ちくしょう》！」樫野は冷静さの仮面《かめん》を脱《ぬ》ぎ捨《す》てて、叫《さけ》んだ。「何なんだ、お前らは！　何だってんだ畜生！　畜生！　畜生！　この化け物めっ！」

「それは違《ちが》いますよ、樫野さん」

誓護はある種の絶望《ぜつぼう》をこめて、ささやくように言った。

「化け物は、貴方の方です」

樫野の眉間《みけん》に軋軋の刃《やいば》が突き刺《さ》さる。これまた外傷はない――が、樫野は声を限《かぎ》りに絶叫《ぜっきょう》した。

それはもう、喉《のど》が張《は》り裂《さ》けそうなほどに。

その無様な姿《すがた》を冷え切った瞳で見つめ、花柳はふうと大きなため息をついた。

天井《てんじょう》を見上げ、目を閉《と》じる。

それはまるで、死んだ誰かに祈《いの》りを捧《ささ》げているように見えた。

こうして、世にも不可思議な事件《じけん》は、魔女《まじょ》の慟哭《どうこく》とともに幕《まく》を下ろしたのだ。

Episode 48

屋外の空気が心地《ここち》いい。誓護は深呼吸《しんこきゅう》して、胸一杯《むねいっぱい》に冷たい風を吸《す》い込んだ。

姫乃杜〈プリンセス・ガーデン〉の裏手《うらて》だ。敷地内《しきちない》は避難《ひなん》した人々と報道陣《ほうどうじん》でごった返し、付近には消防隊《しょうぼうたい》の車両も見える。ライトで照らされた前庭は昼のように明るかった。

取材のカメラやマイクをさけて、誓護は正門の方に回っていた。

かたわらには、武器《ぶき》をしまった軋軋と、元から手ぶらのアコニットの姿がある。例の時間凍《とう》結現象《けつげんしょう》と、アコニットが壁《かべ》にあけた穴《あな》を使って、こっそり脱出《だっしゅつ》したのだ。

レスキュー隊には姫宮氏から連絡《れんらく》がいっていて、取り残された人数もきちんと伝わっていたらしい。誓護とアコニットが抜け出してしまったために、いまだ捜索《そうさく》が続いているようだ。作業にあたっている隊員《たいいん》には申し訳《わけ》ないが、アコニットのことを説明するわけにもいかないので、これぱかりは仕方がない。

そもそも、それどころではないのだ。

誓護は首をきょろきょろさせ、必死になってその姿を捜《さが》す。既《すで》に電話で位置は確認《かくにん》してある。このあたりにいると言っていたのだが……。

やがて前方の歩道上、野次馬《やじうま》たちから少し離《はな》れた街路樹《がいろじゅ》の根元に、ぽつんと立つ小さな人影《ひとかげ》が見えてきた。

その姿が視界《しかい》に入るや否《いな》や、誓護は駆《か》け出した。脇目《わきめ》も振らずに全速力で。

向こうも誓護に気付いたようだ。小さな足を懸命《けんめい》に動かして、駆け寄《よ》ってくる。

誓護は両手を広げて小さな体を受け止め、膝《ひざ》を突《つ》いて抱《だ》きしめた。

「いのり……っ」

ほとんど声にならない。元気な姿を見て、緊張《きんちょう》の糸が切れてしまった。誓護はこみ上げるものを感じながら、ぎゅっと、最愛の妹を抱きしめた。

「心配したよ、いのり……。心配した……」

「…………」

いのりも誓護にしがみつき、何かを訴《うった》えるように、ひたいをぐりぐりと押《お》しつけてきた。

「あはは……いのりも心配してくれてたの？」

こくこくと何度もうなずく。むしろ、いのりの方が心配の度合いは大きかったかも知れない。うえうえと泣き出しそうになっている。

確かに建物がこんなありさまで、避難もしていないとなれば、心配されても当然だ。当然なのだが——それがとても嬉《うれ》しかった。

　誓護はそっといのりを引き離して、顔をのぞき込んだ。

「それで、大丈夫《だいじょうぶ》だった？　誘拐犯《ゆうかいはん》に変なことされなかった？」

　いのりはまばたきした。何を言われたのかわからない、という表情《ひょうじょう》だ。

「誘拐犯の顔、覚えてる？　どんなヤツだった？」

　いのりは小首を傾《かし》げた。きょとん、としている。

「誰《だれ》かに電話を取られただろ？　誰？」

　ついつい、口調がきつくなってしまう。

　いのりはちょっと考えて、何事かを訴えようと、両手をアワアワさせた。

　要領《ようりょう》を得ないながらも、誓護はおおよその意図を理解《りかい》する。

　貸《か》したことは貸したらしい。だが、取られたという意識《いしき》はなかった。つまり、いのりには、自分が誘拐されたという認識《にんしき》はまったくなかったということか。

　何者かが、誓護の知人だと嘘《うそ》を言って、いのりから電話を借りたという。

（どういうことだよ……!?）

　わからない。だが、言われてみれば、誘拐犯から送られてきた写真では、いのりは拘束《こうそく》されてはいなかったのだ。

　一体、何があったのか。誰が、何の目的でそんなことをしたのか。

ぐるぐると思考が巡《めぐ》り、めまいがする。誓護の脳《のう》みそが発熱し、焼けついてしまう前に、ふと携帯《けいたい》電話の着信を知らせるメロディが流れ出した。

非通知《ひつうち》だったが、予感めいたものを覚え、急いで電話に出る。

「もしもし——」

『ご苦労さま。首尾《しゅび》よくやってくれたようだね』

男の色気を感じさせる艶《つや》のある声——果たして、電話の相手は先ほどの男だった。

『ありがとう。君がしてくれた、すべてのことに感謝《かんしゃ》する』

ふざけるな、と怒《ど》鳴《な》り散らしたい衝動《しょうどう》に駆られたが、そこをぐっと我慢《がまん》して、誓護はおし殺した声音《こわね》で言った。

「貴方《あなた》は誰なんです？　なぜ、こんな茶番を？」

『……今はまだ、名乗るわけにはいかない。君を脅迫《きょうはく》したことは謝《あやま》る。だが、こちらの言い分もわかって欲《ほ》しい。僕には確信《かくしん》がなかった。君が真実、信ずるに足る男かどうか』

失礼なものいいだが、誓護には反論《はんろん》できない負い目がある。他人の事情に踏《ふ》み込《こ》まず、いのりのためなら犯罪《はんざい》をも辞《じ》さない……誓護はそんなモラルの持ち主なのだ。

『用件《ようけん》はそれだけだ。君の妹さんは確《たし》かに返したよ。それじゃ——』

「待ってください。貴方は」

誓護はアコニットの方をちらりと見た。彼女に聞こえないように声を潜《ひそ》め、

「クリソピルム、と彼女が呼《よ》ぶ方では？」

しばし、沈黙《ちんもく》があった。

『……その名をどこで？』

「前に一度、彼女が夢《ゆめ》にうなされて、口走ったんです」

『……………』

「答えてください。貴方はアコニットを護《まも》るために、僕を利用しようとしたんでしょう？　彼女とはどういう関係なんです？　貴方は一体、彼女に何を――」

ブッッ、と無慈悲《むじひ》な音とともに、通話は切れた。

そうだ、とも、違《ちが》う、とも言わないまま。

さまざまに思いを巡らせる誓護の表情は、きっとひどく深刻《しんこく》そうに見えたに違いない。いのりがきゅっと、不安そうに、誓護の胸《むね》に頭を押しつけてきた。

いのりの体温を感じる。あたたかい。張《は》り詰《つ》めていたものがゆるむ。

そうだ、今は。

いのりがこうして、無事に腕の中にいる。それだけで十分じゃないか。

――また、謎《なぞ》が残ってしまったけれど。

「誓護」

アコニットに呼ばれ、誓護はそちらを振り返った。

猛毒《もうどく》を持つ煉獄《れんごく》の姫君は、誓護から目をそらして、あさっての方を見ていた。言いよどんでいる。視線が右に行き、左に行き、さらにもう一往復。

さんざん時間をかけてから、アコニットは口を開いた。

「ねえ、さっきのあれ……。ずっと、私の面倒《めんどう》を見てくれるって」

「ああ、うん。覚えてるよ」

「あれって……」

ちらり、と上目遣《うわめづか》いで誓護を見る。

「……プロポーズ？」

「え？」

思わず聞き返してしまう。とっさに理解できなかった。

それから、意味を理解して——噴《ふ》き出してしまった。

アコニットは眉《まゆ》をつり上げて怒《おこ》った。

「な、何よ、笑ったわね。ばかにしたわね」

「いや、だって君、いきなりプロポーズってさ」

「ふん、いい度胸《どきょう》じゃない……。愚《おろ》かで非力《ひりき》な人間の分際《ぶんざい》で、このアコニットを嘲笑《ちょうしょう》するなんてね……。さて、どこから消し炭にしてやろうかしら……？」

「え、いやっ、ちょ……、待てよ！　僕《ぼく》は悪くないだろ——うわちっ！　熱い！　よせっ、や

めろ！　ギシギシ、止めてくれ！」

軋軋は止めてはくれなかった。ただ、だるそうに縁石《えんせき》に腰《こし》かけ、二人のやりとりを『馬鹿《ばか》らしい』と言わんばかりの仏頂面《ぶっちょうづら》で眺《なが》めていた。

ところが、軋軋も無関係というわけにはいかなかったのだ。

「軋軋」

背筋《せすじ》も凍《こお》る絶対零度《ぜったいれいど》の声で、アコニットは言った。

「貴方、このアコニットの顔を絞《し》め上げてくれたわよねぇ？　おまけにクソガキ呼ばわりまでしてくれて……。言ってごらんなさいよ……躾《しつけ》がどうですって？」

「げ……」

さっと、軋軋のひたいがあおざめる。覚えていたのか……。

軋軋は弾《はじ》かれたように起立すると、どこか白々しい口調で、

「あー、オレは先に戻《もど》って、ドラセナさまにご報告《ほうこく》を」

と言うなり、半透明《はんとうめい》になって消えてしまった。

「ふん……意気地《いくじ》のない子。これは、鍛《きた》え直す必要がありそうね？」

アコニットは怖《おそ》ろしげな笑《え》みを浮《う》かべた。自業自得とは言え、軋軋を待ち受けるお仕置きにはちょっと同情《どうじょう》してしまう誓護である。

それから、アコニットは珍《めずら》しく機嫌《きげん》をよくし、くすっと笑った。

「Amici《アミーキ》 in《イン》 rebus《レーブス》 adversis《アドウエルシス》 cognoscuntur《コグノスクントゥル》」

「え、何？」

「何でもないわ。誇《ほこ》りなさい、誓護。このアコニットを護《まも》る名誉《めいよ》を賜《たまわ》るなんて、滅多《めった》にあることじゃないわよ」

うっすらと微笑《ほほえ》む。つまり、彼女はこう言っているのだ。護ってくれて、ありがとう。

「そうそう、すっかり忘《わす》れてたわ」

ぼぼぼっと空中に炎《ほのお》が燃《も》え上がる。アコニットはその炎の中から、白い紙袋《かみぶくろ》を取り出した。

姫乃杜製菓《せいか》のロゴが入っている。

あのどさくさで失《な》くさないように、きちんと確保《かくほ》していたらしい。

アコニットは紙袋を開き、じっと中をのぞき込んだ。中には二つの箱が入っていた。限定《げんてい》トリュフ〈月夜の小石〉の箱だ。

そのうちのひと箱を手に取り。しばし考え込んでから、すっと誓護に突《つ》き出した。

「あげるわ」

ちなみに、購入資金《こうにゅうしきん》はいのりのお小遣《こづか》いだ。

「――え、何で？」

アコニットはムスッと黙《だま》りこくっている。誓護は重ねて訊《き》いた。

「だって君、これが欲《ほ》しくてきたんだろ？　あの世の規則《きそく》を破《やぶ》ってさ」

アコニットはひどく大げさに、聞くだけで気が滅入《めい》りそうな深いため息をついた。

「ほんっっと、どうしようもないくらいのおばかさんね」

「そんな見下した言い方⁉　何だよ、君の方がわけがわからない――」

「あきれるくらい愚鈍《ぐどん》ね。鈍《にぶ》いことこの上なしね。ピンともこないのかしら。きっと脳《のう》みそが錆《さ》びついているのね。赤茶けてカサカサになってるのね」

「何でそこまで言われなくちゃ……何なんだよ、もう！」

アコニットはつんとして、言いにくそうに、ごにょごにょと言った。

「……今日は、何の日よ」

「あ――ああ！」

つまり、バレンタインチョコか！

何ということだろう。高貴《こうき》なる麗王六花の筆頭、いとかしこきアネモネのお姫《ひめ》さまに、バレンタインのチョコレートをもらってしまうとは！

これって実はすごいことなんじゃないかと思いつつ、誓護は手にしたトリュフの箱と、アコニットとを見比《みくら》べた。

「ありがとう。このお返し、きっとするよ」

「ふん……。それって、来月なんでしょう？」

「そうだけど」

「アコニットはねえ、そんなに気が長くないのよ」

「……どういう意味？」

「だから……」

アコニットは足をもじもじさせ、ブーツで地面をとんとんやってから、言った。

「貴方《あなた》が作ったトリュフ——私にも、少し頂戴《ちょうだい》」

誓護はやはり、噴き出した。

「おおせのままに、姫」

かくて友人たちは魔女《まじょ》の館《やかた》を後にして、互《たが》いにトリュフを贈《おく》り合ったのでした。

あとがき

こんにちは、海冬レイジです。

三月に始まったこのシリーズも、この一二月で三冊目となりました。当初はここいらへんで折り返しの予定でしたが、おかげさまでまずまずの評価をいただいており、もうちょっと長いお話になりそうです。引き続き、応援《おうえん》よろしくお願いします。

初めての方がいらっしゃるかも知れませんので、お話の内容をさわりだけ。

物語の主人公はシスコン高校生の誓護《せいご》くん。彼はとある事件をきっかけに、麗《うるわ》しき少女アコニットと出逢《であ》います。彼女の正体は〈教誨師《きょうかいし》〉――未解決事件の犯人など、『人間の法で裁《さば》かれていない』罪人《ざいにん》を裁くため、冥府《めいふ》からやってくる地獄《じごく》の番人です。

二人は利害《りがい》の一致《いっち》から協力し合うことになり、やがて友達になります。

非力な人間にすぎない誓護くんと、教誨師として致命的《ちめいてき》な弱点を抱《かか》えたアコニット。そんな二人がコンビを組んで、狡猾《こうかつ》な罪人の卑劣《ひれつ》な完全犯罪に挑《いど》みます。果たして、二人を待ち受ける運命や、いかに――？

というお話です。この巻からでも全然読めますよ〜、と言いたいところですが、スンマセンそれちょっと微妙《びみよう》！　なので、初めましての貴方《あなた》は第一巻『かくてアダムの死を禁ず』から読んでいただければ三倍ハッピーですエヘ♡

ちなみに、シリーズ一番の見所《みどころ》は何と言っても松竜《まつりゆう》画伯の美麗《びれい》なイラストです。松竜さん、もはや「グッジョブ！」と親指立てて言うほかない素敵《すてき》なイラストをありがとうございます。今回のカバーはとってもアダルティーな雰囲気《ふんいき》で、この作者ときたら、あやうく担当さんの前で鼻血《はなぢ》噴《ふ》くところでした！

アコニットの蠱惑《こわく》的なまなざしに撃ち抜かれ、思わず本書に手が伸びた人も多いはず。乙女《おとめ》は誓護くんの胸元《むなもと》にも注目です！

さて、既《すで》にお気付きかもしれませんが、ここでひとつどうでもいいトリビアを。

本書の記号番号は〈66 - 10〉――

実は海冬レイジの通算一〇冊目だったのですね！

いやはやまったく、このヘタレがよくぞここまで生き残ったものです。

それもこれも、デビュー以来ずっと支《ささ》えてくれた担当さま、賞をくださった選考委員の先生方、業界のイロハを教えてくれた先輩《せんぱい》たち、お話に華《はな》を添《そ》えてくれた二人の絵師さん、編集部ならびに出版に携《たずさ》わる関係者の皆《みな》さま、海冬レイジの本を一冊でも手にしてくれた方――このあとがきを読んでいる貴方のおかげです。みんな大好きだ♡

次の目標は二〇冊？　それとも五〇冊？

いやいや、僕《ぼく》が目標に掲げるのは目先の一一冊目です。謙虚《けんきょ》とか堅実《けんじつ》とかではなく、マジで毎回ギリギリ一杯《いっぱい》なんです……。次回も無事《ぶじ》に書き上げることができて、それが本になって、貴方のお手元に届《とど》いたなら、もう思い残すことは何もない……（↑いやいやいや、思い残さなきゃだめだよ⁉　次の本を書くんだよ⁉）。

などと各方面の不安を煽《あお》りつつ、次回は来年五月頃、いろんな意味で新展開を迎《むか》える予定の通算一一冊目でお目にかかりたいと思います。

では、よいお年を！

２００7年11月　　海冬レイジ

富士見ミステリー文庫　FM66-10

魔女《まじょ》よ蜜《みつ》なき天火《てんぴ》に眠《ねむ》れ
夜想譚グリモアリスIII

海冬レイジ　かいとうれいじ

平成19年12月15日　初版発行

発行者——山下直久
発行所——富士見書房
〒102-8144 東京都千代田区富士見1-12-14
電話　編集 (03)3238-8585　営業 (03)3238-8531
振替　00170-5-86044
印刷所——暁印刷
製本所——BBC
装丁者——朝倉哲也

ISBN978-4-8291-6404-4 C0193

FUJIMI MYSTERY BUNKO

富士見ミステリー文庫

かくてアダムの死を禁ず

夜想譚グリモアリスⅠ

海冬レイジ／松竜

読み出したら止まらない、スリリングなネオ幻想怪奇譚！

桃原グループの御曹司・桃原誓護は両親の墓所で決意する。憎むべき叔父との対決と、最愛の妹・いのりを命懸けで守ることを。だが、極度のシスコンな美少年・誓護には、永遠に隠さねばならない秘密があった！ そんな彼の前に、教誨師・アコニットと名乗る謎の少女が現れるが……。

富士見書房

FUJIMI MYSTERY BUNKO

富士見ミステリー文庫

バクト！ II
The Spoiler

海冬レイジ／vanilla

国定ありすが駆け落ち⁉
燃える恋模様と大バクチ！

「初めまして。わたしがバクトよ」人形のように美しい少女が言った。イカサマ奥義書『ダランベール黙示録』を狙う新たな刺客か⁉　彼女から渡された謎めいた名簿には、失踪したヒロトの妹・ありすの名前が書かれていた……。異色のギャンブル・ミステリー『バクト！』第2弾!!

富士見書房

FUJIMI MYSTERY BUNKO
富士見ミステリー文庫

バクト！Ⅲ

The Fortuna

海冬レイジ／vanilla

絶好調ギャンブル・ミステリー第3弾は波乱の展開！

身に覚えのない窃盗容疑で逮捕寸前、逃亡を図った音無素子が語る、二転三転のストーリー!! ダランベール黙示録〈偽典〉の謎に巻き込まれた素子の前に、なぜかヤクザの犬と化した“二代目バクト”国定ヒロトが……。彼女は『愛の力』でヒロトをまっとうな道（？）に戻せるのか!?

富士見書房